Grace Dent

Total Royal

Die Höhen und Tiefen
im Leben der Poppy Montague,
Platz 87 der britischen Thronfolge

Aus dem Englischen
von Sonja Häußler

Arena

Für Miss Lola Grace Dent

FSC
www.fsc.org
MIX
Papier aus verantwortungsvollen Quellen
FSC® C022125

Dieses Werk erschien erstmals 2009 bei Hodder Children's Books, London, unter dem Titel »Diary of a Snob: Poor little Rich Girl«.

1. Auflage 2011

Aus dem Englischen von Sonja Häußler
Covergestaltung: Frauke Schneider
unter Verwendung eines Fotos von Julie Fisher © gettyimages
Gesamtherstellung: Westermann Druck Zwickau GmbH
ISBN 978-3-401-06588-5

www.arena-verlag.de
Mitreden unter forum.arena-verlag.de

Grace Dent

Total Royal

Dieses Tagebuch gehört:

Adresse:

Fernsehzimmer,
fünfter Stock;
1 Octavia Gardens;
London NW5

September

Sonntag, 6. September

Poppet Zanzibar Montague-Jones' ultragroße Liste mit Dingen, die im kommenden Jahr unbedingt erledigt werden müssen.

1. Lösung für das Busen-Fiasko finden

Ich muss unbedingt meine Mutter dazu bringen, mich für eine Brust-OP anzumelden, und zwar ASAP! Denn ich bin jetzt schon fast sechzehn und stecke busenmäßig in einem KRISENGEBIET. Ich habe BH-Größe 65 AA!! Meine verdammten Nippel gehen die meiste Zeit nach innen anstatt nach außen, deshalb hat diese Dame mit den eiskalten Händen und dem Maßband gestern bei *Harvey Nichols* auch bloß verächtlich geschnauft und in Richtung der Abteilung für Wollunterhemden gezeigt. *Quel Cow.*

Oh Mann, das Leben ist ja so ungerecht. Ich wundere mich selbst, dass ich immer wieder weitermache, aber irgendwie finde ich die Kraft. Warum bin ich nicht so gebaut wie meine Freundin Striker Earhart? Warum, Gott, WARUM? Wo ist der RIESENbusen, den ich wie Striker in Mathe auf den Tisch legen kann, sodass Deathbreath Douglas meine Algebra-Hausaufgaben total vergisst?

Aktionspunkte:
Moms Assistent Matthew eine E-Mail schreiben und schauen, ob ich einen Termin für ein persönliches Gespräch mit ihr vereinbaren kann, wenn sie aus der Karibik einfliegt; sie ist gerade auf dieser Insel, Mustique, und ich will mit ihr über einen Vorschuss von sieben Riesen aus meinem Treuhandfonds für eine Brust-OP reden. (Sie wird Nein sagen. Sie hat diese Woche schon zweimal Nein geschrien, als ich über iCamera mit ihr gesprochen habe.)

Meiner wunderbaren besten Freundin Vixen Diaz-Brocklehurst sagen, dass sie wegen der Busen-Situation keine Gesänge mehr an Buddha zu richten braucht, weil es sowieso nichts nützt, oder? NEIN. Fakt ist, dass sie NEUN GANZE MORGEN lang wie Buddha höchstpersönlich im Schneidersitz dagesessen und ge-OM-t und mit winzigen Symbolen geklirrt hat. Und trotzdem habe ich immer noch diese jämmerlichen Mini-Rundungen, die aussehen wie zwei traurige, allergiebedingte Insektenstiche auf der Brust eines neunjährigen Jungen. NA, DANKE DAFÜR, BUDDHA, DU ALTER NARR IM LENDENSCHURZ.

2. So schnell wie möglich Zahnspange loswerden
Grundgütiger – seit elf Monaten und neunzehn Tagen laufe ich so herum: wie ein Stacheldrahtzaun, in dem sich eine Scherzartikelperücke verfangen hat. Jetzt reicht's, oder?!

Ich hasse diese VERDAMMTE SPANGE . . . sorry, diesen »orthodontischen Zahn-Stabilisator«, wie es der Zahnarzt in der Harley Street nannte, als er auf meiner Brust hockte und mich mit ZANGEN attackierte. Und ja, ich weiß. ICH

WEISS, dass ich in Zukunft geradere Zähne haben werde, aber JETZT, genau in diesem Augenblick, sehe ich aus wie ein Cyborg oder ein Industrie-Fleischwolf.

Als Vixen, Striker und ich letztes Schuljahr auf dem Weg zum Hockey an der Godspeed Boys Academy vorbeikamen, rannte dieses Schwein Marmaduke Adams aus der Zehnten zum Zaun und schrie »CYBORG-FRESSE, CYBORG-FRESSE!« Dann WARF er eine Ofenkartoffel nach mir, die er aus dem Speisesaal herausgeschmuggelt hatte. Sie kam auf mich zugeschossen wie eine Rakete und TRAF MICH AM KOPF, SODASS MIR KARTOFFELBREI UND BUTTER VON DER STIRN TRIEFTEN.

Die Spange muss WEG. (Alternativ dazu könnte ich lernen, schneller zu rennen und immer einen Squash-Schläger dabeizuhaben, um Ofenkartoffeln abzuwehren.)

3. Schuluniform muss sexyer werden

Jetzt wo ich in der Elften bin, muss ich ein paar erfrischend neue Methoden finden, wie ich die Schuluniform des Hampstead Lycée For Young Ladies so aufpeppen kann, dass ich endlich so was von TOTAL VIEL heißer und verruchter aussehe. Und was noch wichtiger ist: Damit ich bereit bin für superheiße, hemmungslose Knutschereien und Fummeleien (nur obenrum!) mit den Jungs aus der Godspeed Academy – genau wie Vixen und Striker.

Ich muss versuchen, WENIGER wie die Person mit den Furunkeln im Gesicht auszusehen, die zweimal wöchentlich die Tampon-Eimer leert und die wir »Sier« nennen, weil wir noch nicht dahintergekommen sind, ob es eine Sie oder ein Er ist.

Ideen zur Sexyfizierung der Schuluniform: Netzstrümpfe unter den Schul-Kniestrümpfen? Rockbund herunterkrempeln, damit man den oberen Teil des Stringtangas sieht? Schwarzer BH unter weißer Bluse, zwei Knöpfe offen lassen? Rock hochziehen, damit ein hoher Bund entsteht und beide Pobacken von hinten komplett sichtbar sind? Oh Gott, dafür habe ich definitiv nicht genug Mumm. Außerdem habe ich dafür nicht die richtigen Beine und den richtigen Po. Und mal ganz ehrlich: Was bringt es, für Jungs attraktiv zu sein, wenn ich sowieso nicht weiß, was ich mit ihnen anfangen oder was ich zu ihnen sagen soll. Na ja, abgesehen von: »AU, AU, AU, NICHT die Ofenkartoffel, AU, AU, AU, das war mein Kopf, Marmaduke, du verdammtes Schwein!«

4. Mehr Zeit mit den einfachen Leuten von der Straße verbringen, also Berufstätigen und so

Versuchen, ab und an meinen Chauffeur loszuwerden und in die Welt hinauszugehen, vielleicht Bus oder so etwas fahren. Oder in einem dieser Untergrundbahn-Dinger. HAMPSTEAD VERLASSEN, wirklich mal rauskommen und ganz normale, einfache Leute kennenlernen, die die ganze Zeit Trainingsanzüge tragen und Jobs haben, wo sie Dinge in Fabriken herstellen und all so was. Versuchen, etwas über ihr aufregendes, einfaches Leben zu erfahren. Herausfinden, wie man in dieses Walford-Viertel gelangt, wo die Leute aus dieser Dokumentarreihe *EastEnders* leben, und vielleicht ein paar von ihnen auf ein echtes englisches Frühstück in einer Cafeteria mit Papierservietten treffen.

Mann, das wäre echt aufregend. Vielleicht könnte ich zum Beispiel mit einem Ausflug in die Kilburn High Street anfangen, die drei Kilometer oder so entfernt ist. Wie lange dauert das, wenn ich zu Fuß gehe? Ich habe das nie gemacht. Zwei Stunden vielleicht? Drei? Ich muss mir dafür die Wanderstiefel meines Bruders Knut ausleihen und einen guten Kompass und eine Flasche Wasser mitnehmen.

Das alles muss unter höchster Geheimhaltung stattfinden, weil meine Mutter sagt, dass ich mich nicht aus Octavia Square entfernen darf, da dies FURCHTBAR GEFÄHRLICH sei. Mom sagt, sie sei da draußen mal »zu Fuß unterwegs« gewesen. Das war, als Knuts Labrador MacBeath vermisst und von einer Frau aufgegriffen wurde, die MacBeath dann in eine Siedlung mit Sozialwohnungen in Kilburn mitgenommen hat. Mom sagt, das sei ein TOTAL ABSCHEULICHES ERLEBNIS gewesen. Mom sagt, dass es in Kilburn nur so wimmelt von Leuten mit schlechter Haut und eingeschlagenen Zähnen, Leuten, die niemals BIOLOGISCH ANGEBAUTE GUAVEN probiert hätten und noch nicht einmal Ski fahren könnten. Mom sagt, alle Frauen dort hätten gelbe, nikotinfleckige Gesichter und würden Leggings tragen, die so eng seien, dass man die Umrisse jedes einzelnen Körperhaares erkennen könne. Außerdem würden die alle von Leuten schwanger, die sie nicht kennen, weil sie nie das Licht anmachen, wenn sie es miteinander treiben. Sie könnten sich nämlich keinen Strom leisten, den sie über eine Prepaid-Karte kaufen müssten, weil die Elektrizitätswerke nicht glauben, dass sie ihre Rechnungen bezahlen können. Mom sagt, dass die Kinder in Kilburn alle Drogen nehmen, und die Schulen, für die man kein Geld bezahlen müsste, seien regelrechte KRIEGSGEBIETE und deshalb sollte ich mich nicht aus Hampstead hinausbewegen. Mom sagt, ich solle mich stattdessen von unseren Fahrern überallhin bringen lassen. Mom sagt, die Welt da draußen sei sehr gefährlich und ich müsse sehr vorsichtig sein.

Damit hat sie bestimmt nicht recht. Oder? Die können doch wohl nicht wirklich so sein?

5. Versuchen, die Lehrer am Hampstead Lycée For Young Ladies dazu zu bringen, mich ein bisschen mehr zu mögen

a) Versuchen, bessere Noten zu bekommen, also im Unterricht und in den Prüfungen und so weiter.

b) Versuchen, dieses Schuljahr nicht mehr so oft in das Büro der Direktorin Mrs Prendergast geschickt zu werden, »damit du dort wiederholen kannst, was du da gerade zu mir gesagt hast, Poppet Montague-Jones!!«. Und wenn ich doch hinmuss, will ich versuchen, nicht noch etwas Schlimmeres zu sagen und noch mehr Ärger zu bekommen. (Ich weiß wirklich nicht, was da immer passiert, ich versuche nur, nett zu sein, aber es geht einfach dauernd SCHIEF.)

c) Versuchen, Miss Babblebrook, die Reitlehrerin, davon zu überzeugen, dass Poppet Zanzibar Montague-Jones in der Lage ist, vollkommen VERANTWORTUNGSBEWUSST mit einem Pony umzugehen. Ich muss ihr klarmachen, dass ich überhaupt nichts dafür kann, dass Bramble – ohnehin ein bekanntermaßen ungezogenes Pony – völlig aufgedreht war, als er in Hampstead Heath das Picknick einer Seniorengruppe witterte und deshalb mit hundertdreißig Sachen losgaloppierte. Ich natürlich kreischend und fluchend auf seinem Rücken, bevor er mich ABWARF und ich in einem Haufen hausgemachter Wurstbrötchen und Sahne-Scones landete. Und dann hat er auch noch sein pelziges Hinterteil gedreht, seinen Schwanz gehoben und ein paar außerordentlich riesige PFERDEÄPFEL auf die Picknickdecke gedrückt, woraufhin einer der Alten eine Herzattacke erlitt. KATASTROPHE!

Zu Brambles und meiner Verteidigung muss gesagt werden, dass es nur eine kleine Herzattacke war. Keine riesige oder tragische oder so. Dem Typen geht es wieder gut. Er läuft herum wie nix und spricht und alles. Ich finde, wir müssen alle nach vorne schauen, einfach weitermachen und so.

d) Einen Brief an Mr Harper schreiben, der Bogenschießen unterrichtet, und mich echt total für diesen unglücklichen Zwischenfall mit dem Bogen entschuldigen.
e) DAD dazu bringen, einen dicken Scheck an Mr Harper zu schicken, um mich für das Missgeschick mit dem Bogen zu entschuldigen.
f) MRS MINSK, UNSERE HAUSHÄLTERIN, DARUM BITTEN, EINE PUDELMÜTZE FÜR MR HARPER ZU STRICKEN (VORZUGSWEISE EINE, DIE AN DER SEITE LANG IST, UM DIE WUNDE IM GESICHT ZU VERDECKEN.)

7. In der Schule beliebter werden

a) Blitzen Trapper, das beliebteste Mädchen in unserem Jahrgang, davon überzeugen, dass ich so was von to-tal faszinierend und waaahnsinnig WITZIG bin und dass ich jemand bin, den sie un-be-dingt jeden Tag beim Mittagessen an ihren Tisch einladen sollte, AUCH WENN Vixen und Striker nicht dabei sind. Bisher ist es nämlich so, dass sie mich immer komplett ignoriert, wenn die beiden nicht da sind. (Dieses Schuljahr nie mehr am Außenseitertisch essen, mit dem Mädchen, das immer mit seiner Handpuppe zu Mittag isst.)

b) Versuchen, enge Vertraute von Blitzen zu werden, und sehen, ob sie vielleicht mal abends auf ein »informelles Abendessen mit Chillaxen« vorbeikommen will (auch wenn sie mir, Vixen und Striker gegenüber immer Bemerkungen darüber macht, wie winzig und eng unsere Häuser am Octavia Square seien, und so tut, als würden wir leben wie die Barbaren, weil wir nicht einmal Swimmingpools oder Tennisplätze haben und kaum Personal bei uns wohnt).

Wichtig: Versuchen, die Art von Person zu sein, die als Erstes zu außerschulischen Aktivitäten eingeladen wird und nicht immer nur Vixens Anhängsel ist.

8. Ein berühmtes Londoner It-Girl werden wie meine Schwester Kitten

Muss mein Allerallerbestes geben, um eine ganze Ecke dünner, hübscher, größer und cooler auszusehen, damit ich zu mehr heißen Medien-Partys, Eröffnungsfeiern und Filmpremieren eingeladen werde, genau wie meine große Schwester Kitten Calypso Montague-Jones, die es bereits zum legendären It-Girl, zur Zeitschriftenkolumnistin und zum Stil-Guru gebracht hat.

Muss mich auf dem roten Teppich von Paparazzi fotografieren lassen, aber echt glamourös und elegant und faszinierend aussehen, aber gleichzeitig das Gesicht verziehen, als wäre es TOTAL ÖDE, hier zu sein, weil ich wirklich bessere Locations gewöhnt bin.

Darf NICHT klein, dick, rotbackig und ABSOLUT übertrieben aufgeregt sein, weil ich da bin, so wie damals, als uns Vixen Karten für die Premiere von »SpongeBob Schwammkopf« besorgt hat. Ich darf NICHT auf SpongeBob zustürzen und »SPOOOOOOOOONGEBOB!!« brüllen und ein Foto von mir machen lassen, wie ich einen lebensgroßen SpongeBob-Schwammkopf umarme und überglücklich beide Daumen nach oben strecke und noch breiter und bescheuerter lächle als SpongeBob selbst.

DAS IST NICHT COOL. DARF NICHT WIEDER VORKOMMEN.

Muss versuchen, in der Londoner Zeitung *Evening Standard* auf die Liste der »Top Ten der hippen jungen Dinger« zu kommen, so wie Vixen letztes Jahr. Dann wird meine Mutter ein wenig stolzer auf mich sein und kann ihre beste Freundin Pearl anrufen und damit ANGEBEN, was für eine gute Mutter sie ist. Muss mit Felix Hayes-Burlington von gegenüber sprechen (von dem Mom hofft, ich würde ihn heiraten, weil er WIRKLICH STINKREICH ist). Ich muss ihn davon überzeugen, auf einige dieser Partys zu gehen, damit wir eines dieser »It-Paare« werden und zusammen fotografiert werden. Felix' Mutter würde das auch gefallen. Wenn ich all das mache, würde meine Familie vielleicht akzeptieren, dass ich anders bin, und sie würden aufhören, sich die ganze verdammte Zeit über mich lustig zu machen und Dinge zu sagen, die mich deprimieren, oder?

9. Besser mit meinen Brüdern und meiner Schwester auskommen

Muss wirklich, wirklich ganz unglaublich, verdammt noch mal versuchen, liebenswürdiger mit Knut, Flash und Kitten umzugehen. Kein albernes Gezanke mehr, das all die Zen-Räume zunichte macht, die meine Mutter beim Ashtanga-Yoga in ihrem Kopf entstehen lässt.

Meine Mutter sagt, sie hätte einfach genug von uns allen, und DAMIT BASTA. Sie sagt, dass wir alle lernen müssten, in unserem gemeinsamen Haus und bei dem beschränkten Platz, den wir haben, miteinander auszukommen und Kompromisse zu machen. Wenn also einer von uns einen Film im Home-Cinema im Keller anschauen will, dann soll der andere ruhig bleiben und einfach auf dem 40-Zoll-*Sony*-Bravia im Fernsehzimmer im fünften Stock oder auf dem 44-Zoll-*Panasonic* in der Lounge im dritten Stock schauen. Als Alternative dazu könnten wir auch Mrs Minsk im Spielzimmer ein Feuer im Kamin anzünden lassen und dort herumhängen oder einfach in die Sauna gehen, jetzt, wo im Dampfbereich die Surroundsound-Anlage repariert ist.

Mom sagt, es sei wirklich nicht ihre Schuld, dass sich unser Dad weigert, uns ein größeres Haus zu kaufen, deshalb müssten wir alle tolerant sein und dürften nicht streiten.

Aber das ist echt schwierig. Was ist zum Beispiel, wenn der kleine Flash mitten in der Nacht einen seiner Albträume hat und ins Bett pinkelt und dann in mein Zimmer kommt und in mein Bett kriecht, damit ich ihn umarme? UND DANN WIEDER PINKELT und ich es nicht merke, weiterschlafe, den Wecker nicht höre und deshalb keine Zeit mehr habe zu duschen, bevor ich zur Schule gehe? Und mich dann Blitzen riecht und eine Facebook-Gruppe aufmacht, die »WER GLAUBT, DASS POPPET NOCH IN DIE HOSE MACHT?« heißt und 498 Mitglieder bekommt?

WIE TOLERANT WÄRE MEINE MUTTER DANN NOCH, HÄ? WIE TOLERANT WÄRE MOM, WENN SIE DURCHGEWEICHT VOM BLASENINHALT EINES SECHSJÄHRIGEN AUF EINEM IHRER WOHLTÄTIGKEITS-ESSEN AUFTAUCHEN WÜRDE?

Und mein großer Bruder Knut ist ebenfalls irrsinnig ätzend. Immer verschwindet er einfach, zum Beispiel in die südostasiatischen Regenwälder auf ein Klima-Camp, um dort das totale Bewusstsein für die Klimasituation zu wecken, was TOLL ist, aber er lässt seinen dummen Hund MacBeath einfach so von jetzt auf gleich zurück und MacBeath liegt dann auf Knuts Bett, legt ihren Kopf auf das Kissen und HEULT UND WINSELT tagelang. Und dann bin ICH diejenige, die hingeht und sie knuddelt und versucht, sie mit ihren Schoko-Leckerlis zu füttern, und vielleicht im Garten ein bisschen frische Luft mit ihr schnappt!

Und was meine große Schwester Kitten angeht, na ja, zurzeit ist sie die größte Nervensäge der Welt, und sie kotzt mich einfach unsäglich an. Ich fühle mich schlecht, weil ich das schreibe, denn Kitten und ich waren uns irgendwie mal echt nah, fast wie beste Freundinnen. Bis vor Kurzem. Wir hatten haufenweise Spaß. ABER jetzt ist sie dauernd mürrisch und meckert an mir herum, deshalb meckere ich zurück. Und sie wirft mir immer vor, dass ich ihre Kleider und ihre Make-up-Tasche gestohlen hätte, und nennt mich PICKLIGE KLEINE GÖRE und ARMSELIGER KLEINER FREAK. Und dann sagt Kitten, ich würde immer zu Mom rennen und bu-huu machen, wenn sie etwas Falsches getan hat, was so was von ü-ber-haupt nicht stimmt. Tatsächlich ist es nämlich so, dass ich KITTEN DECKE, DAMIT MOM DIE SCHLIMMSTEN SACHEN ERST GAR NICHT MITKRIEGT. Wenn Mom auch nur die Hälfte von dem wüsste, was Kitten so im Schilde führt, na ja, ich weiß nicht, was dann passieren würde, aber es wäre SCHLIMM.

Das sollte Kitten endlich mal erkennen! Kitten sollte erkennen, dass ich vielleicht weniger biestig zu IHR wäre, wenn sie aufhören würde, biestig zu MIR zu sein. Wenn Kitten aufhören würde, Dinge zu mir zu sagen wie »LIPPENSTIFTKLAUENDES-OHNE-BUSEN-WUNDER«, dann würde ich vielleicht aufhören, diesen Paparazzi, die auf unserer Gartenmauer sitzen, zu erzählen, in WELCHEN CLUB KITTEN GEHEN WIRD. Und dann würden die nicht so sagenhaft schräge Bilder von Kitten machen, auf denen man sieht, wie sie sich nachts um drei nach Hause schleicht – mit benutztem Toilettenpapier an den Schuhen, mit Haar, das aussieht wie eine Hecke, und ihrem Mantel verkehrt herum an – und wo sie einfach nur KOMPLETT VERRÜCKT AUSSIEHT. Diese Fotos erscheinen dann unter der Rubrik »Showbiz« in der *Sun* und im *Heat*-Magazin, damit alle darüber lachen können.

Himmel noch mal. Jetzt, wo ich das hier gerade noch mal durchlese, bekomme ich ein ganz ungutes Gefühl. Es sieht wohl doch alles ziemlich ernst aus, oder? Vielleicht hat Mom recht? Vielleicht sollte uns Dad einfach ein größeres Haus kaufen, dann bräuchten wir uns alle eigentlich gar nicht mehr zu sehen.

10. Herausfinden, was der Sinn des Lebens ist und was Poppet Zanzibar Montague-Jones in Zukunft mit sich anfangen soll.

Wow, yeah, dieser Punkt ist ernst, ich weiß, aber ich finde wirklich, dass ich das TRÈS TRÈS VITE herausfinden sollte. Ich meine, in drei Jahren bekomme ich das Geld aus meinem Treuhandfonds und ich glaube, das sind so etwas um die fünf Millionen Pfund oder so, ja? Vielleicht auch sechs Millionen? Ich höre da ja so was von nicht genau zu, wenn mich Moms und Dads Buchhalter Mr Chenowitz in sein Büro einlädt, um darüber zu sprechen. Ich sitze dann immer nur in einem großen Ledersessel, in dem ich mich mit schwingenden Füßen drehen und drehen kann, und schaue den Tauben zu, die auf der Fensterbank sitzen, während er herunterleiert, dass man irgendwas hier investieren könnte und irgendein steuerfreies Was-weiß-ich-Was dort, dass man Gold kaufen könnte und blablabla.

Ich bin jedes Mal so »Oh, Gott, das ist ja so was von langweilig«, weil er mir ja nicht sofort was von der Kohle hinblättert, nicht wahr? NEIN. Mr Chenowitz sagt, dass ich erst mal noch drei Jahre warten und mit meinem monatlichen Taschengeld auskommen muss. (Mr Chenowitz sagt, dass mein Taschengeld für ein junges Mädchen »mehr als genug ist«.)

Ich verstehe sowieso absolut nichts von Mathe oder Geld oder Banken. Ich glaube, ich leide an Zahlen-Legasthenie oder etwas in der Art. Wenn man mich fragt, was acht mal acht ist, muss ich alles stehen und liegen lassen, die Augen schließen und etwa zwei Minuten nachdenken, bevor ich auf sechsundsechzig, oder was es eben ergibt, komme. Und das weiß ich auch nur, weil Mom mir den ganzen Kindergarten und die Grundschule über Extraunterricht in Mathe aufgebrummt hat.

Eins weiß ich sicher, und das ist: Wenn ich meine *Coutts*-Debitkarte verwende, um Schuhe auf der Hampstead High Street zu kaufen oder so was, und die Verkäuferin »nein, sie funktioniert nicht, tut mir leid« sagt, dann rufe ich Dad in New York an, oder wo immer er gerade ist, und erzähle es ihm. Dann gibt er missbilligende Töne von sich und wird manchmal ein wenig grob, aber eine halbe Stunde später funktioniert meine Karte wieder. Ich weiß auch sicher, dass mein Treuhandfonds sehr viel Geld enthalten muss, weil er größer ist als Vixens und Strikers Fonds und beide sagen, dass ich mordsmäßiges Glück habe.

Aber ehrlich gesagt, wenn ich an all das denke, könnte ich manchmal glatt ausflippen. Weil ich nämlich weiß, dass ich noch einen weiteren Haufen Cash bekomme, wenn Oma stirbt (BITTE, LIEBER GOTT, lass sie nicht so bald sterben, ich LIEBE meine Oma Montague so sehr). Und wenn meine Eltern den Abgang machen, dann werde ich ungefähr noch mal unzählige Millionen erben. Deshalb macht mich dieses ganze Geld einfach ganz wirr im Kopf und eigentlich ein wenig traurig, denn – was soll ich denn damit anfangen?

Striker macht sich fast in die Hose vor Lachen, wenn ich ihr das erzähle, und dann sagt sie zu mir, ich sei ein Trottel, wenn ich mir deswegen Sorgen mache, und wenn ich achtzehn werde, dann sollten wir einfach KOMPLETT AUSFLIPPEN und eine riesige Dreiliterflasche *Moët*-Champagner kaufen und uns über den Kopf gießen und dann einen brandneuen silbernen *Ferrari Spider* kaufen und mit zweihundert Sachen über die Autobahn rasen und dabei soll ich meinen Stringtanga ausziehen und aus dem Fenster werfen, direkt auf das Polizeiauto, das uns jagt. Wir würden einfach AUSRASTEN und irrsinnig Spaß haben.

Und, ja, das klingt nach einer ganzen Menge Spaß, aber irgendwie ist das auch beängstigend. Außerdem würde es nur ungefähr eine halbe Stunde dauern und ich würde gern leben, bis ich neunzig bin, was würde ich also mit dem Rest der Zeit anfangen?

Die Sache ist, ich schaue mir immer meine große Schwester Kitten an, die ihr Treuhandgeld bereits hat, und manchmal sieht sie überhaupt nicht so aus, als hätte sie jede Menge Spaß. Manchmal sieht sie aus, als würde sie in einem, na ja, ziemlichen Schlamassel stecken. Ich glaube, Kitten ist auch noch nicht hinter den Sinn des Lebens gekommen. Aber das ist okay, denn dieses Jahr werde ich das für uns beide herausfinden und dann werde ich das Kitten verdammt noch mal sagen und alles wird wieder verdammt toll werden und keiner von uns wird mehr traurig sein. Das spüre ich einfach.

Montag, 7. September
21:00 Uhr, mein Zimmer

Heute war mein erster Tag nach den Ferien am Hampstead Lycée. Elfte Klasse. Ein neues Schuljahr hat angefangen, aber um ganz ehrlich zu sein, war es der gleiche Mist wie immer.

Als mir Dr. Sarzberg, der Familientherapeut, empfahl, ich solle in den nächsten ein bis zwei Monaten alles aufschreiben, damit ich mich an wichtige Ereignisse erinnere, von denen ich ihm in unserer nächsten Sitzung erzählen kann, sagte ich zu ihm, dass das EHRLICH GESAGT ABSOLUT KEINEN Sinn ergibt. Mit winzigen Abweichungen mache ich nämlich jeden Tag den gleichen Mist. Das Einzige, was ein Tagebuch beweisen wird, ist, dass mein Leben so öde ist, dass man sich AM LIEBSTEN SELBST MIT DEM HAMMER AUF DEN KOPF SCHLAGEN WÜRDE. Dr. Sarzberg lachte nur, als ich das zu ihm sagte, und meinte: »Warum fängst du nicht trotzdem einfach mal mit einem ganz normalen Tag an, Poppet, das wäre sehr hilfreich.«

Na gut, hier kommt es also:

Okay, gut.

Also, um sieben Uhr bin ich aufgewacht, als der Wecker meines *Blackberrys* losging. Und da stellte ich fest, dass ich nicht allein war. Flash schlief nämlich falsch rum in meinem Bett, mit einem Fuß in meinem Gesicht, und MacBeath schnarchte zusammengerollt auf dem Fußboden in einem Haufen nasser Handtücher. WIE sind sie unbemerkt in mein Zimmer gelangt? Ich muss wohl so tief schlafen, dass es schon fast an ein Koma grenzt.

Wie sich herausstellte, hatte Flash wieder einen seiner verrückten Träume gehabt und war losgerannt, um Mom zu suchen, aber meine Mutter hatte ihre Abflugzeiten verwechselt, deshalb war sie noch nicht aus Antigua oder Mustique – oder wo immer sie gerade war – zurück (tatsächlich könnte es auch Barbuda sein). Und Dad ist die ganze Woche in Manhattan und niemand hat daran gedacht, eine verflixte Nacht-Nanny für Flash zu buchen. Das heißt im Klartext: Flash hat sich ein Stück extrastarken Stilton-Käse zum Abendessen geschnappt, ist um neun Uhr ins Bett gegangen und hat sich eine Science-Fiction-DVD auf seinem Laptop angeschaut. Dann ist er eingeschlafen und hat geträumt, dass ihn ein dreibeiniges Monster mit einem Gesicht aus Schlangen durch einen Zauberwald in einen finsteren Tod treibt und dann mit Flashs Kopf herumfuchtelt, der auf einem Speer steckt.

Ich versuchte, ihn ganz doll zu knuddeln und ihm einen Kuss auf den Kopf zu geben, als er mir das erzählte, aber er wand sich aus meinen Armen und ging weg.

»Ich hatte keine Angst, Poppet!«, sagte er zu mir, als wir uns in der unteren Küche am Frühstückstisch gegenübersaßen. Flash und ich waren gestern Abend beide ohne Abendbrot zu Bett gegangen, deshalb hofften wir, dass Mrs Minsk

Erbarmen mit uns haben und Frühstück für uns zubereiten würde, auch wenn das eigentlich nicht ihr Job war.

»Doch, du hattest Angst, Flash«, sagte ich. »Du bist erst sechs. Die DVD ist für viel größere Jungs.«

Flash schaute mich zornig an, als ich das sagte. So zornig zumindest, wie jemand, der knapp einen Meter groß ist und einen Spiderman-Pyjama anhat, aussehen kann.

»Dad hat mir diese DVD gekauft!«, sagte Flash und machte diese niedliche Geste, bei der er mit einem Finger seine Brille nach oben schiebt und sich dann mit der Hand durch sein weißblondes Haar fährt. »Dad sagt, ich sei ein großer Junge, weil die Schule sagt, dass ich hochbegabt bin, und deshalb darf ich, wann immer ich will, Sachen anschauen, die für größere Jungs sind.«

»Echt?«, fragte ich.

»Ja«, bestätigte Flash. »Genau das hat er gesagt. Mit seinem eigenen Mund. Als nur ich da war.«

»Verstehe«, sagte ich und aß den Haferbrei, der vor mich hingestellt wurde. Er war mit Honig und Sahne, was MMMMMMMMHHH, LECKER war und wahrscheinlich total dick machte, aber morgen werde ich einfach ein paar verflixte Hampelmänner oder so machen.

»Das HAT er gesagt, Poppet«, sagte Flash. »Ich erzähle keine Lügen.« Na ja, das war ziemlich wahrscheinlich schon eine Lüge an sich. Flash erzählt alle möglichen faustdicken Lügen. Deshalb hat er auch bei Dr. Sarzberg, dem Therapeuten, die stundenlange Session nach mir.

Meine Mutter tauchte nicht zum Frühstück auf, deshalb fragte ich Mrs M, ob sie wüsste, wann unsere Mutter zurückerwartet würde, aber ebenso wie wir hatte sie keine Ahnung.

Dann kam Karina aus Ungarn – Flashs Lieblings-Tages-Aupair. Sie war total munter und heiter und albern und trug einen gestrickten grünen Schal, ein schwarzes Woll-Minikleid und lange braune Stiefel. Und, na ja, sie hatte auch keine Ahnung, wo Mom war. Karina nahm Flash mit und sorgte dafür, dass er sich ordentlich wusch und anzog, damit sie ihn in die Schule bringen konnte. Dann hupte draußen einer unserer Fahrer, um anzukündigen, dass er angekommen war, um mich zum Hampstead Lycée zu bringen. Deshalb trank ich meinen Saft aus und brachte Mrs M meine Schüssel. Sie sagte »hab schöne erste Schultag, meine Liebling« und gab mir ein Küsschen. Und dann war es Zeit zu gehen.

Ich schnappte meine Tasche und starrte mich in dem bodenlangen Spiegel im Flur an, den sich Mom vor Kurzem aus der Toskana hatte liefern lassen. Wie immer war ich EMOTIONAL VÖLLIG VERSTÖRT von dem, was ich da sah. Meine kurzen, pummeligen Beine steckten in knielangen blauen Strümpfen wie zwei plumpe Cumberland-Würste. In meinem marineblauen Faltenrock sah ich aus wie eine alte Jungfer, meine blassblaue Bluse hing schlaff über meiner bügelbrettflachen Brust und mein marineblauer Blazer mit den steifen Schultern verlieh meinem gesamten Oberkörper eine ausgesprochene Kastenform. Das Schlimmste war, dass es schon weit nach acht Uhr war und deshalb viel zu spät, mich umzubringen. Traurig starrte ich auf mein mausbraunes Haar, das in schlaffen Büscheln herunterhing, und auf meinen TEUFLISCHEN KÄSEREIBENMUND.

»Großer Gott«, murmelte ich, dann ging ich zur Tür hinaus und die Treppe hinunter, wo die VW-Großraumlimousine wartete. Dann entdeckte ich einen braunen, kahlen Kopf und enorm breite Schultern hinter dem Lenkrad und das brachte mich an diesem Tag zum ersten Mal zum Lächeln. »Guten Morgen, Cyril!«, sagte ich, als ich auf den Rücksitz sprang.

Cyril ist wirklich MEGACOOL für einen Erwachsenen. Er ist ungefähr fünfzig und kommt ursprünglich aus Nigeria. Ich bin mir ziemlich sicher, dass das in Afrika liegt. Cyrils Stimme ist so richtig tief und er kann echt lustig sein. Manchmal erzählt er uns ganz unglaubliche Geschichten darüber, wie mies sein Leben dort war. Sie sind so schrecklich, dass sie AUF GAR KEINEN FALL wahr sein können. Er nimmt uns bestimmt auf den Arm, aber es sind trotzdem gute Geschichten.

Letztes Schuljahr fuhr er Flash und mich einmal von der Schule nach Hause und Mom war nach einem Wohltätigkeitsessen spät dran gewesen und hatte uns ausgesperrt. Deshalb fuhr Cyril mit uns zu diesem Laden namens *McDonald's,* wo man durch das Autofenster in eine Maschine aus Metall spricht und einem eine Frau mit grünem T-Shirt Eis ans Fenster bringt, das McFlurry-mit-Smarties heißt und farbige Schokoklumpen enthält. Und während Flash, Cyril und ich dann auf dem Parkplatz das Eis aßen, sahen wir eine Verfolgungsjagd der Polizei, die am Parkplatz vorbeiraste, und das war wirklich das Alleraufregendste, was ich JE, JE, JE erlebt hatte! Ich mag Cyril total gern.

»Miss Poppet, guten Morgen«, sagte Cyril und stellte den

24-Stunden-Nachrichtensender, den er immer anhört, leise. »Hatten Sie schöne Sommerferien?«

»Oh, sie waren, nun, ja, sie waren eigentlich total in Ordnung«, sagte ich, wobei ich versuchte, mich an irgendetwas zu erinnern, was ich gemacht hatte. »Um ehrlich zu sein, waren sie relativ ruhig. Wir waren wie immer drei Wochen in unserem Haus in der Toskana, das hat sich irgendwie ein bisschen hingezogen . . . aber ich habe viel gemalt. Und Mom gab eine Geburtstagsparty und ließ etwa fünfzig Freunde dorthin fliegen, und dann gab es dieses riesige Barbecue und ihre Lieblingsband *The Jet Fighters* war auch da und hat gespielt.«

»Das klingt ja nach einer tollen Party!«, sagte Cyril.

»Ja, das war ganz okay«, bestätigte ich. Ich versuchte, mich daran zu erinnern, was sonst noch so passiert war, aber mein Kopf war irgendwie leer. »Oh, und ich bin mit Vixen in die Hamptons auf Long Island geflogen, weil ihre Tante Miranda dort den Sommer über immer ein Haus mietet. Das war cool und alles. Aber Miranda ließ uns nirgends allein hingehen, weil sie glaubt, dass wir zu jung dafür sind. Deshalb haben wir uns die meiste Zeit nur gesonnt oder haben Kekse gebacken oder so. Dann sind wir wieder nach Hause geflogen. Vixen, Striker und ich, wir haben einfach nur in der *Pattiserie Blanc* auf der Hampstead High Street herumgehangen und Frappolattes mit Extra-Erdbeersirup getrunken und Kuchen gegessen. Deshalb bin ich wahrscheinlich auch so ungeheuer fett geworden. Um ehrlich zu sein ist diesen Sommer also nichts wirklich Spannendes passiert.«

Cyril lachte. Cyril findet vieles von dem, was ich ihm erzähle, amüsant, was komisch ist, denn die meiste Zeit versuche ich gar nicht, witzig zu sein. Meistens bin ich eigentlich ziemlich langweilig. Ich glaube, er ist einfach freundlich, weil er weiß, dass ich ein bisschen dumm bin.

»Was haben *Sie* denn so gemacht?«, fragte ich.

»Oh, Sie wissen schon, Miss M.-J.«, sagte er, während er den Motor anließ und um den Platz herumfuhr. »Hierhin und dorthin fahren. Den Ball flach halten.«

Ich wartete darauf, dass er noch etwas hinzufügte, aber er sagte nichts mehr. Er musste etwas vor mir verheimlichen, denn es kann nicht sein, dass er sieben Wochen lang jeden einzelnen Tag gearbeitet hat, oder? Jeder geht doch im Sommer irgendwohin, oder? Mietet irgendwo im Ausland ein Haus oder so?

»Also, wir machen heute die Schultour, richtig?«, sagte Cyril. »Holen wir auch Miss Brocklehurst und Miss Earhart ab?«

»Ja«, sagte ich. »Können wir es bitte zuerst bei Miss Brocklehurst versuchen? Wenn Sie vor Hausnummer sieben einparken und einfach hupen könnten, dann wird sie herauskommen.«

Cyril fuhr um den Platz herum, hielt vor Vixens Haus an und drückte zweimal scharf auf die Hupe. Innerhalb von Sekunden ging die schwarze Haustür auf und Vixen Blaise Diaz-Brocklehurst erschien auf der Treppe. Wie alle Männer drehte Cyril den Kopf, um sie anzustarren, dann schaute er schnell weg und beschäftigte sich stattdessen mit seinem Navi.

»Hey, Pop!«, sagte Vixen. Sie winkte mir und zog die Haustür hinter sich zu.

Ich winkte zurück, aber SO SEHR ICH SIE AUCH MAG – irgendwie sank mein Herz, als ich sie anschaute.

Es schmerzt mich, das zu sagen, aber dieses Jahr scheint Vixen in ihrer Hampstead-Lycée-Uniform sogar noch enorm viel SEXYER auszusehen als jemals zuvor. Als wäre nicht alles schon schlimm genug. Offensichtlich hatte sie die Haushälterin bestochen, damit sie sich an die Nähmaschine setzt und ihren Schuluniformrock fünf Zentimeter kürzt, sodass er jetzt kurz über dem Knie endete. Das sah wirklich fantastisch aus. AAAAAARGH! Wir müssen alle unsere offiziellen Hampstead-Lycée-Röcke bei *Pluckfords* kaufen – diesem alten, angestaubten Geschäft, das dieser Lesboiden mit Schlumpfnase gehört, die einen dazu zwingt, in einem Schrank die Hose auszuziehen, und dann ohne zu fragen hereinplatzt. Der Grund dafür ist, dass wir alle gleich aussehen sollen!

Nun, man muss sagen, dass Vixen und ich ÜBERHAUPT NICHT gleich aussahen! Sie hatte ihre blassblauen Kniestrümpfe so über ihre langen honigbraunen Beine gezogen, dass einer leicht herunterrutschte, als wäre sie gerade eben aufgewacht und hätte sie sich nach einer tollen Partynacht übergezogen. Vixens Schuluniformbluse und ihr Blazer schienen deutlich besser geschnitten zu sein als meine, und Vixen ist außerdem viel größer und schlanker als ich und hat mehr Kurven, während ich einfach nur aussah wie eine IN EINE DECKE GEWICKELTE PFERDETRANSPORTBOX.

Es wäre einfacher für mich, Vixen Blaise Diaz-Brocklehurst nicht zu mögen und sie als Kuh zu bezeichnen, aber Tatsache ist, dass sie meine engste Freundin und wirklich die allerliebste beste Seele von Mensch ist und keiner Fliege etwas zuleide tun könnte (vor allem seit sie Buddhistin geworden ist, denn da darf sie nicht gemein zu irgendetwas sein. Als wir auf Long Island waren und ein riesiger, bissiger Moskito auf ihrem Arm landete, »bewegte sie ihn mit Wohlwollen zum Wegfliegen«, wie es sich für Buddhisten geziemt, anstatt mit einer Ausgabe der Vogue auf seinen winzigen bissigen Kopf zu hauen und »TOD, TOD, TOD DEM MUTIERTEN BLUTSAUGER!!« zu kreischen, so wie ich das mache).

Vix öffnete die Wagentür, hüpfte in die Großraumlimousine und zog sich den Sicherheitsgurt über die Brust, dann schaute sie mich an und sagte:

»Hey Pop . . . uuuuh, meine Busen-Gesänge haben gewirkt! Du hast eine Körbchengröße mehr!« Sie wollte nur nett sein, Gott segne sie.

»Ach, halt die Klappe, das stimmt so was von überhaupt nicht«, sagte ich.

»Aber ja doch, Pop! Du kannst bloß nie deine eigenen Vorzüge sehen, das ist es!«, sagte sie.

»Ich habe Persönlichkeit«, sagte ich so trocken, wie ich konnte. Vix und ich sagen immer, dass Jungs das sagen, wenn sie eigentlich meinen, »sie ist so sch. . . hässlich, dass mir die Weichteile gefrieren und wie Eiszapfen abbrechen«.

»Hör mal, du weißt, was ich von deinem Aussehen halte«, sagte Vix. Vix sagt immer, dass ich gar nicht weiß, wie heiß ich eigentlich aussehe, was nett von ihr ist, aber nicht der Wahrheit entspricht. Gestern Abend habe ich mich eine ganze Stunde lang angestarrt und bin schließlich zu dem Schluss gekommen, dass meine Lippen, meine Augen und meine Nase recht hübsch sind, sich aber leider genau in der Mitte meines Gesichts konzentrieren, sodass ich ein bisschen wie eine Ratte aussehe oder eine Rennmaus. Falls ich also attraktiv bin, dann wahrscheinlich nur für riesige, sexuell resignierte Nager.

»Mann, ich bin so FROH, wieder zur Schule gehen und dieses Haus verlassen zu können«, sagte sie. »Dad bringt gerade SO viel Stress rein. Er ist eigentlich derjenige, der Gesänge an Buddha richten sollte.«

»Was ist los mit ihm?«, fragte ich.

Ich muss sagen, dass mir Mr Brocklehurst manchmal leidtut. Er lebt mit seinen beiden Töchtern, seiner argentinischen Frau und seiner argentinischen Schwiegermutter zusammen und die sind alle ein wenig hysterisch, übergeschnappt und abgespaced. Deshalb hat er meistens den Gesichtsausdruck eines Mannes, der gerade von einem Schwarm Killerbienen drei Kilometer durch den Dschungel gejagt worden ist. Einmal sagte ich das zu ihm und er hat eine ganze Stunde lang gelacht. Mr Brocklehurst lacht nicht viel, deshalb war das ein Sieg von geradezu EPOCHALEN DIMENSIONEN für mich.

»Oh, er jammert wieder die ganze Zeit wegen meinem blöden Treuhandfonds herum«, sagte Vixen und drückte auf den elektrischen Fensterheber, um etwas frische Luft zu schnappen. »Und darüber, was ich damit machen werde. Es ödet mich an.«

Das Problem ist, dass Vixy ein paar ziemlich unberechenbare Ideen hat. Wie letzten Monat, als sie verkündete, sie wolle eine Schmetterlingsfarm aufmachen und riesige Admirale züchten, die sie dann höchstpersönlich aussetzen würde, um die Regenwälder neu zu bevölkern. Im Monat davor gab es einen Plan, in den zwei gefährdete Pandas in Ho-Chi-Minh-Stadt verwickelt waren, von denen sie gelesen hatte. Vixen war der Überzeugung, dass die Pandas in unseren geschlossenen Gärten in der Mitte des Octavia Square glücklicher wären. Sie rief diese chinesischen Zoo-Typen an, aber die haben sie natürlich ausgelacht und so und haben zu ihr gesagt, »die Pandas nix verkauf«. Und selbst wenn sie sie verkauft hätten, dann bestimmt nicht an Vixen, da man Pandas nicht auf dem Rasen halten und mit Rasenschnitt und »Ponyleckerli und so Zeug« füttern kann, wie Vixen vorgeschlagen hatte. Dann haben sie aufgelegt, weil sie sich fast in die Hose gemacht hätten vor Lachen. Vixy ist total süß, aber sie denkt über solche Sachen einfach nicht gründlich genug nach. Ein bisschen so wie das Nächste, was sie mir dann erzählte. Sie sagte es so, als wäre es der normalste Satz der Welt.

»Dad muss akzeptieren«, seufzte Vixen, »dass ich die argentinischen Straßenkatzen retten will.«

Genau in diesem Moment krächzte Cyril wie ein asthmatischer Papagei, dann machte er ein Geräusch, als würde er husten.

»Straßenkatzen«, sagte ich ganz ruhig.

»Ja«, sagte sie.

»Ich wusste gar nicht, dass es in Argentinien Straßenkatzen gibt.«

»Eben«, sagte Vix. »Aber als ich im Sommer meine Oma in Buenos Aires besuchte, hat es mich fast umgehauen bei dem, was ich da sah! Es gibt Milliarden davon! Arme, kleine, flauschige Dinger mit schwachen Pfoten und entzündeten Augen, die total im Gebüsch leben und ›oooh, hilf mir‹ und ›mein Bauch ist so leer, MIAU!‹ zu sagen scheinen und sich in Hintergassen herumtreiben und sich selbst durchschlagen müssen und so.«

»Echt?«, sagte ich.

»Echt!«, sagte sie. »Es ist eine Tragödie, Pop. Wenn ich achtzehn bin, fliege ich hin und schenke ihnen ein, zwei Millionen Pfund oder so und sponsere einen Plan, bei dem alle ein Zuhause bekommen, und dann werde ich allen Whiskas-Trockenfutter kaufen. Unser Kater Bolschoi liebt Trockenfutter, nicht wahr?«

»Seit wann bekommt Bolschoi Whiskas-Trockenfutter?«, fragte ich. »Letztes Mal, als ich bei dir war, hat er einen Fasan gefressen. Euer Kater isst besser als ich! Gestern Abend habe ich Toast mit Nutella zu Abend gegessen! Und vorgestern auch!«

»Oh, das mit dem Fasan war eine einmalige Sache!«, behauptete Vixen. »Mama hat diesen Fasan mit ihrem BMW überfahren, als sie auf dem Land war, deshalb hat sie ihn einfach in den Kofferraum geworfen. So lautet das Gesetz, oder? Wenn man aus Versehen etwas mit dem Auto überfährt, muss man es essen? Oder so ähnlich?«

»Weiß nicht, vielleicht?«, sagte ich. »Das ist dann aber wirklich eine Frage des Zufalls, oder? Was, wenn man ein Pferd überfährt? Oder einen riesigen Hund?«

»Dann muss man sie aufessen, glaube ich«, sagte Vixy. »Ich nehme an, so lautet das Gesetz.« Vixy und ich starrten uns gegenseitig an. In Bezug auf Fakten und praktische Dinge sind wir einfach hoffnungslos. Cyril lachte jetzt wirklich. Es musste wohl etwas furchtbar Lustiges im Radio gekommen sein.

»Jedenfalls habe ich Dad von dem Katzenplan erzählt«, sagte Vixen. »Jetzt hat er wieder einen seiner Nervenzusammenbrüche.« Dann schaute Vixen aus dem Fenster und sagte nichts mehr.

Und da fiel mir wieder ein, dass wir Striker nicht vergessen durften.

»Oh Cyril, bitte halten Sie hier an!«, sagte ich. »Könnten Sie bitte vor Nummer zwölf ganz laut hupen?«

Wir hielten vor Strikers Haustür an und Cyril hupte, aber nichts passierte. Ein Patient von Strikers Mutter, ein total elend aussehender Mann mit Anzug, kam an, während wir dasaßen und warteten. Er drückte auf den Summer an der weißen Haustür. Die Tür ging auf und er huschte zu den Räumen im Untergeschoss hinunter, wo Dr. Earhart ihre Verhaltenstherapien und was-weiß-ich-noch-was macht.

Wir warteten weiter und hupten und riefen auf Strikers Handy an, das auf Mailbox geschaltet war, aber weit und breit keine Spur von ihr. Doch fünf Minuten später flog die Haustür auf. Alles, was wir sehen konnten, war eine Menge roter Haare, verheddert wie eine Hecke, und Strikers winzigen Körper, der in einen weißen Frotteebademantel gewickelt war. Der Bademantel war vorne ein wenig offen, sodass einer ihrer RIESIGEN Möpse beinahe herausgerutscht wäre.

OH MEIN GOTT!!! Striker hatte sich die Haare gefärbt! Feuerwehrauto-Rot. Nicht fuchsrot, nicht braun, ROT!

»Wow, das ist so was von to-tal rot«, sagte Vixen ruhig. »Mrs Prendergast wird sie umbringen und auf dem Schulgelände verscharren.«

Ich machte das Wagenfenster auf und begann zu schreien (und ja, ich weiß. Mom sagt, dass nur das gemeine Volk auf der Straße herumschreit, aber ich war verdammt sauer).

»Striker! Oh mein Gott! Dein Haar!«, rief ich. »Hör mal, es ist Viertel nach acht, wir sind jetzt schon spät dran! Wir müssen los!«

»Poppet!«, rief Striker zurück. »Das ist deine Schuld! Du hast gesagt, du rufst mich an und weckst mich auf!« Striker macht es nichts aus, auf der Straße herumzuschreien. Sie macht das die ganze Zeit, wobei sie den Mund so weit aufreißt, dass man ihre Mandeln sehen kann.

»Nein, hast du nicht, Striker, du sagtest, ich SOLLTE DICH NICHT anrufen!«, zischte ich. »Du sagtest, ich solle aufhören, eine langweilige Kuh zu sein, und mich nicht wie deine Mutter benehmen! Das hast du gesagt! ICH HABE NOCH DIE SMS!«

Striker versuchte, das zu begreifen, aber es war klar, dass sie erst vor ein paar Minuten aufgewacht war, denn ihre Augen waren noch verklebt und ihr Gesicht sah so verquollen aus wie eines von Mrs Minsks Käsesoufflés.

»In fünfzehn Minuten fängt die Schule an!«, schrie ich.

»Oh, dann fahrt eben verdammt noch mal ohne mich. Ich komme allein nach. Wir sehen uns dann in der Schulversammlung zum morgendlichen Singsang«, brüllte Striker.

»Kreischt einfach ein bisschen lauter bei ›Make Me a Channel of Thy Peace‹, dann wird mich niemand vermissen.« Und schon schlug sie die Tür zu und war weg. Einen Moment lang saß ich mit offenem Mund da, dann klappte ich ihn zu, bevor meine Zunge verstaubte.

»Himmel, heiß heute, nicht wahr?«, sagte Vixen, als ob nichts passiert wäre. »Ich hoffe, sie haben die Klimaanlage im Klassenzimmer an, sonst gehen wir ein.«

»Tut mir leid, Cyril, wir können weiterfahren, danke«, sagte ich. »Miss Earhart wird selbst eine Möglichkeit finden, zur Schule zu kommen.«

Ich geb's auf mit Striker. Echt.

Wir verließen Octavia Square, fuhren die Seitenstraße entlang bis zur Hauptstraße, die vom Berufsverkehr völlig verstopft war. Dort kamen wir nur im Schneckentempo weiter, wobei es manchmal eine Ewigkeit lang gar nicht weiterging, und ich wurde ziemlich nervös, weil ich wusste, dass wir zu spät kommen würden. WIE IMMER. Und Mrs Prendergast würde uns garantiert dabei erwischen, wie wir schon am ersten Tag an ihrem Büro vorbeirannten. Und dann würde sie wie immer mit den Augen rollen, uns anbrüllen und total überschnappen.

Das wäre so was von ÜBERHAUPT NICHT cool. Vor allem, nachdem wir letztes Jahr so viele Elternbriefe wegen »ständigen Zuspätkommens« erhielten, dass Vixens Vater der Schule nicht nur den Wissenschaftsblock, sondern auch einen Hubschrauberlandeplatz schenkte, damit die dumme Kuh endlich Ruhe gab.

»Sorg dafür, dass mich diese Prendergast nicht mehr wegen deiner Unpünktlichkeit belästigt!«, hatte Vixens Vater geschrien, als er den Scheck ausstellte und ihn Vixen hinwarf. Der Hubschrauberlandeplatz war eine »Geste des guten Willens«: damit sich Mädchen, die das Wochenende mit ihrer Familie auf dem europäischen Festland oder in Schottland verbrachten, wenigstens direkt ins Lycée fliegen lassen und dadurch die Staus um Heathrow umgehen und pünktlich zum Unterricht erscheinen konnten. Derweil schafften es Vixen und ich trotzdem, zweimal pro Woche zu spät zu kommen, obwohl wir mit dem Wagen nur drei Kilometer zu fahren hatten.

»Ich weiß auch nicht, weshalb sich die Menschen immer so einen Kopf machen wegen der Zeit«, sagte Vixen verträumt und drückte ihre Wange an das Autofenster. »So, als würden wir alle auf demselben Planetenweg wandern. Vielleicht ist es manchen von uns einfach vorherbestimmt, sich auf der Kriechspur vorwärtszubewegen.«

»Ja«, sagte ich, während wir wieder so lange an einer roten Ampel warteten, dass ich geradezu spürte, wie inzwischen meine Haare ein Stück länger wurden.

»Vielleicht kommen wir ja gar nicht zu spät. Vielleicht ist die Welt immer zu früh dran«, sagte Vix.

Ich ignorierte das einfach. Manchmal ist das besser so. Außerdem hatte ich plötzlich eine völlig verrückte Idee.

»Cyril«, sagte ich und beugte mich vor. »Meinen Sie, das wird die ganze Strecke so bleiben? Was wäre, wenn Vix und ich, wissen Sie, nur dieses eine Mal, einfach aussteigen würden und, ähm, den Rest des Weges rennen würden?«

Es folgte ein Schweigen und dann schüttete sich Cyril aus vor Lachen.

»NEIN!«, sagte er. »Tut mir leid, Miss M.-J., ich werde dafür bezahlt, Sie sicher zum Schultor zu bringen.«

»Cool, ja klar, ich weiß«, sagte ich und ließ mich wieder nach hinten in den Sitz plumpsen. Ich weiß nicht, warum ich Cyril das ausgerechnet heute Morgen gefragt habe. Normalerweise würde ich so etwas nicht einmal denken. Ich weiß, wie gefährlich es sein könnte, wenn wir einfach aussteigen und zu Fuß gehen würden. In der Nähe des Hampstead Lycée gibt es eine dieser Siedlungen für Sozialwohnungen, die ich zwar noch nie gesehen, von der ich aber gehört hatte, und dort soll es wirklich gefährlich sein. Die Siedlung heißt Cottingham Estate (na ja, okay, die Mädchen aus dem Lycée sagen auch Schrottingham oder Kaputtingham dazu). Anscheinend sind die Leute dort wirklich ultragewalttätig. Mom sagt sogar, dass nicht mal die Polizei dorthin ginge, weil es eine Art No-Go-Area sei. Und wenn die Polizei doch mal hinginge, sagt Mom, dann bräuchte sie Dolmetscher, weil die Hälfte der Leute dort nicht mal Englisch sprechen könnte, und selbst die Weißen, die Englisch könnten, würden dieses Halb-Jamaikanisch sprechen, das absolut keinen Sinn ergibt.

Offensichtlich gibt es bei dieser Siedlung auch einen Park, damit die Leute mal frische Luft schnappen können. Doch der soll absolut schrecklich sein, weil man erstochen wird, nur weil man jemanden angeschaut hat, und der Spielplatz dort besteht aus riesigen Haufen gebrauchter Spritzen und aus Hundekacke. So viel Hundekacke, dass man darauf Ski fahren könnte, wenn es so etwas wie eine Hundekacke-Winterolympiade gäbe, und deshalb seien die Kids dort mit allem Möglichen infiziert, weil sie nicht geimpft sind und so weiter.

Deshalb konnten wir natürlich nicht zu Fuß gehen, weil wir uns sonst vielleicht verlaufen und dorthin gelangen würden, und dann könnte wirklich ALLES passieren. Ich weiß nicht, warum ich gefragt hatte. Plötzlich hatte mich einfach dieses seltsame Bedürfnis überkommen, die Autotür aufzureißen, auszusteigen und zu LAUFEN. Total bizarr. Vielleicht sollte ich das mal Dr. Sarzberg erzählen?

Wir kamen dann mit ZWANZIG MINUTEN VERSPÄTUNG in der Schule an. Aber das war nicht so schlimm, denn vor dem Lycée war die Hölle los – weshalb alle spät dran waren. Es war Tag eins eines neuen Schuljahrs und niemand hatte auch nur versucht, sich in Sachen Mitfahrgelegenheiten zu organisieren. Deshalb war die Straße total zugestellt mit Jaguars, Daimlers oder Range Rovers, und all die Eltern und Chauffeure waren ULTRAGEREIZT und hupten und stritten miteinander. Nichts macht Hampstead-Lycée-Eltern wütender, als wenn jemand die Straße blockiert, denn sie sind alle so beschäftigt und haben ungeheuer wichtige Jobs oder zumindest wichtige Wohltätigkeitsveranstaltungen. Mom sagt immer, dass Leute wie wir riesige Geländewagen brauchen, weil wir schneller überall hinkommen müssen als normale Leute.

Als wäre das alles nicht schlimm genug, hatte die Mutter von Alessandra Sabatini aus unserem Jahrgang versucht, direkt vor dem Schultor in drei Zügen zu wenden. Daraus wurden siebenundachtzig Züge und sie prallte mit ihrem Mercedes gegen einen Saab. Der Saab gehörte dem Dad von Flora Bryce aus der Achten und offensichtlich hatte Floras Dad angefangen, herumzuschreien.

»Sie dumme Kuh! Jemanden wie Sie sollte man gar nicht erst auf die Straße lassen!«

Und Alessandras Mutter fing an, mitten auf der Straße buu-huu zu machen. Sie hatte aber nur ein eng anliegendes pinkfarbenes Yoga-Trikot, eine Strumpfhose und ein Stirnband an (und unter den Kleidern zeichnete sich wirklich ALLES ab, was echt BÄH war). Sie musste wohl auf dem Weg zum Neun-Uhr-Yogakurs im Hampstead Yoga Village sein.

Und dann fühlte sich Floras Vater schlecht und versuchte, Alessandras Mutter zu trösten, indem er sie innig umarmte (um ganz offen zu sein, ein wenig zu innig, denn irgendwann umklammerte er mit beiden Händen ihre Pobacken und rieb seinen Körper gegen ihr Bein. DOPPEL-BÄH!). Na ja, und dann kam Mrs Prendergast in ihrem Nadelstreifenanzug und MEGASCHWEREN Schuhen herausgestapft und sagte zu den beiden, dass dies »keine Art sei, Versicherungsnummern auszutauschen«, woraufhin Alessandras Mutter noch viel lauter bu-huu machte.

Das war bestimmt alles ziemlich schlimm für Alessandras Mutter, aber ein großes GLÜCK für Vixen und mich, denn wir konnten durch das Chaos zu Raum 5.1 rennen, zum Unterricht der elften Klasse des Notre-Dame-Hauses, ohne wieder ein tausend Seiten umfassendes Essay mit dem Titel »Warum eine Lady vom Hampstead Lycée NIEMALS zu spät kommt« aufgebrummt zu kriegen.

Wir rannten in die Klasse, wo all die anderen Notre-Dame-Mädchen schon saßen und warteten. Miss Condou, unsere Hausleiterin, fummelte mit ihrer Liste herum, fügte mit einem Stift Namen hinzu und strich andere durch. Sie sah im Großen und Ganzen aus, als würde sie sich darüber ärgern, dass schon wieder September war, und als wäre sie lieber noch am Strand, wo sie ihrer schuppigen Nase nach vor vierundzwanzig Stunden noch gewesen war.

Miss Condous Tag wurde noch viel, viel schlimmer, als die Sehr Ehrenwerte Petronella Jones völlig empört am Lehrerpult stand und sagte: »Sie müssen dieses Jahr unsere Titel sagen, wenn Sie die Liste aufstellen, Miss. Sie müssen mich Sehr Ehrenwerte Petronella nennen. Werden Sie das tun?« Und: »Was bringt es, wenn man eine Sehr Ehrenwerte ist, wenn Sie das nicht jeden Tag zu mir sagen, Miss?«, und: »Mein Dad will, dass Sie meinen Titel sagen, Miss!«

Und wie immer sagten Bettina und Livvy zu Petronella, dass sie sich hinsetzen und die Klappe halten soll, da sie immer darüber quasselt, dass sie eine Sehr Ehrenwerte ist, während die arme Iris Stanhope-Smythe niemals ein Wort darüber verliert, wie wir sie nennen sollen, dabei heißt sie eigentlich Lady Iris, weil ihr Dad ein Earl ist.

Und dann sagte wieder mal jemand, dass »Poppet die Nummer siebenundachtzig in der britischen Thronfolge ist und das niemandem gegenüber auch nur erwähnt!! Wenn also bei einer königlichen Hochzeit eine Bombe hochgeht oder so und haufenweise Mitglieder der Königsfamilie sterben, dann könnte Poppet Queen werden!« Das ist zwar richtig, aber es ist mir so was von egal und die Leute können mich nennen, wie sie wollen, ES IST MIR WURST, und mal ganz ehrlich: Wir führen diesen Streit schon seit der siebten Klasse und er wird einfach nicht interessanter . . . GÄHN HOCH EINE MILLION!

Vixen hatte sich hinten neben Blitzen Trapper gesetzt. Ich fröstelte ein wenig, als ich das sah. Ich würde mich nie-niemals einfach so neben Blitzen plumpsen lassen.

Tatsächlich ist es so, dass ich nie weiß, wo ich mich hinsetzen soll, wenn ich das Klassenzimmer betrete. Punkt. Und dann trödle ich immer und schaue mich eine Weile um und komme mir blöd vor, weil jeder sein Revier hat und sich diese Reviere irgendwie jeden Tag verschieben, sodass es sehr verwirrend wird. Aber Vix bemerkt diese Art von Schwingungen und dieses Revier-Dings gar nicht. Vix nimmt einfach Platz, wo immer sie will, und nie sagt irgendjemand etwas dagegen. Es ist, als hätte sie eine Art Heiligenschein auf dem Kopf oder so. Jeder mag sie. Sogar Blitzen Trapper sieht erfreut aus, Vixen zu sehen, und Blitzens Launen können ultra-unberechenbar sein (nicht dass ich Blitzen runtermachen will, ich mag Blitzen, falls jemand das findet und liest).

Blitzen sah ganz anders aus als letztes Schuljahr. Sie hatte ihren honigfarbenen Bob weißblond färben und im Elfenstyle kurz schneiden lassen. Vorne kräuselte sich ihr Haar zu einer zierlichen Tolle, die mit etwas Steinhartem fixiert war. Es passte wirklich gut zu ihren schiefergrauen Augen und ihren Wangenknochen. Sie sah aus wie eine Fee. Aber nicht unbedingt wie eine gute Fee, die gute Taten vollbringt oder Menschen hilft oder so.

Blitzen saß bei ihren beiden besten Freundinnen Belle Caribou und Amelia Strang. Sie blätterten in der *Grazia* und diskutierten über Sachen, die sie sich aus der Frühjahr/Sommer-Kollektion bestellen wollten. Als Vixen zu ihnen kam, machten sie ein riesiges Theater um sie und sagten ihr, wie FANTASTISCH sie aussähe. Ob sie in einem Spa in Thailand gewesen sei oder so? Und in welchem? Hatte sie sich einer Hot-Stone-Behandlung unterzogen, weil ihre Haut so schimmerte?!

Zu mir sagte keine von ihnen etwas.

Amelia schaute mich irgendwie komisch an, als ich hinüberging. Als ich mich setzen wollte, warf sie ihre rabenschwarze Lockenpracht nach hinten und sagte: »Nicht hier, rutsch eins weiter, ich halte den Platz hier frei, für alle Fälle.«

Hilfe suchend schaute ich Vixen an, aber sie hatte es nicht gehört, weil sie gerade am Plaudern war. Ich seufzte, rutschte zum Ende der Bank und setzte mich hin.

»Oh, meine Güte, Vixy, ich glaub es nicht. Du hast soo viel abgenommen!«, sagte Blitzen. »Du siehst FANTASTISCH aus! Hast du eine Entschlackungskur gemacht?«

»Oh, nein, überhaupt nicht«, sagte Vixen. »Ich war eine Weile in Argentinien und hatte einen Magen-Darm-Infekt. Ich saß eine Woche lang auf dem Klo. Es war widerlich.«

»Oh, toooooll«, sagte Blitzen. »Du hast solches Glück! Ich musste für jedes einzelne Kilo schwitzen. Jeden einzelnen Tag bin ich zehn Kilometer gelaufen und habe diese Master-Cleanse-Detox-Diät gemacht. Das ist die, bei der man die ganze Zeit nur Sirup mit Wasser und Molasse trinkt und dauernd umkippt. Ich war diesen Sommer außerordentlich streng zu mir.«

Blitzen streckte uns ihren rechten Arm hin, damit wir ihn alle bewundern konnten. Alle schnappten nach Luft. Er bestand praktisch nur aus einem Knochen, der mit einer dünnen Haut bedeckt war. Eigentlich sah das ziemlich komisch aus, aber ich war trotzdem total neidisch. Mein Arm ist irgendwie weich und obenrum ein wenig fett. Amelia nennt Mädchen mit solchen Armen Schlabberarm-Vogelscheuchen, deshalb behalte ich immer meine Strickjacke an, auch wenn es heiß ist.

»Ich wiege zweiundvierzig Kilo!«, sagte Blitzen abrupt.

»Wow!«, sagte Belle und zwickte Blitzen in den Arm. Es gab nur nichts zu zwicken.

»Zweiundvierzig Kilo?!«, sagte Vixen. »Meine Güte! So schlank bin ich nicht, Blitz. Ich wiege etwa achtundvierzig Kilo!«

Amelia und Belle nickten beide und sagten »ich auch«. Ich schloss mich ihnen an und murmelte »ich auch«, aber meine Wangen fühlten sich heiß an und ich hoffte, dass es niemand merkte, denn sonst wäre klar, dass ich überhaupt nicht so dünn bin.

Dann wurde es leise im Klassenzimmer, weil Miss Condou anfing zu sprechen, und alle Mädchen checkten heimlich ihre Blackberrys und iPhones in ihren Taschen auf neue Nachrichten. Ich saß da und starrte durch das Fenster auf eine Schar Tauben, die auf dem Hockeyfeld gelandet war. Mir war heiß, ich kam mir blöd vor und war ein wenig sauer. Mein Gehirn konnte nicht aufhören, über Blitzens

Diät nachzudenken. Zweiundvierzig Kilo? Blitzen ist etwa einsvierundsiebzig groß! Ich wiege neunundfünfzig Kilo und bin einsachtundsechzig groß! Wie kann es sein, dass ich so abartig schwer bin? NEUNUNDFÜNFZIG KILO? Wie kommt das? Wie kommt es, dass ich immer noch so dick bin? Dabei versuche ich doch schon ständig, so langweiliges vernünftiges Zeug wie Obst zu essen, und renne im Garten herum und gehe mit MacBeath Gassi?! Und warum sagt dieser Mr Singhpal in der Harley Street – der Diätassistent, zu dem Mom mich immer schickt –, warum sagt der dauernd, dass neunundfünfzig Kilo das normale, gesunde Gewicht für eine einsachtundsechzig große Teenagerin wäre?

Warum?!

Warum sagt er, dass ich an den richtigen Stellen Rundungen hätte, vollkommen gesund und NICHT dick wäre, wenn ich doch absolut nicht das richtige Gewicht habe? Ich meine, NEUNUNDFÜNFZIG KILO! Tonnen schwerer als jedes andere Mädchen, das sein Gewicht je erwähnt, und SIEBZEHN Kilo schwerer als Blitzen Trapper! Wie kommt das? Der Arzt lügt mich doch an, so wie alle Erwachsenen.

Na ja, ich steigerte mich also gerade in eine dieser Megakrisen hinein, da wurde die Tür aufgerissen und Striker kam hereingestürmt.

Und dann ging es erst richtig los, denn Miss Condou sah ihr Haar, das von Nahem noch mehr nach OH-MEIN-GOTT-MIR-BRENNT-DER-KOPF aussah. Striker schaffte es nicht mal, auch nur eine Pobacke auf einen Stuhl zu bekommen, bevor Miss Condou »AAAAAAAAAAIE! SOFORT IN MRS

PRENDERGASTS BÜRO, STRIKER EARHART, DU KENNST DIE SCHULREGELN!« kreischte.

Und Striker sagte: »Oh Gott, ich bin doch nur fünfundvierzig Minuten zu spät, ich hab doch noch nicht einmal den Anfang der Schulversammlung verpasst.«

Und dann begann Miss Condou, sichtlich zu zittern, was sie nicht hätte tun sollen, denn ihre Nase schälte sich und einige Hautflocken fielen in Iris' Stiftemäppchen. Sie brüllte: »Es geht nicht um deine Verspätung, SONDERN UM DEINE HAARE! Und ja, okay, um die Verspätung auch! Aber vor allem UM DEINE HAARE! SIE SIND MONSTRÖS!« Dann stürmte Miss Condou nach hinten, packte Striker am Arm und wollte sie aus dem Klassenzimmer zerren. Und Striker sagte: »Rühren Sie mich verdammt noch mal nicht an, sonst verklage ich Sie.«

Na ja, die Klasse kicherte, weil wir alle wussten, dass das die lausigen Kids unten in Schrottingham immer sagten. Am Hampstead Lycée können die Lehrer machen, was sie wollen. Striker wand sich und versuchte, sich aus Miss Condous Griff zu befreien. Beim Gehen schaute sie sich zu mir um und sagte: »Himmel, Poppet, ich weiß nicht, warum ich mir überhaupt die Mühe gemacht habe, mich anzuziehen. Ich hätte ihnen einfach über das Handy ein Foto schicken und ausschlafen können. Bis später, Baby.«

Ich brach in Gelächter aus und sagte: »Ich versuche, dich in der Pause zu finden, okay?«

Daraufhin wurde Miss Condou noch wütender und schrie: »Striker wird zu Hause sein! Sie wird nach Hause gehen!«

Striker johlte laut und sagte: »FANTASTISCH!« Und dann war sie weg.

Striker wurde für eine Woche vom Hampstead Lycée suspendiert und durfte nur unter der Bedingung zurückkommen, dass sie einen Hut tragen würde. Um ganz ehrlich zu sein, habe ich Striker gegenüber gemischte Gefühle. Okay, einerseits mache ich mir irgendwie Sorgen wegen ihres durchgedrehten, total rebellischen Benehmens. Andererseits finde ich sie jedoch so was von absolut COOL.

Der Rest des Tages zog sich hin. Selbst wenn ich nur daran denke, langweile ich mich. Wir hatten dann Mathe und Deathbreath Douglas jagte uns Angst ein – wegen der Abschlussprüfungen und weil »zwei Jahre VORÜBERZIEHEN WERDEN WIE EIN MEEEEETEOR!«.

Douglas hat eine ziemlich komische Stimme, sie geht dauernd nach oben und unten, weil er aus Wales oder so kommt. Jedenfalls von dieser Insel in der Nähe von Schottland, wo sie diese langen Schalotten-Zwiebeln anbauen. Ich glaube, das gehört zu Island, oder? Oh, ich weiß nicht. Mit Landkarten hab ich's nicht so.

Am Ende der Stunde nahm mich Douglas beiseite und erklärte, dass ich definitiv Extraunterricht bräuchte, um in der Abschlussprüfung eine Drei oder besser zu bekommen, und dass er meinen Eltern einen Brief schicken würde. Als Minimum würde er zwei Stunden pro Woche empfehlen.

Na wunderbar. Noch zwei Stunden jede Woche, in denen ich mit einem Mann mit gelben Draculazähnen, einem Netzhemd und einem Atem wie Satans Pospalte in einem Zimmer festsitzen würde. DANKE, SCHICKSAL.

Die Unterhaltung über Extraunterricht wiederholte sich auch nach Französisch. Und Biologie. Und Chemie. Als mich Mr Abdul nach Erdkunde um ein »privates Gespräch« bat, wusste ich, was kommen würde, deshalb sagte ich: »Tut mir leid, Sie haben Pech gehabt. Ich habe schon zwanzig Stunden Privatunterricht und nach der Schule noch Bratsche und Bildhauerei. Ich habe keine Lebenszeit mehr übrig. Sie müssen akzeptieren, dass ich in Erdkunde wahrscheinlich durchfallen werde.«

Mr Abdul schnaubte laut und sagte: »Für Ladys aus dem Hampstead Lycée gibt es den Begriff des Durchfallens nicht, Miss Montague-Jones, sondern nur verschiedene Stufen des Erfolgs!« Dann sagte er, ich solle in den Briefkasten schauen, weil meine Eltern einen Brief bekommen würden. NA FABELHAFT.

Das einzig Gute heute passierte zu Hause. Ich machte die Haustür auf und ein herrlicher Geruch zog die Treppe von der Küche herauf. Mrs Minsk hatte eine Hühnerpastete gebacken.

Ich rannte hinunter und fand Flash, der am Tisch saß und mit einem Löffel Pastete aß. Mrs M räumte die Spülmaschine ein. Sie trug eine dunkelrote Schürze mit Rüschen, die sie schon trug, als ich klein war. Irgendwie fühlte ich mich dadurch gleich besser.

»Iss!«, sagte Mrs M und deutete auf die Pastete. »Du bist so eine dünne Ding.«

»Bin ich nicht«, sagte ich zu ihr. Sie sieht wohl allmählich schlecht, immerhin ist sie schon um die sechzig oder so. Flash findet, dass das echt uralt ist. So alt, dass er sie vor ein paar Tagen gefragt hat, ob sie als Kind einen Plüschdinosaurier gehabt hätte.

Ich nahm einen Teller und setzte mich. Mrs M verwuschelte mein Haar und sagte: »Poppet, ich rufen Assistent von deiner Mutter, Matthew. Er ist sehr netter Junge, aber sagen, dass er seit drei Tagen keine Spur von deine Mutter haben. Aber er sie wird finden, keine Sorge, okay?«

»Danke, Mrs M«, seufzte ich. »Vielleicht ist sie ja über New York geflogen, um Dad zu sehen oder so. Ich mache mir bis jetzt noch keine Sorgen.«

»Oh, und deine Schwester Kitten ist oben, sie gerade erst zurückkommen«, sagte Mrs M und schüttelte dabei ein wenig den Kopf.

»Ja, das dachte ich mir schon«, sagte ich. »Da draußen lungern ein paar Leute auf der Treppe herum.«

Mrs M verdrehte die Augen und ich auch, dann verwuschelte sie mir wieder die Haare und Flash und ich saßen in der Küche und aßen zusammen die Pastete auf.

Flash zeichnete mit Buntstiften eine echt tolle St. Paul's Cathedral auf seinen Block. Und ich starrte auf einen Haufen Chemiehausaufgaben und stellte fest, dass ich kein verdammtes Wort davon verstand – ÜBERHAUPT NICHTS! Irgendwas über Polymere, die man in Ethanol-was-auch-immer aufspalten kann, um Pflanzenöl herzustellen, mit dem man Schuhe herstellen kann oder so was. Oh, was weiß ich! Ich werde wieder die Schlechteste in der Klasse sein, ich weiß es einfach. Selbst wenn meine Mutter Mr Abdul Eintrittskarten für das Finale in Wimbledon schenkt – damit er sagt, dass ich mich dieses Jahr doch ganz gut im Mittelfeld halte. Aber egal, was er sagt: Ich werde einfach immer wissen, dass das nun mal absolut nicht der Wahrheit entspricht.

»Pop, ich habe ein Frage«, sagte Flash heute Abend zu mir, während er seine Brille zurechtrückte, auf der noch Spritzer von der Bratensoße waren, die wir zur Pastete hatten.

»Ich bin ganz Ohr«, sagte ich. »Wie ein Elefant. Was ist?«

»Poppet, wenn man eine ganze Woche lang nicht kacken geht, ist es wahr, dass dann die Kacke durch den Tunnel zurückkommt und einem schließlich aus dem Mund und aus den Ohren quillt?!«

»Ähm, ich glaube nicht, Flash«, sagte ich zu ihm.

»Aber wo geht sie dann hin? Was passiert mit der ganzen Kacke?«, fragte er.

»Ich weiß nicht!«, sagte ich. »Ich glaube, sie kommt letztendlich trotzdem aus deinem Hintern.«

»WIE?«, sagte Flash, wobei er total aufgeregt aussah. Ich wünschte, meine Eltern wären öfters hier, um solche Sachen zu beantworten. Bei mir endet es nur damit, dass ich mir etwas ausdenke.

»Ich weiß nicht!«, sagte ich. »Vielleicht holt sie der Arzt mit einer Saugglocke heraus!«

Na ja, Flash gefiel diese Idee und er rannte davon, um auf seinem Laptop zu schauen, ob es dazu Filme auf *YouTube* gibt.

Dann sagte Mrs M: »Poppet, ich gehen jetzt mal fernsehen und legen die Füße hoch. Kommen heute Freunde zu dir oder du gehen aus?«

Ich sagte ihr, dass ich nicht sicher sei. Striker hat Hausarrest und Vixen ist mit ihrer Schwester Frangipan auf einer Modenschau.

»Okay, du mich brauchen, du klopfen«, sagte sie. »Karina kommen zurück und bringen Flash ins Bett.« Dann ging sie in ihre Wohnung und machte die Tür zu. Das Haus war wirklich, wirklich still. Ich fühlte mich vollkommen allein.

Ich ging nach oben in mein Zimmer. Die Tür von Kittens Zimmer im dritten Stock stand sperrangelweit offen und ich konnte das vertraute Geräusch ihres rauen Zwanzig-*Marlboro*-Light-pro-Tag-Schnarchens hören.

Ich spähte hinein. Kitten lag mit dem Gesicht nach unten auf der Bettdecke in einem ihrer Komas und trug immer noch diese hochhackigen Lacklederschuhe, das Schottenkaro-Minikleid von gestern Abend und zerrissene neongelbe Netzstrümpfe, die sie auch heute Morgen in der *Sun Bizzare*-Reihe getragen hatte. Auf Zehenspitzen ging ich auf sie zu.

Kittens Haut hatte irgendwie die Farbe von Haferbrei, ihre Lippen waren ziemlich rau und ihr blaues Augen-Make-up war unter ihren Augen verschmiert. Ihr rechtes Nasenloch sah wund aus und darunter klebte ein wenig Blut. Das Blut versetzte mich echt in Panik, und es brauchte zurzeit schon eine Menge, um wegen Kitten in Panik zu geraten. Hatte sie jemand geschlagen? Hatte sie eine Hirnblutung?!

Ich starrte sie an, nahm ihr Handgelenk und fühlte nach dem Puls. Aber dann wurde mir klar, dass ich albern war. Kitten war nur ohnmächtig.

Um vollkommen ehrlich zu sein, sah sie trotzdem noch sehr, sehr schön aus. Das war bei Kitten irgendwie immer so. Irgendeine Frau von der Zeitung schrieb letzte Woche in der *Times*, dass meine große Schwester Kitten Calypso Montague-Jones zu den »umwerfendsten Mädchen in London« gehöre und dass »jede Frau gern sie wäre und jeder Mann sofort mit ihr ins Bett gehen würde«. Und das ist doch irgendwie cool, oder nicht? Ich wünschte manchmal nur, sie würden aufhören, darüber zu quasseln, denn dann würde sie vielleicht nicht zu so vielen Partys eingeladen und würde nicht so viel dummes Zeug machen. So langsam gerät das nämlich außer Kontrolle.

Ich kniete mich neben Kittens Bett, nahm eine Kippe, die in einem Aschenbecher vor sich hin schmauchte, und drückte sie richtig aus. Es hätte uns gerade noch gefehlt, dass wieder die Feuerwehr kommt.

»Mumpghghg?«, machte Kitten und schaute mit verzerrtem Gesicht zu mir auf.

Ich kroch näher und sah mir Kits Muttermal an, das sich auf ihrem Hals direkt unter dem rechten Ohr befand. In letzter Zeit versteckte sie es immer unter Make-up, aber jetzt war es zu sehen. Kittens Fleck, wie wir immer sagen. Als ich noch klein war, ließ mich Kitten immer auf den Fleck drücken. Dann machte sie BRRRRRRRRUMMMM wie ein Bär und ich kreischte und kicherte, bis ich glaubte zu ersticken. Das war wohl ziemlich kindisch. Heute machen wir so einen Quatsch nicht mehr.

»Kit, bist du wach?«, flüsterte ich. Ich setzte mich aufs Bett und strich ihr die Haare aus dem Gesicht.

Sie schnaubte ein wenig und machte ein Auge auf.

»Nun, jetzt schon, oder? Wenn du so einen verdammten

Lärm machst! Kannst du dich nicht einfach verpissen und die Tür hinter dir zumachen?«

»Gut«, sagte ich, dann stapfte ich in mein Zimmer, schlüpfte ins Bett und zog die Decke um mich, als wäre ich eine Schildkröte in ihrem Panzer. Dann schaltete ich mein Wärmeunterbett an und beschloss, AUF DER STELLE einzuschlafen. Dies stellte sich übrigens als UNMÖGLICH heraus, weil vor dem Haus Paparazzi auf Mopeds warteten. Die ließen die ganze verdammte Nacht wie ein Wespenschwarm die Motoren aufheulen, weil meine bescheuerte große Schwester – laut *TMZ.com* – mit einem Hollywood-Schauspieler namens BRANDON GISSAMO, der auch noch verheiratet ist, herumgeknutscht haben soll.

Die Paparazzi-Typen machten also die ganze Nacht lang HUP, HUP, HUP mit ihren Hupen, was total NERVIG war. Auch wenn ich dadurch Zeit hatte, für Dr. Sarzberg, den Therapeuten, diesen durchschnittlichen Tag aufzuschreiben. Was, wie von mir vorausgesagt, Zeitverschwendung war, weil all dies – wie bereits erwähnt – beweist, dass mein Leben so hundertprozentig öde ist, dass man sich am liebsten selbst mit dem Hammer auf den Kopf schlagen würde.

Das lässt sich ja wohl kaum bestreiten, oder? Ich habe wahrscheinlich das nervtötendste Leben auf der ganzen verdammten Welt.

Mittwoch, 9. September

Nun, das Rätsel um die verschwundene Mami wurde gelöst. Sie war in LIBERIA.

Ich hatte von diesem verdammten Land bisher noch nicht einmal gehört, aber Flash kletterte auf die Trittleiter und zeigte es mir auf der riesigen Weltkarte, die in seinem Kinderzimmer hängt. Liberia ist in Afrika. AFRIKA? Von dort kommt doch auch Cyril!

»Liberia hat ungefähr dreieinhalb Millionen Einwohner«, erzählte mir Flash heute. Seine Nase lief und er wischte sie am Ärmel seines Tiger-Schlafanzugs ab. »Und die Hauptstadt heißt Monrovia.«

»Woher weißt du das?«, fragte ich. Flash runzelte die Stirn und stieß einen kleinen Seufzer aus.

»*Jeder* weiß das, Poppet«, sagte er. »Wir haben die Hauptstädte schon in der Baby-Schule durchgenommen. Hast du sie dort nicht auch gelernt?«

»Himmel, das weiß ich doch nicht mehr«, sagte ich. Ich starrte ausdruckslos auf die Karte und versuchte, mich an irgendetwas aus dem Kindergarten zu erinnern, das nichts damit zu tun hatte, jemanden zu fangen, gefangen zu werden, herumzuschreien oder ganz schnell aus dem Ball-Pool zu springen, weil jemand die Hosen heruntergelassen und irgendwohin gekackt hatte.

Nee, nichts, nicht ein bisschen. So fühlte ich mich in der Schule praktisch die ganze Zeit.

»Das heißt also, dass Mom ziemlich weit weg ist?«, fragte ich. »Als ich sie auf der iCam gesehen habe, sagte sie, sie würde am Freitagmorgen um elf Uhr in Heathrow landen!?«

»Sie ist in Afrika, Poppet«, sagte er.

»Vielleicht tausend Kilometer weit weg?« Ich starrte ihn an, ich hatte keine Ahnung.

»Fünftausend Kilometer«, sagte er, dann ging er, um *Cbeebies* zu schauen. Morgens sitzt Flash gern eine halbe Stunde in seinem Kinderzimmer, trinkt Schokomilch, schaut *Cbeebies* und schreibt E-Mails an die Moderatoren, in denen er ihre Aussprache korrigiert. Irgendwie finde ich das ja süß (das blonde Mädchen mit der regenbogenfarbenen Latzhose findet das wahrscheinlich nicht. Sie hat diesen Monat schon drei E-Mails bekommen und jetzt scheint sie krankgeschrieben zu sein).

Ich blieb noch eine Weile stehen und glotzte auf Flashs Karte mit all den unterschiedlichen Ländern. Vor allem Afrika. Afrika sieht aus wie Kittens Halsfleck. Ich bin mir fast sicher, es war Afrika, wo dieses Mädchen aus dem Hampstead Lycée, Imelda Gloringdale (Gott hab sie selig), vor ein paar Jahren zwischen Schule und Studium ein Jahr verbracht hatte. Sie hatte in einem von diesen Dschungeln ihr Zelt aufgestellt und wurde von einem Löwen gefressen. Das war irgendwie echt makaber. Offensichtlich kann man

NICHT einfach mal so mir nichts dir nichts in den Dschungel wandern und zum Abendbrot Würstchen grillen und Bohnen aufwärmen. Das haben jedenfalls die Einheimischen hinterher gesagt, als sie ihre Überreste in einer Kiste zurückschickten.

Florence, Imeldas Schwester, sagte, dass es eine echt kleine Kiste gewesen sei. Kein Sarg. Eher wie ein A4-Ordner aus dem Schreibwarenladen. Oh, mein Gott. Afrika klingt ultragefährlich. Was um alles in der Welt machte Mom dort?

Jedenfalls war es ziemlich cool, ihr Gesicht heute Morgen, als sie in ihrem Hotelzimmer war, über iCam zu sehen. Die Verbindung war sehr klar und ich konnte ihre gebräunte Haut, ihr blondes Haar, ihre blauen Augen und die weißen Abdrücke sehen, die die Sonnenbrille auf ihren Wangen hinterlassen hatte.

Meine Mutter sieht irgendwie immer schön aus, wenn sie im Urlaub ist. Als wir noch klein waren, haben Kitten und ich gern Moms Reisefotos angeschaut, wenn sie wieder zu Hause war. Sie sah darauf ganz glücklich und strahlend aus. Ganz anders, als wenn sie es mit uns zu tun hatte. Ich fühlte mich seltsam heute Morgen, als ich ihr Gesicht sah, weil ich plötzlich »ich vermisse dich« sagen wollte. Aber ich habe es nicht gesagt, weil ich wusste, dass es weinerlich klingen würde, und ich hasse es, wenn jemand sagt, dass ich die Weinerliche sei.

»Wie geht es allen meinen Babys?«, fragte meine Mutter immer die Nanny am Telefon, und die Nanny antwortete dann stets: »Oh, es geht ihnen gut, Mrs Montague, kein

Problem. Poppet ist ein bisschen weinerlich, aber sie wird bald drüber wegkommen, das ist bei ihr immer so.«

Und dann sagten Knut und Kitten immer: »Hör auf, herumzujammern, Poppet, du verdirbst Mami ihre Ferien. Du bist immer so weinerlich.«

Ich wollte Mom auch von den Blutstropfen an Kittens Nase erzählen, aber ich war mir hundertprozentig sicher, sie würde Kitten verraten, dass ich das gesagt habe. Und dann würde es wieder heißen, ich wäre eine Unruhestifterin und Petze. Deshalb habe ich Mom heute nichts Wichtiges erzählt, sondern habe alles für mich im Kopf behalten, weil es so am wenigsten anrichten kann. Stattdessen erzählte ich ihr nur von Vixens Rettet-die-Straßenkatzen-Projekt und von Mrs Minsks Hühnerpastete. Dann nervte ich sie wegen des Darlehens für die Brust-OP, aber das fand sie überhaupt nicht gut.

»Nein, Poppet«, sagte sie kopfschüttelnd. »Noch nicht.«

»Warum nicht?«, fragte ich. »Alle auf dem Lycée lassen sich operieren!«

Okay, das war geringfügig übertrieben, aber Livvy hatte sich in der neunten Klasse die Nase richten und winzige Wangenimplantate einsetzen lassen, die ihr Gesicht ins Gleichgewicht brachten, und sie sieht HAMMERMÄSSIG aus.

»Warte, bis du achtzehn bist, gib deiner Brust die Chance zu wachsen. Es kann sein, dass sie plötzlich anfängt zu sprießen«, sagte Mom, während sie ihr *Blackberry* überprüfte.

Meine Mutter hängt immer an ihrem *Blackberry* und erledigt etwas. Sie macht tausend Dinge für Wohltätigkeitsorganisationen, richtet Festessen aus und so weiter – sie ist immer megabeschäftigt.

»Sekunde, Pop«, sagte sie, während sie etwas tippte und auf »senden« drückte. »Oh, das verdammte Ding sendet wieder nicht! Warte kurz.« Mom fuchtelte mit dem Handy über ihrem Kopf herum und schaute dann wieder auf das Display. »Mist, es geht nicht.«

»Schreib ihnen stattdessen eine E-Mail«, sagte ich. »Dein Laptop steht direkt vor dir.«

»Meine E-Mails kommen auf diesem Computer nicht durch«, sagte Mom.

»Hast du deshalb auf meine nicht geantwortet?«, fragte ich.

Mom verdrehte die Augen, als ich das sagte. »Liebes, du hast mir doch keine geschickt!«

»Klar habe ich!«, rief ich.

»Auf welche E-Mail-Adresse hast du sie geschickt? Du weißt doch, dass ich drei habe«, sagte sie und schaute wieder auf das Display. »Oooh! Juhu! Sie ist weg! Sorry, was hast du gesagt, Pops?«

»Ich will eine Brust-OP«, sagte ich wieder.

»Wie ich schon sagte, Schätzchen, noch nicht jetzt.« Mom lächelte, als wäre ihr gerade eine fabelhafte Idee gekommen. »Aber hey, wenn du achtzehn bist, können wir vielleicht zusammen nach Kalifornien fliegen und uns gemeinsam operieren lassen? Nur Poppet und ihre Mutter, nur wir zwei Mädels? Wäre das nicht toll?«

»Bestimmt«, sagte ich. Dabei musste ich mir mühsam verkneifen, laut loszukreischen: »Oh Gott, bitte, lass DU nicht noch mehr OPs durchführen, Mom! Jedenfalls nicht an deinen Lippen und deiner Stirn! Du siehst Livvys Mama und Lady Iris' Mama inzwischen ähnlich!! Wir haben allmählich das Gefühl, ihr drei würdet von der gleichen gruseligen Schauspielerin gespielt oder so. Nicht noch mehr BOTOX!« Aber ich sagte das nicht, weil es für Wirbel sorgen würde.

»Poppet, solltest du dich nicht gerade für die Schule fertig machen?«, fragte Mom nach einer Weile.

»Nein, heute ist Lehrerfortbildung, deshalb bleibe ich zu Hause«, sagte ich.

»Echt?«, sagte sie. »Okay. Hast du etwas Schönes vor?«

Wenn ich gewollt hätte, wäre ich damit durchgekommen. Sie schaute nämlich gerade wieder auf ihr Handy und war wirklich abgelenkt. Aber ich bin einfach keine besonders gute Lügnerin. Ich fühle mich immer gleich entsetzlich schuldig

»Mom«, seufzte ich. »Das mit der Lehrerfortbildung war ein Witz. Ich gehe in zwanzig Minuten los.«

»Wunderbar, Liebes«, sagte sie. »Dann hör mir jetzt bitte mal gut zu, Pop. Wirst du dich dieses Schuljahr bitte ZUSAMMENREISSEN! Keine Briefe mehr, in denen es um Extraunterricht geht!«

»Ja, cool«, sagte ich und wand mich.

DREI davon waren schon angekommen.

»Ich meine, wir wissen doch, dass du nicht dumm bist«, sagte sie. »Man kann sich in der Harley Street auf Dummheit untersuchen lassen, deswegen haben wir das vor Jahren ja mal gemacht. Du bist vollkommen normal! Ich meine, wenn du Asperger-Syndrom oder was weiß ich was hättest, wäre es fast leichter, denn dann könnte ich einfach sagen: ›Hören Sie mal, sie hat Asperger!‹ Aber das hast du nicht, stimmt's, Poppet? Du bist nur faul und hörst nicht zu.«

»Ähm, sorry«, sagte ich. »Ich war gerade mit den Gedanken woanders. Was hast du gesagt?«

Ich liebe diesen Witz. Mom hasst ihn. Deshalb mache ich ihn immer.

»Sehr witzig«, sagte sie. »Und deine Englischlehrerin sagt immer, dass du eigentlich ganz schön schreibst und einen großen Wortschatz hast.«

»Du hast ihr am Elternabend eine *Tiffany Teardrop*-Halskette geschenkt«, sagte ich.

»Das war VOR DER HALSKETTE!«, seufzte Mom.

Jetzt ging sie mir auf die Nerven. Natürlich habe ich einen verdammt guten Wortschatz, dachte ich. Ich bin in einem Haus voller Menschen aufgewachsen, die niemals EIN Wort sagten, wenn es auch fünfundzwanzig große Worte taten.

»Und du wirst dieses Schuljahr NACHDENKEN, Poppet«, sagte sie, »bevor du einen Speer oder einen Bogen oder einen Hammer oder sonst etwas, was möglicherweise jemanden verstümmeln könnte, in die Hand nimmst, nicht wahr, Liebes?«

»Klar doch«, stöhnte ich.

Himmel noch mal, da steckte man mal einen winzig kleinen Pfeil in die Wange eines Bogenschießen-Lehrers, der Rettungshubschrauber muss kommen und ein KLEINES

BISSCHEN MIKROCHIRURGIE muss geleistet werden, und schon muss man es sich sein Leben lang anhören!

»Und du wirst versuchen, in vielen Fächern an die Spitze der Klasse zu kommen und Hausssprecherin des Notre-Dame-Hauses zu werden?«, sagte sie. »Ich weiß, dass du denkst, solche Dinge seien nicht wichtig, aber sie SIND wichtig.«

»Ja, cool, kein Problem«, sagte ich.

»Pearls Tochter Jemima ist Hausssprecherin am Asquith Ladies und das hat sie so viel weitergebracht. Sie wird jetzt schon überall eingeladen. Letzte Weihnachten hat sie in Westminster Abbey vor der Queen einen Psalm aus der Bibel vorgetragen, und danach war sie bei einem Lunch, wo sie neben dem Sohn von Scheich Agak Khan von Dubai saß! Sogar im Gesellschaftsteil der *Vogu*e war ein Foto von ihr!«

»Ja«, sagte ich. »Hausssprecherin, notiert. Scheich Aga Khans Sohn heiraten, notiert. Wird alles erledigt.«

»Und geh zu deinem Termin mit Dr. Sarzberg und sprich mit ihm über alles. Du erzählst ihm, wenn du einen deiner depressiven Schübe hast, nicht wahr?«, sagte sie.

»Ich bin nicht deprimiert. Es geht mir gut, ich bin nur manchmal ein wenig traurig«, sagte ich. »DU sagst, ich hätte Depressionen, nicht ich.«

»Gut, gut, Liebes«, sagte sie, ohne zuzuhören. »Hör mal, ich muss jetzt los, ich habe eine Nachricht erhalten und muss gleich in ein wichtiges Meeting. Ich drücke dich!«

»Mom, warum bist du in Liberia?«, sagte ich, als sie gerade das Fenster zumachen wollte.

»Oh, Poppet, das wird sich alles noch herausstellen«, sagte sie mit einem verträumten Blick. »Man könnte sagen, es war mir ein tiefes Bedürfnis. Eine Berufung!«

»Was heißt das?«, fragte ich.

»Warte ab, bis ich nach Hause komme«, fuhr meine Mutter fort. »Wir werden uns alle zusammen zu einem herrlichen Abendessen treffen. Ich werde Matthew sagen, dass er es organisieren soll. Schreib ihm eine E-Mail, ja? Sag ihm, welches Restaurant das Essen liefern soll. Und Knut verlässt morgen auch das Klima-Camp in Asien und fliegt nach Hause. Und ich habe Granny eingeladen. Wir können alle zusammen sein! Eine glückliche Familie! Das wird super! Oh, Liebes! Ich hab dich lieb! Tschüüüss!«

Mom winkte zum Abschied, schloss das iChat-Fenster und ließ mich verwirrter denn je zurück. Deshalb ging ich in Flashs Kinderzimmer, um herauszufinden, wo Liberia lag. Wie sich herausstellte, ist Liberia ein Land, das aussieht wie ein Klecks, der sich auf der anderen Seite der Welt befindet, neben zahlreichen anderen Ländern, deren Namen ich nicht kenne und von denen ich auch nicht weiß, wie viele Einwohner sie haben. Ich saß eine Weile da und dachte über meine Chancen nach, das Notre-Dame-Hausabzeichen für hervorragende akademische Leistungen zu bekommen.

Seien wir ehrlich – die Chancen stehen besser, dass ich mit meinen Schlabberarmen flattere und nach Liberia fliege. Im Ernst.

Donnerstag, 10. September

Heute dachte ich auf dem Weg zum Hockey über die Haussprecher-Besessenheit meiner Mutter nach, während Vixen, Livvy, Bettina und ich den Efeupfad entlanggingen, der sich hinter der Godspeed Boys Academy vorbei zum Sportblock schlängelte.

Ich war etwas hinter den anderen zurückgefallen und Vix rief dauernd: »Pop, mach schon«, aber ich war irgendwie in Gedanken und dachte an die Mathestunde, die wir gerade hinter uns hatten. Ich machte mir Sorgen über die Gleichungen, die wir dort gelernt hatten.

Warum kommen alle anderen mit Gleichungen zurecht?, fragte ich mich. Wie kommt es, dass alle anderen einen Haufen beliebiger Zahlen und Schnörkel auf der einen Seite einer Zeile sehen, und einfach WISSEN, dass auf der anderen Seite der Zeile ein anderer Haufen von Zahlen und Schnörkeln stehen muss?

Und wie kommt es, dass sie, wenn sie damit fertig sind, immer so etwas sagen wie »HEILIGER STROHSACK, ja, jetzt hab ich's kapiert! Das ist ja faszinierend, mit dieser schmucken Gleichung (die sie sich sonst wohin schieben können!) finden wir heraus, wie weit es bis zum Jupiter ist, wenn wir einen Umweg über den Mond machen und Raketenstiefel tragen! Ist das nicht ungeheuer nützlich?

Und ich sitze dabei über meinem Mathebuch, nicke ein und träume davon, dass es etwas Gutes zum Mittagessen gibt, zum Beispiel Ravioli. Mmmmh Ravioli. Mmmmh, leckerleckerlecker. Ich liebe Ravioli.

Und Deathbreath Douglas war heute äußerst aufgeregt, er schrie: »LINEARE FOLGEN! Wenn ihr diese kleinen Schönheiten erst mal im Griff habt, dann könnt ihr die Welt erobern!«

Dann schmierte Deathbreath in einer geraden Linie haufenweise willkürliche Zahlen an die Tafel, gefolgt von einem Fragezeichen. Dann schrie er: »Welche Zahl kommt als Nächstes?«, und Lady Iris und die Sehr Ehrenwerte Petronella rissen die Finger in die Luft und schrien: »Siebenundvierzig!«, und er schrie: »Sehr, sehr gut, Ladys!« Dann kritzelte er noch ein paar mehr und sagte: »Wie steht es damit . . . Vixen?«

Und Vixen blickte langsam von ihrem *Blackberry* in ihrer Tasche auf. Sie hatte gerade die SMS eines Jungen namens Rupert beantwortet, den sie auf einer *Dior*-Modenschau getroffen hatte. Ihre Schwester modelte da und dieser Rupert versuchte jetzt ständig, sie zu einem Kaffee zu überreden. Vixen klimperte Deathbreath mit ihren langen Wimpern an.

»Ähm, oh mein Gott, ähm, zweiundachtzig vielleicht?«, sagte sie, was ein Zufallstreffer war, und das wussten wir alle, aber Douglas lächelte trotzdem.

»Wunderbar, Vixen!« Dann schrieb er noch einen Haufen

Zahlen auf, schaute mich an und sagte: »Poppet, was kommt als Nächstes?!« Alle schauten in meine Richtung und ich spürte, wie mein Gesicht tomatenrot wurde. Nein, eigentlich wurde mein ganzer Körper schwitzig, von den Zehen über den Bauchnabel aufwärts, bis mein Gesicht in Flammen aufging. Die Stille, die folgte, war so still, dass ich hören konnte, wie sich eine Eule in einem achtzig Kilometer entfernten Wald auf eine Feldmaus stürzte.

Nach gefühlten sieben Stunden scheußlicher Stille sagte ich schließlich: »Äääääääääähm, achtundneunzig?« Deathbreath sah mich an, dann schaute er zurück auf die Tafel, weil er inzwischen selbst die Antwort vergessen hatte. »Achtundneunzig?«, sagte er und zog eine Augenbraue hoch.

»Ja, achtundneunzig!«, wiederholte ich.

»Achtundneunzig ist die letzte Zahl der Zahlenfolge, die ich gerade aufgeschrieben habe, Poppet Montague-Jones. GUTEN MORGEN!«

Und dann hustete Livvy und sagte dabei »Einhundert – hust – vierundvierzig – hust!«, deshalb rief ich: »EINHUNDERTVIERUNDVIERZIG!«, und Mr Douglas machte »ts, ts, ts« zu Livvy.

»Danke, Olivia«, sagte er, wobei er mich finster anstarrte. »Man kann wohl mit einiger Sicherheit davon ausgehen, dass du in nächster Zeit nicht die Welt bezwingen wirst, Poppet!«

Blitzen und Amelia schütteten sich darüber aus vor Lachen, aber Vixen drückte mir unter dem Pult das Knie und flüsterte: »Oh, ignorier ihn einfach, Popsy. Deathbreath hat noch nicht mal seine Zahnbürste bezwungen.«

Was für ein DESASTER.

Wegen alldem war ich heute ein wenig deprimiert, während ich unterwegs zum Hockey war. Die Sonne schien und es war ziemlich heiß, deshalb zogen wir alle unsere Blazer aus. Ich trug meinen allerdings zusammengefaltet und etwas verkrampft in Tittenhöhe über dem Arm, damit niemand eine gute Aussicht auf meine lächerliche Brust hatte.

Vix hingegen war heute wirklich bester Laune, denn sie mag Hockey. Sie hüpfte neben uns her und laberte völlig wahlloses Zeug über die Sonne und wie uns ihre kosmischen Strahlen alle vereinten und dass wir alle die Sonne anbeten sollten und nicht Gott oder Allah oder Buddha (inzwischen ist es ihr schon langweilig geworden, Buddhistin zu sein).

Währenddessen alberte Bettina herum und machte ihren Zombiegang, bei dem sie ging, als hätte sie in die Hose gemacht, und dabei einen Fuß nachzog und ihr kastanienbraunes Haar herumschüttelte. Und Livvy war völlig aufgedreht, sie rannte voraus und versteckte sich in den langen Efeubüscheln, die durch den Zaun wuchsen. Dann sprang sie heraus und tat, als sei sie eine Kung-Fu-Kämpferin, indem sie beide Hände hob, mit einem Fuß auskickte, »hhhaaaaaaaaaaiya« kreischte und dabei exakt aussah wie ein Baum, der epileptische Anfälle hat.

Dann tat Livvy wieder so, als würde der Efeu sie angreifen, sie in sich hineinziehen, und rief: »FINGER WEG VON MEINER MUSCHI, DU DRECKIGES SCHWEIN!« Das machte sie schon seit der siebten Klasse und es war immer noch so lustig wie beim ersten Mal.

Wir Mädchen vom Hampstead Lycée sagen immer, dass die Mädchen aus dem Schrottingham uns vom Lycée bestimmt für einen Haufen Snobs halten, dass sie glauben, wir würden mit erhobener Nase herumlaufen und dauernd so Dinge sagen wie »Pffft, meinem Papa gehört die *Isle of Wight*«, und dass wir in den Pausen nie lachen, weil wir so von uns eingenommen sind.

Aber das ist echt unfair und stimmt überhaupt nicht.

Manchmal wünschte ich, die Mädchen aus dem Schrottingham könnten zum Beispiel sehen, wie Livvy mit einem Efeu kämpft und »VERDAMMT, ES HAT MICH SCHON WIEDER ERWISCHT, POP!« schreit, wie sie dann eine Viertelstunde zu spät zum Unterricht kommt, mit Blättern in der Unterhose und in den Haaren, und dem Lehrer erzählt, sie sei von einem Busch sexuell belästigt worden und würde in neun Monaten einen Bonsai zur Welt bringen. Mal ehrlich, ich glaube nicht, dass wir besonders vernünftig sind. Meistens benehmen wir uns eigentlich wie vollkommen Irre.

Während ich heute also den Efeupfad entlangging, merkte ich, wie Vixen und die Mädels vor mir anhielten und durch den Efeu spähten. Andere Mädchen vom Lycée schwirrten auch herum und quietschten und kreischten. Na ja, das konnte nur eins bedeuten: Die Jungs von der Godspeed Academy hatten gerade Pause und stromerten auf dem Schulgelände herum.

Grrr, dachte ich insgeheim. Ich hatte heute ohnehin schon einen harten Tag, auch ohne dass die Schwachköpfe von der Godspeed herumschlichen und wie immer nervten. Sie waren nämlich ABSOLUTE, KOMPLETTE NERVENSÄGEN.

Zumindest *ich* glaube immer noch definitiv, dass sie das sind und immer sein werden. Striker, Vixen, Livvy und Bettina allerdings fingen am Ende der Neunten an, mit einigen der Humaneren von ihnen zu chatten. Mit Jungen wie Jackdaw, Hal und Max, die jetzt in der Elften waren.

Sie sind jetzt sogar fast so was wie befreundet mit einigen von ihnen. Was mir verdammt paradox vorkommt, wo wir doch die letzten drei Jahre damit verbracht hatten, wie verschreckte Hühner den Efeupfad entlangzurennen, um nicht mit Stöcken gepiekst oder angespuckt zu werden. Nicht zu vergessen natürlich der BRUTALE Anschlag mit der Ofenkartoffel, als mir eine Kartoffel an die Stirn klatschte und mich FAST IN EIN KOMA VERSETZT HÄTTE.

Dafür wird Marmaduke Adams bezahlen. Oh ja, das wird er. Er steht ganz oben auf meiner RACHE-LISTE. Ich habe nur noch nicht festgelegt, wie und wann ich mich rächen werde. Vielleicht werde ich einfach ein größeres, Furcht einflößenderes Gemüse, zum Beispiel einen preisgekrönten Riesenkürbis, zu seinem Haus transportieren und durch eine Kanone auf ihn abfeuern, sodass ihm sein selbstgefälliger Kopf glatt wegfliegt. So ein Mord an Marmaduke wäre es bestimmt wert, ein bisschen Zeit im Holloway-Frauengefängnis zu verbringen.

Sowieso wäre ich in Holloway total glücklich. Denn dort gibt es keine Jungs und man kann den ganzen Tag auf einem Stockbett liegen bleiben, monatelang vor sich hin dösen, sich die Achselhaare lang wachsen lassen und fett sein und keine Titten haben, solange man will. Und niemand würde von einem erwarten, dass man in seiner Freizeit einen römischen Zentaur aus einem blöden Marmorblock herausmeißelt. Gefängnis klingt besser als mein derzeitiges Leben. Das ist eine TATSACHE, die hundertprozentig richtig ist.

Na jedenfalls, zurück zu den Jungs von der Godspeed Academy. Ich verstehe grundsätzlich nicht, warum es sie überhaupt gibt – abgesehen von Felix Hayes-Burlington, der ein guter Freund von mir ist, aber der ist auch anders. Die anderen – PUH. Entweder es sind grässliche, stinkige Schweine, die einem das Gefühl geben, Abschaum zu sein, oder sie riechen gut, sehen toll aus und sind charmant, aber so was von sich eingenommen. Zum Beispiel Jackdaw Penry aus der Elften, der heute direkt am Efeuzaun stand, als würde er sagen: »Hey, ich bin Jackdaw, ihr dürft euch alle an meinen männlichen Pheromonen weiden.« Und damit nahm er allen Mädchen des Hampstead Lycées, durch seine bloße Existenz auf Erden, die Fähigkeit zu atmen und normal zu sprechen.

Für Lady Iris, die Gute, schien in dem Moment, als er auftauchte, die Zeit stehen geblieben zu sein. Ihr Mund stand offen und sie sabberte so sehr, dass Mücken darin ertrinken konnten.

Vixen benimmt sich nie so. Auch wenn Jackdaw groß, dunkelhaarig und breitschultrig direkt bei ihr stand und sie mit seinen großen braunen Augen unverwandt ansah, während er über eine Party quasselte, die sie nicht verpassen dürfe und die seine Brüder Ende des Monats in Chelsea schmeißen würden – im Nachtclub *Voyage*, der seinem Vater gehörte. Na ja, Vixen errötete nicht das kleinste bisschen. Vixen wird nie rot. Ihre Haut ist immer honigbraun. Das ist eine Eigenschaft, die mich fasziniert. Ich hingegen werde sogar rot, wenn ich allein bin und mich nur an eine Situation ERINNERE, in der ich rot geworden bin. Tatsächlich war da auf der letzten gemischten Jahresabschluss-Hampstead-Lycée-und-Godspeed-Party dieser Junge namens Crispin in der Garderobe, wo wir uns alle noch unterhielten. Er legte seinen Arm um meine Schulter und spielte mit seinen Fingern an meinem Hals herum. Mein ganzes Gesicht wurde sofort so VIOLETT, dass er mich anschaute und sagte: »Oh, mein Gott, ich glaube, du hast eine allergische Reaktion oder so was!« Dann ließ er mich bei Striker sitzen (die sich von irgendeinem dahergelaufenen Godspeed-Typen mehr als nur am Hals herumspielen ließ) UND RANNTE DAVON. Allein wenn ich über diesen Vorfall schreibe, nimmt mein Gesicht die Farbe Roter Beete an.

Jedenfalls stellte sich heraus, dass auf Jackdaw Penrys Party das brandheiße neue Unternehmen der Familie Penry gefeiert werden sollte (irgendwas mit Jachten? Dem Bau von Jachten? Wettkämpfe mit Jachten? Möbel für Jachten? Hab ich vergessen). Jackdaw sagte gerade, dass Vixen kommen und ihre Freundinnen mitbringen sollte, weil »wir schöne Frauen auf dem roten Teppich brauchen, damit wir alle in die Zeitungen kommen«.

Dann nahm Jackdaw eine Visitenkarte aus seiner Blazertasche und reichte sie durch das Efeu. Vixy lächelte nur und sagte fast schon zerstreut: »Oh, nett von dir, Jackdaw, danke, ich werde das mit den Mädels besprechen. Aber wahrscheinlich sind wir an dem Abend schon ausgebucht.« Das war komplett gelogen, aber es erweckte den Anschein, als seien wir alle total erwachsen und gefragt. In Wirklichkeit hing Livvys sabbernde Zunge fast auf den Gehwegplatten des Pfades, Striker hatte Hausarrest und das Einzige, was ich auf der Agenda hatte, war Extraunterricht in Gleichungen mit Deathbreath und ein Termin in der Harley Street, um mir Himbeerkerne aus der Zahnspange absaugen zu lassen.

»Ruf mich an, ich werde euch auf die VVVIP-Liste setzen lassen«, sagte Jackdaw. »Ich werde euch einen Tisch und eine Flasche Cristal-Champagner besorgen.«

Einen eigenen Tisch? Das klang eigentlich ganz gut, aber das wollte ich ihn nicht spüren lassen, deshalb seufzte ich nur und zuckte die Achseln, als wäre mir das schnuppe.

»Danke, Jackdaw«, sagte Vixen. Sie warf die Visitenkarte in ihre Schultasche und checkte dann ihr Handy, als hätte sie diese langweilige Party schon vergessen. Vix ist so gut in solchen Sachen. Kein Junge weiß je wirklich, was in Vixys Kopf vorgeht.

Genau da passierte etwas Furchtbares. Marmaduke Adams tauchte am Zaun auf. Ich war irgendwie schockiert, als ich ihn sah, denn er wirkte so viel größer als letztes Jahr, so als wäre er über Nacht plötzlich zur Größe eines erwachsenen Mannes aufgeschossen. Marmaduke hatte den Kragen seines Hemdes und seines Blazers hochgeschlagen, seine Krawatte war fast hauteng angezogen, und er hatte sich die Haare ziemlich lang wachsen lassen. Hinterher sagten ein paar der Mädels tatsächlich, dass Marmaduke heiß aussähe. MARMADUKE ADAMS? HEISS?!!? Das ist der Junge, der in der Siebten irgendwann mal einen Hundehaufen gefunden und in einer Plastikdose mit in die Schule gebracht hatte. Er war zum Efeupfad auf der Seite des Hampstead Lycée gegangen, hatte Streichhölzer in den Hundehaufen gesteckt und ihn in Brand gesetzt, gerade als die Pausenglocke geläutet hatte. Irgendein armes Mädchen trat das Feuer aus und merkte nicht, dass sie dadurch die ganze Hundekacke über ihre Schuhe verteilte.

Marmaduke ist durchgeknallt. Und jetzt gibt es Mädchen, die sagen, er sei heiß?

»Was geht, ihr Schlampen«, sagte er beim Näherkommen. Wir stöhnten alle nur auf.

»Hört mal, ihr müsst alle zu Jackdaws Party kommen. *Gran Patron Tequila* ist der Sponsor, deshalb wird es haufenweise Cocktails umsonst geben. Ich füll euch alle ab und dann besorg ichs euch, einer nach der andern.« Marmaduke streckte die Hände aus und tat so, als würde er an ein Paar dicke Möpse grabschen. Dabei zog er sein bestes Perversling-Gesicht, was sich – das muss man fairerweise sagen – nicht besonders von seinem normalen Gesichtsausdruck unterschied, weil er einfach immer aussah wie ein erstklassiger Perversling. PUNKT. Livvy quietschte vor Lachen, als er das sagte, als hätte sie eigentlich gar nichts dagegen, wenn es ihr jemand besorgte.

»Nein, im Ernst, Ladys«, sagte er, während er Livvy musterte. »Jede Party braucht ein paar heiße Feger auf der Gästeliste.« Dann verstummte er und tat so, als hätte er gerade erst entdeckt, dass ich dastand, und sagte: »Oh, tut mir leid, Poppet, ich hab gar nicht gesehen, dass du da stehst! Mach dir keine Sorgen, für eine Vogelscheuche im Abendkleid ist immer noch Platz.«

Na ja, mein Gesicht fühlte sich augenblicklich heiß an.

»Wie auch immer, Lamaspuck«, sagte ich zu Marmaduke, dann wandte ich mich ab und ging weg.

»Was zum Henker soll denn das?«, seufzte Vixen. »Du bist echt so ein Trottel. Kommt Mädels, wir gehen.«

»Ach komm schon, mach dich mal locker, Vixen, verdammt noch mal. Das war nur ein Witz«, sagte Marmaduke.

Wir gingen alle weiter, während Marmaduke wirklich laut lachte und Jackdaw ihm gegen das Schienbein trat, um ihn zum Schweigen zu bringen. Aber niemand brachte Marmaduke so einfach zum Schweigen, und er ist so verdammt WITZIG, dass Witzigkeit wie ein großer Fröhlichkeits-Tsunami aus ihm herausbricht.

»Hey, Poppet, frag deine große Schwester Kitten, ob sie Zeit hat, okay?«, schrie mir Marmaduke hinterher.

Ich konnte hören, wie andere Jungs pfiffen und lachten, als er das rief, und Jackdaw sagte: »Mann, halt doch die Klappe, Marmo«, aber Marmaduke machte einfach weiter.

»Hey, sag mal, Kitten trägt keine Slips mehr, was? Auf diesem Foto in der *Sun* letzte Woche konnte man das ziemlich gut sehen. Du weißt schon, das Foto, wo sie aus dem Mercedes gefallen ist. Das, auf dem man ALLES sehen kann! HAHAHAHAHA! Du solltest dir klamottenmäßig ein Beispiel an ihr nehmen. Das würde mir echt gefallen!«

Mein Gesicht war jetzt violett. In der Schule erwähnte eigentlich selten mal jemand meine Schwester. Kitten ist eine ganz private No-Go-Area. Ich meine, ja, klar weiß jeder, wer Kitten ist. Sie ist ja jeden Tag in der Zeitung. Ich spreche nur nicht gern über sie. Na ja, höchstens mit Vixen und Striker. Aber sonst eigentlich mit niemandem, weil Kitten manchmal echt albernes Zeug macht, das ich absolut nicht verstehe. Und wie kann ich das dann anderen Leuten erklären?

Wie zum Beispiel im Sommer, als Kitten sich oben um ihren Oberschenkel herum einen Stacheldraht hatte tätowieren lassen und gleich darüber, ganz nah an ihrer Muschi, die Aufschrift »Love Fence«. Was sollte das? Sie sagte, das sei der Titel eines Songs, den ein Junge über sie geschrieben hätte. Inzwischen redet sie nicht mal mehr mit ihm. Oder kurz nach Weihnachten, als sie im Claridges Hotel einen Barkeeper geohrfeigt hat, weil sie schon betrunken war und er ihr keinen weiteren Martini mehr einschenken wollte? Dad musste sie dann auf dem Polizeirevier West End Central abholen. Das war einfach nur absolut peinlich.

Und weil Kitten an ihren Treuhandfonds rankommt, hat sie schon ein paar Hunderttausend Pfund davon ausgegeben, kann aber nicht mal erklären, wofür! Sie sagt nur, das läge an ihrem »Lifestyle« und ich sei eine neugierige Göre und eines Tages würde ich das verstehen – vorausgesetzt natürlich, ich würde irgendwann mal aufregendere Orte aufsuchen als mein Zimmer. Manches davon habe ich unseren Eltern erzählt, aber sie sagen nur, dass Kitten jung sei und eine wilde Phase durchmache und dass sie selbst auch wilde Phasen durchgemacht hätten, deshalb wollten sie Kitten »Raum« geben, das alles zu machen, und versuchen, nicht böse auf sie zu sein. Und ich glaube, das verstehe ich irgendwie. Doch das bedeutet nicht, dass mir weniger zum Kotzen zumute ist, wenn Marmaduke solche Sachen sagt.

»Poppet, das war ein Witz!«, schrie Marmaduke, dann rüttelte er ein wenig am Zaun, weil er wollte, dass ich ihn anschaute, aber mir war nicht danach.

»Du kannst uns mal!«, rief Bettina und zerrte mich mit, als wir mit erhobenen Nasen davonstolzierten.

»So ein Vollidiot«, sagte Vix.

»Ja«, sagte Livvy und schaute zurück, um einen letzten Blick auf ihn zu erhaschen.

»Hör mal, Pop, mach dir keine Sorgen. Sein Karma wird ihn fertigmachen«, sagte Vix und legte mir beim Gehen den Arm um die Schulter. »Es wird ihn treffen wie eine Herde Gnus. Ich kann es kaum noch abwarten.« Das klang nicht besonders buddhistisch, aber ich fühlte mich dadurch ein wenig besser.

Später im Umkleideraum nahmen wir alle die Visitenkarte unter die Lupe, die Jackdaw Vix gegeben hatte, und Livvy sagte, dass wir definitiv zu Jackdaws Party gehen sollten, weil es sich nach viel Spaß anhörte, und dann sagte Vixen: »Eigentlich muss mich Mummy hingehen lassen, wenn es Jackdaw ist. Sie LIEBT Jackdaws Vater. Sie sind seit vielen Jahren befreundet.«

Dann schrieb Bettina Striker eine SMS, um herauszufinden, ob ihr Hausarrest im Oktober aufgehoben ist, und Striker schrieb: »YES!!! Und wenn nicht, dann werde ich einfach aus dem Fenster im vierten Stock klettern und die Dachrinne herunterrutschen. Alles schon gemacht, war suppy-duppy-deppeneinfach.«

Alle waren wieder ganz aufgekratzt und gurrten, wie reif Jackdaw doch sei, weil er eine Visitenkarte hatte. Die Karte ging durch die ganze Umkleide und alle lasen, was darauf-stand: »Jackdaw Penry – Impresario.« Und Bettina fand, dass das total HEISS klang – wie ein ultrawichtiger internationaler Geschäftsmann.

Ich verdrehte nur die Augen und sagte, dass es einfach nur klänge, als sei Jackdaw ein stockschwuler Kreuzfahrtschiff-Zauberer.

Samstag, 12. September

Meine Mutter ist aus Liberia zurück. Als ich gestern aus dem Lycée zurückkam, war sie in der Küche, ganz rotnasig, mitgenommen vom Jetlag und ganz offensichtlich dem Wahnsinn nahe, denn sie trug ein smaragdgrünes afrikanisches Kaftan-Dings, dass sie sich eigens von liberianischen Einheimischen hatte anfertigen lassen. Mom schien zu glauben, dass sie mit dem Kaftan genau wie die Königin von Liberia aussah, aber Flash und ich waren uns später einig, dass sie eher einer riesigen eingelegten Gurke ähnelte.

Glücklicherweise hat Mummy für mich genau den gleichen machen lassen, deshalb können wir jetzt gemeinsam über die Hampstead High Street gleiten und wie grüne Giftgaswolken aussehen. Die Leute werden sagen: »Oh, schau dir mal Jocasta Montague und ihre Tochter an, sehen sie sich nicht ähnlich? Diese Kaftane sind genau gleich! Wow, sie sehen aus wie Schwestern!« (Nur über meine Leiche! Ich werde meinen Kaftan Mrs Minsk geben, dann kann sie daraus Putzlappen für die Toilette machen.)

»Meine süüüüßen Baaaaay-bys«, blökte Mom in einem fort, als wir nach Hause kamen. Dann packte sie Flash und mich am Nacken und zog uns in eine heftige mütterliche Umarmung. Mein Gesicht ging zwischen ihren Brüsten verloren, was eigentlich ziemlich beängstigend war: Die Erhebung des mit Salzlösung gefüllten Beutels in ihrem linken Busen blockierte meine Nasenlöcher und ich wäre fast erstickt.

»Du hattest doch bestimmt JEDE MENGE Spaß, Poppet?!«, fragte sie immer wieder. Das sagt meine Mutter immer, wenn sie von weit her zurückkommt. Dabei übersieht sie total, dass *sie* diejenige ist, die unterwegs war und Spaß hatte, und ich diejenige, die drei Wochen lang hiergeblieben ist, von Sandwichs mit Zitronenaufstrich gelebt und mit einem manisch-depressiven Labrador das Bett geteilt hat. Und diejenige, die sich beim Hockey die Finger zu Brei schlagen ließ. Weil ich nämlich die Unverschämtheit besessen hatte, Blitzen Trapper davon abhalten zu wollen, einen Treffer zu landen. Nicht dass ich über Blitzen herziehen möchte, sollte sie das je lesen, sie hatte das absolut nicht mit Absicht gemacht. Es war ein Unfall. Da bin ich mir ziemlich sicher.

»Was ist mit deinen Fingern passiert?«, fragte Mom und packte meine rechte Hand, die mir die Hausmutter bandagiert hatte, weil haufenweise Haut abgerissen war, und die absolut BÄH aussah.

»Oh, nichts«, sagte ich zu Mom. »Blitzen hat mir mit einem Schläger auf die Knöchel gehauen. Sie hat es nicht so gemeint.«

»Blitzen Trapper?«, fragte Mom und holte sich ein sanft mit Kohlensäure versetztes *Badoit*-Wasser aus unserem riesigen rosafarbenen *Smeg*-Kühlschrank. »Ich habe bei meiner Abreise ihren Vater in der Virgin Lounge in Heathrow getroffen. Er ist schrecklich charmant, nicht wahr? Was stellt seine Firma noch mal her?«

»Irgendwas mit Waffen«, sagte ich. »Er macht Waffen und verkauft sie an Leute oder so.«

»Er PRODUZIERT Handfeuerwaffen und verkauft sie an verschiedene Länder«, unterbrach Flash. Flash weiß völlig wahllos über alles Mögliche Bescheid. »Ihm gehört *Trapper Aerospace* Inc.«

»Woher weißt du das?«, fragte ich.

»Jeder weiß das, Poppet«, sagte Flash missbilligend und rückte seine Brille gerade. »Es steht bei Wikipedia. Auch wenn ich einsehe, dass die Quellen dieser Website un-ab-hän-gig verifiziert werden sollten.«

Mom und ich starrten Flash an. Es herrschte Stille. Flash öffnete eine Tüte *Cadbury*-Schokoladendrops und schob drei davon in seinen winzigen Mund.

»Nun, sie haben ein bezauberndes Haus in Fort Lauderdale in Florida. Er hat mir ein Foto gezeigt«, sagte Mom und zog ihr *Blackberry* aus ihrer riesigen Reisetasche. Er ist Amerikaner, nicht wahr? Sein Akzent ist schwer einzuordnen.«

»Ja«, sagte ich und wünschte, ich hätte nicht zugelassen, dass Mom sich meine Hand schnappt, weil es sich jetzt anfühlte, als würde sie wieder bluten. »Aber Blitzens Mutter ist Russin.«

»Oh . . . okay, jetzt verstehe ich«, sagte meine Mutter lächelnd. »Man merkt den russischen Einschlag, nicht wahr? Blitzen hat so eine wunderbare Körperhaltung, oder? Sie kann wirklich gehen. Ich habe gesehen, wie sie durch das Schultor gegangen ist. Sie bewegt sich wie ein Model.«

Ich ärgerte mich ein wenig, als sie das sagte. Ich weiß nicht so recht, warum. Einfach nur, weil ihr Gesicht bei dem Gedanken an Blitzens Gang aufgeleuchtet hatte. Jetzt klingelte das Telefon meiner Mutter und sie tat ihr Bestes, um es zu ignorieren, aber sie schaffte es nicht.

»Oh, ich kann auch gehen«, sagte ich. »Gehen ist einfach. Schau mal, zum Beispiel jetzt.«

Ich machte ein paar Schritte, um es ihr zu zeigen. Dann trampelte ich am *AGA*-Herd vorbei und wieder zurück. »Schau mal, Mom, ich gehe!«

»Jetzt sei doch nicht so vorsätzlich aufsässig, Poppet! Du weißt genau, was ich meine. Blitzen kann gehen wie ein *echtes* Laufstegmodel«, sagte meine Mutter, bevor sie ihr Telefon abnahm und mit lauter Stimme »JOCASTA MONTAGUE-JONES!« sagte. Dann: »Ja, was!? Sie haben die Fliesen für die Käserei besorgt!? Sie sind ein Engel! Ja, ich fliege in zehn Tagen in die Toskana, um das Projekt zu leiten!« Sie fuchtelte vor mir herum, damit ich die Klappe halte, aber ich redete trotzdem weiter.

»Gehen ist etwas, worin ich wahrscheinlich gut bin«, sagte ich, »ich setze einfach einen Fuß hinter den anderen, TRAPP, TRAPP, TRAPP.«

Mom rümpfte nur die Nase und verzog sich in die andere Ecke der Küche.

»Und dann versuche ich, mit dem Gesicht nicht in die Nähe des Bodens zu geraten, denn das würde dann hinfallen heißen.«

»Sebastian«, seufzte meine Mutter. »Ich werde Sie zurückrufen müssen. Es ist schrecklich laut hier. Ja, ich bin jetzt wieder in London. Ja, von Kindern umgeben. Ich weiß.« Dann stapfte sie hinauf in ihr Arbeitszimmer und schlug die Tür hinter sich zu.

Mom ging gerade rechtzeitig, denn genau da wurde es in Octavia Gardens noch lauter. Die Haustür wurde aufgerissen und MacBeath drehte plötzlich durch und bellte und heulte und quiekte wie ein Schwein. Dann rief Mrs M: »Es ist Knut! Knut jetzt zu Hause! Zurück von Klima-Camp. Oh, Gott, ich gehe machen Badewanne, er schmutzig wie Gorilla!«

Und dann stürzte Knut durch die Haustür und schrie: »HALLO, FAMILIE«, und plötzlich war das Haus wieder EXTRALAUT, nach einer Woche, in der es ein leeres, hallendes Gebäude gewesen war, in dem selbst ein Gespenst aufgehört hätte zu spuken, weil es eine klinische Depression entwickelt hätte.

Knut ließ seinen riesigen Rucksack fallen. Als er sich umdrehte, um die Haustür zuzumachen, wäre fast einer dieser rotzfrechen Paparazzi-Typen direkt in unser verflixtes Haus marschiert, obwohl die genau WISSEN, dass sie das nicht dürfen und dass wir irgendwann eine verdammte richterliche Verfügung gegen sie beantragt haben.

Der Typ rief: »Knut, nur noch eins, bitte?! Knut, kannst du dich umdrehen und den Rucksack noch mal aufsetzen, bitte, oh ja, weiter, bitte, das wird meinen Redakteur glücklich machen.«

Knut war wie immer total nett und tat, was man von ihm verlangte. Er machte das Peace-Zeichen, was er auf jedem Paparazzi-Foto macht, obwohl ich ihm schon tausendmal gesagt habe, dass er damit mindestens wie vierzig und überhaupt nicht besonders cool aussieht.

Knut lacht jedes Mal schallend, wenn ich das sage. »Ich bin hier, um den Planeten zu retten, Popsicle«, sagt er dann, »und nicht um cool zu sein.«

Endlich bekam Knut die Tür zu und MacBeath war inzwischen ganz aus dem Häuschen vor Freude, sie rannte im Wohnzimmer hin und her, dann die Treppe hinauf und hinunter und in die Küche. Sie versuchte, Knuts Gesicht abzulecken und ihm ihre großen Pfoten auf die Schultern zu legen. Im Großen und Ganzen machte sie deutlich, dass es total ÖDE war, zwei Wochen lang mit mir festzusitzen. All meine Expeditionen um fünf Uhr morgens nach hinten in den Garten, bei denen ich im Schlafanzug und unter dem Regenschirm das dumme Ding dazu zu bringen versuchte, zu pinkeln und zu kacken, waren im Grunde vergessen, weil jetzt IHR HERR UND MEISTER wieder zu Hause war!

Knut sagte: »Warst du auch ein gutes Mädchen bei Tante Poppet, MacBeath? WARST DU DAS?! WARST DU DAS?!« Und MacBeath bellte, als würde sie »Ja!« sagen, und Knut machte »OhBeathyweathyweathywoooo!« und MacBeath warf sich auf den Rücken und fuchtelte mit den Pfoten in der Luft herum und kläffte. Knut kitzelte sie am Bauch, verwuschelte ihre Ohren zu einem Fellknäuel auf dem Kopf und machte prustende Geräusche in ihr Fell. MacBeath war ganz verrückt vor Freude und am Ende sagte ich zu Knut, dass er mit MacBeath in sein verdammtes Zimmer gehen und mit ihr herumknutschen sollte, wenn sie so wahnsinnig verliebt seien.

Aber Knut schnaubte nur belustigt. »Oh, möchtest du auch ein wenig geknuddelt werden, Popsicle?!«, fragte er. Er packte mich und küsste mich auf die Stirn. Ich lachte und kreischte, dass er mich loslassen soll, weil er nach Lagerfeuer, Käsefüßen und Schweiß roch.

Knut sah höllisch müde aus. Er erzählte, dass er in den letzten zwei Wochen vor dem Haus eines wichtigen Politikers in Tutong in Brunei, Südostasien, getrommelt und auf einem Kazoo getrötet hätte. Er wollte den Mann unbedingt davon überzeugen, dass der wiederum den Sultan von Brunei dazu bringen müsste, ernsthaft über Energiesparlampen nachzudenken.

Und da sagte ich zu Knut: »Der Sultan kann diese Energiesparlampen nicht benutzen, oder? Was, wenn jemand mitten in der Nacht den Palast angreift? Es würde vierzig Minuten dauern, bis die Lichter richtig an sind, deshalb würde er nicht mal seine Hausschuhe finden, geschweige denn seine Uzi.«

»Du weißt offensichtlich sehr wenig über die neuartigen energieeffizienten Glühbirnen, Poppet«, sagte Knut und insgeheim dachte ich: Na ja, aber ich weiß, dass Mrs M und ich sie alle herausgedreht und durch Sechzig-Watt-Birnen ersetzt haben, sobald du weg warst. Und als wir hörten, dass du gelandet bist, sind wir mit Bockleitern im Haus herumgedüst und haben alle wieder eingeschraubt.

Das sagte ich nicht laut, denn die Wahrheit sorgt in diesem Haus oft für Wirbel.

Dann fragte mich Knut noch, was ich so getrieben hätte, und ich sagte vorwurfsvoll: »Ich komme gerade aus dem außerschulischen Erdkundeunterricht, wo ich mir eine ganze Stunde lang das Bild eines Altwassersees angeschaut habe, der im Grunde eine Pfütze auf einem Berg ist und der zu nichts nütze ist, außer dass die Krähen aus ihm trinken. ES WAR BESCHISSEN. Irgendwann war ich dann so weit, dass ich mich am liebsten mit meiner Lycée-Krawatte erhängt hätte.«

Knut kicherte und sagte: »Na, du bist ja ein kleiner Sonnenschein – wie eh und je! Würde dich ein Geschenk aufmuntern?«

Mir ging es auf der Stelle besser und ich sagte: »IMMER DOCH!« Knut öffnete seinen Koffer, nahm zwei Tüten heraus und gab mir eine davon. Sie war unförmig, aber sehr leicht. Ich zog am Klebestreifen, öffnete die Tüte und fand . . . einen TEDDYBÄR.

Ich zog ihn aus der Tüte und starrte ihn an, dann drehte ich ihn ein paarmal um, einfach nur um festzustellen, ob es nicht vielleicht ein Teddybär war, in dem eine Flasche Rum versteckt ist, die ich dann allein schlürfen konnte, zum Beispiel um *EastEnders* ein bisschen aufzupeppen. Aber nein, es war ein einfacher alter Teddybär, hergestellt von irgendeinem südostasiatischen Einheimischen, der ein Auge ein wenig schief angebracht und den Mund krumm aufgenäht hatte, was dem Bären einen leicht perversen Gesichtsausdruck verlieh. Er sah ein bisschen wie Marmaduke Adams in Bärenform aus. Nicht dass Marmaduke als Teddybär wiedergeboren werden würde. Er wird als Warzenschwein wiedergeboren werden, das im Morast lebt und altes verrottetes Obst und benutzte Damenbinden frisst.

Ich schaute den Bär an und machte mein bestes nichtenttäuschtes Gesicht.

»Gefällt er dir?«, fragte Knut und zeigte auf den Bär.

»Er ist wundervoll, Knut, danke«, sagte ich tapfer, und dann umarmte ich meinen großen Bruder. Sand rieselte aus Knuts Pullover, als er sich herunterbeugte, um mich zu knuddeln. Ich starrte wieder den Teddy an, der ein Gesicht machte, als würde er sagen: »Wenn ich dir alle Antworten für den Studierfähigkeitstest gebe, darf ich dann deine Muschi anfassen?«

»Ich wusste, dass er dir gefallen würde«, sagte Knut. »Du magst Bären, nicht wahr?«

»Ja«, sagte ich, »schon immer.«

Ich habe meinen großen Bruder Knut unheimlich gern, aber manchmal habe ich das Gefühl, er hat gar nicht mitgekriegt, dass ich nicht mehr klein bin. Als ich letzten Monat Knuts Freund Robby auf dem Octavia-Gardens-Sommerbarbecue traf, fragte er Knut, wie alt ich wäre. Knut dachte eine Weile nach, dann sagte er: »Du bist jetzt so zehn oder elf, nicht wahr, Pop?«

ZEHN ODER ELF! Ich fühlte mich so gedemütigt! Eine Woche lang steckte ich zusammengerollte Tennissocken in meinen BH und begann, zu Hause hochhackige Schuhe zu tragen. Dadurch sah ich zwar nicht viel älter aus, dafür verschlimmerte sich aber mein eingewachsener Zehennagel total.

»Also, was ist nun mit diesem Klima-Dingens?«, fragte ich Knut. »Habt ihr dieses Mal gewonnen oder wie man da sagt?«

»Oh, yeah! Erdrutschsieg für uns! Mr Underpant-a-go-

go« – (okay, so hat sich das angehört, als Knut es sagte) – »war schon ganz VERRÜCKT von all dem Trommeln und Tröten, deshalb hat er sich einverstanden erklärt, sich an das Kyoto-Abkommen zum Klimawandel zu halten, also, ja ... die Runde ging an uns, Pops! *WE RULE!*« Knut sagte, er sei wahrscheinlich in seinem ganzen Leben noch nie so stolz gewesen.

»Noch stolzer als damals, als du dich mit Handschellen an Sir Henry gehängt hast, der dieses *GlobalNation-Chemical-Inc.*-Dings leitet, und in allen Zeitungen warst?«

Knut dachte ein wenig nach, dann sagte er: »Okay, genauso stolz wie damals, das war ja so was von urkomisch.« Und dann kicherten wir beide los, obwohl es damals alles andere als lustig war, da Dad an jenem Samstag mit Sir Henry zum Golfen verabredet war und Sir Henry absagen musste, weil Knut den Schlüssel für die Handschellen geschluckt hatte. Und dann waren sie zusammen auf der Polizeistation, wo sie darauf warteten, dass der Schlüssel mit Knuts Kacke wieder herauskommt, was extrem peinlich war, weil Knut noch nicht mal kacken gehen konnte, ohne dass der weltweite Vorsitzende von *GlobalNation Chemical Inc.* mit in die Kabine kam und sich mit seiner einzigen freien Hand die Nase zuhielt.

Seitdem standen viele meiner Freundinnen total auf Knut, weil er sogar auf dem Titelblatt des Magazins *Style*, das der *Sunday Times* beiliegt, zu sehen war. Sie bezeichneten ihn dort als »Großbritanniens heißesten Umweltaktivisten« und auf dem Foto hatte er außer metallicgrüner Bodypaint und goldenen Handschellen nichts an.

Das war vor über einem Jahr, aber ich habe letzte Woche eine Ausgabe davon unter Strikers Bett gefunden und die war ganz zerknautscht und schmuddelig, als würde sie sie jeden Abend abknutschen oder GOTT WEISS WAS damit machen, weil das Magazin SEHR »angegrabscht« aussah.

Also, gestern Abend hatten wir nun dieses, ähm, »herrliche Abendessen«, um dessen Planung Mom ihren Assistenten Matthew gebeten hatte.

Matthew hatte Erstaunliches geleistet, wenn man mal bedenkt, wie vage sich meine Mutter manchmal ausdrückt. Er hatte Kitten tonnenweise Nachrichten hinterlassen und es geschafft, Granny von Belgravia herüberzulocken. Und er hatte sogar dafür gesorgt, dass das Catering-Personal auch für Dad ein Gedeck hinstellte und dass ein geöffnetes *Macbook* an Dads Platz stand, auf dem er ihn über iChat anrief. So konnten wir über iCamera sehen, wie Dad in einen riesigen salzigen Bagel mit Rindfleisch biss und Kaffee trank, während wir alle um ihn herum auf unseren Stühlen lümmelten und an unseren Vorspeisen – Oliven, Hummus, Fladenbrot – knabberten.

Ich saß neben Dad und er fragte mich über die Schule aus, deshalb sagte ich ihm die Wahrheit, nämlich dass ich mir wie der Idiot der Klasse vorkomme und dass ich die Schule hasse. Er lachte mich aus, so wie Knut, als hätte ich gerade einen Witz gemacht.

Dads Bart ist ziemlich lang und struppig geworden, seit ich ihn zum letzten Mal gesehen habe. Er sah ein bisschen wie ein Höhlenmensch aus, nur dass er eine dicke schwarz umrandete Brille trug. Wie ein Höhlenmensch, der in einem Labor arbeitet vielleicht. Dad schaute gerade auf ein anderes iChat-Fenster und sagte etwas zu seiner Assistentin Georgina. Ich kenne sie nicht, denn sie arbeitet nur bei *Spike Media Global Network* in New York, obwohl sie Engländerin ist. Ich glaube, sie wohnt jetzt dort. Jetzt kam sie immer wieder zu Dad herüber, um ihm etwas zu geben, und er riss jedes Mal einen Witz. Irgendwann beugte sie sich vor und gab ihm einen Zettel und da hörte ich, wie sie sagte: »Bitte hol mich nicht vor die Kamera, das ist nun wirklich zu heftig.«

Ich fragte mich, was sie damit meinte, aber dann überlegte ich mir, dass Dad ihr wahrscheinlich von unseren Familienessen erzählt und gesagt hatte, dass sie immer heftig werden, was auch IMMER der Fall war.

Matthew, der Gute, hatte sich wirklich alle Mühe gegeben, damit dieses Abendessen heiter und glücklich wird, aber er scheint nicht zu kapieren, dass meine Familie langfristig nicht in der Lage ist, heiter und glücklich zu sein. Wir sitzen nie lange zusammen in einem Zimmer, ohne dass mindestens einer Stress macht und durchdreht und »Buhuu, ich Arme(r)! Niemand nimmt Rücksicht auf meine Gefühle, BU-HUU-HUU!« macht. (Sie sagen natürlich nicht wirklich BU-HUU, sondern jede Menge anderer Sachen, aber wenn man erst mal ein paar dieser Sessions hinter sich hat, klingt es einfach nur nach jeder Menge Bu-huu.)

Und dann haut ein anderer auf den Tisch und sagt: »Buhuu, du Arme(r)? Bu-huu deine Gefühle? Nun, wie wäre es eher mit bu-huu, ICH Arme(r)? Meine Gefühle sind viel mehr BU-HUU-HUU!«

Dann, nach einer unglaublichen Menge BUU und HUU, muss immer jemand aus dem Zimmer stürmen, weil sein Bu-huu so groß und ernst geworden ist, dass ein einziges Zimmer nicht mehr dafür ausreicht. Und dann muss das Bu-huu durch Türenschlagen und Geschrei im ganzen Haus verteilt werden (normalerweise ist das entweder Mom oder Kitten, obwohl auch andere, zum Beispiel Knut, Granny oder ich dazu neigen, ab und zu mitzumachen).

Um ehrlich zu sein, tut mir Dr. Sarzberg leid, weil es sein Job ist, sich das Bu-huu aller Familienmitglieder anzuhören und dann zu versuchen, alles besser zu machen. Bei der letzten Sitzung hat er wohl oberhammermäßig gepfuscht, denn nach dem Dinner-Desaster von gestern Abend ist alles eindeutig noch viel schlimmer.

Wir saßen also da und aßen und plauderten und Granny saß am Kopfende des Tisches und trank einen riesigen Gin Tonic mit Eis und Gurke aus einem Longdrink-Glas. Sie lachte gackernd über das, was sie am Morgen zu den Leuten von der *Tate Modern* gesagt hatte, als sie anriefen und fragten, ob sie sich für eine Ausstellung im kommenden Januar einen ihrer Picassos ausleihen dürften. In der *Tate* hätte man gehört, sie habe ein paar Picassos in ihrer Privatsammlung, und man fragte sich, ob sie in Erwägung ziehen könnte, sie nächstes Jahr der Öffentlichkeit zu zeigen. Na ja, eigentlich hatte ihnen irgendwer gesteckt, dass sie einen der Picassos in ihrer unteren Toilette aufbewahrt, und man wollte sie behutsam darauf hinweisen, dass er bei ihnen besser aufgehoben wäre als neben einem Klo, wo er mit Pipi bespritzt und in menschliche Abgase gehüllt würde.

»Und was hast du ihnen geantwortet?«, fragte ich Granny.

»Nun, ich teilte ihnen natürlich mit, dass ICH NICHT WÜNSCHE, WEITER BEHELLIGT ZU WERDEN, Liebes!«, gackerte Granny, wobei sie diesen überbritischen Queen-Tonfall anschlug, wie es reiche Leute nur in Filmen tun, aber nicht im wirklichen Leben. Im wirklichen Leben klingen reiche Leute nämlich nicht so piekfein. Tatsächlich ist es so, dass die meisten Mädchen in meiner Schule versuchen, ein bisschen mehr nach, na ja, nach Straße zu klingen. Und manche sagen sogar: »Ey, was geeeht, Alder« oder so, aber das klingt immer total affig und gekünstelt. Ein Mädchen, Tabitha, hatte sich sogar einen karibischen Slang angewöhnt, bis ihre Eltern von der Eltern-Lehrer-Versammlung einen Brief bekommen haben und sie zum Sprechunterricht nach Knightsbridge geschickt wurde.

Was ich damit wohl sagen will, ist, dass die meisten von uns gar nicht so großkotzig und von sich selbst eingenommen klingen wollen wie privilegierte kleine Prinzessinnen. Aber Granny ist noch total von der alten Schule und sie ist ganz sie selbst. Sie klingt genau wie die Queen. Oder, na ja, so wie die Queen eben klingen würde, wenn sie zum Mittagessen immer etwa eine halbe Flasche *Hendricks* Gin trinkt und dann von der *Tate Modern* angerufen wird und die Leute dann nur zu ihrem eigenen Vergnügen wüst beschimpft.

Granny benimmt sich eigentlich auch gar nicht wie die Queen (oder »Lizzie«, wie Granny sie nennt). Die Queen macht ja diese ganzen wichtigen Commonwealth-Besuche und so, bei denen sie fünfzehn Stunden im Flugzeug sitzt, dann mit einem großen Hut aussteigt und sagt: »HALLOOOO! ICH BIN DIE QUEEN, BITTE ZEIGEN SIE MIR EIN PAAR GEBÄUDE, WEIL ICH SIE WIRKLICH SEHEN MUSS UND WEIL ICH ALLEN DIE HÄNDE SCHÜTTELN MUSS, BITTE!«

Nein, Granny macht solche Besuche natürlich nicht, denn sie ist ja nur Lady Octavia Montague, die Nummer vierundachtzig in der englischen Thronfolge. Und da braucht sie eigentlich nicht viel zu machen, außer zu schrecklich vielen Cocktailpartys und Pferderennen zu gehen und jeden Tag in ihrer riesigen Villa in Belgravia herumzuliegen, ab und zu völlig grundlos ein Diadem zu tragen und darüber nachzudenken, welche Flasche von dem alten *Châteauneuf-du-Pape* ihr Butler Guillaume zum Abendessen aus dem Keller bringen soll.

Grannys Leben ist eigentlich ziemlich bizarr. Sie arbeitet nicht richtig, so wie Mom. Also, Wohltätigkeitspartys veranstalten oder so. Deswegen will Mom auch unbedingt, dass ich in Bildhauerei oder auf der Viola oder sonst wo brilliere – ich soll nämlich einen Lebenszweck haben und bloß nicht so enden wie Granny.

»Granny«, sagte ich in ihr Ohr, denn sie ist jetzt fast dreiundsiebzig und hört ab und zu schlecht. Manchmal vergesse ich das, denn sie trägt immer diese tolle schwarze, lockige Perücke und große Diamantenohrringe, deshalb sieht sie viel jünger aus. »Willst du den *Tate*-Leuten wirklich nicht den Picasso ausleihen? Du bist so ungezogen!«

Granny stieß wieder ihr Gegacker aus und sagte: »Oh, aber natürlich verleihe ich den Picasso. Ich habe nur Spaß gemacht, Poppet. Sie können ihn gleich morgen mitnehmen, das verdammte abscheuliche Ding. Die Versicherungsleute nörgeln dauernd herum und verlangen, dass ich ihn aus der Toilette im Ostflügel nehme oder wenigstens einen Extraalarm einbauen lasse. Aber ich habe ihnen gesagt, dass die verdammten Einbrecher ihn ruhig mitnehmen können! Als Pablo mir das Bild schenkte, habe ich noch zu ihm gesagt: ›Schenk ihn mir nicht, mein Lieber, ich bin ein Kunstbanause, ich werde es nicht zu schätzen wissen‹. Aber er tat es dennoch. Und sieh ihn dir doch bloß mal an! Das soll ich sein, mit einer Katze! Ich habe zwei verdammte Nasen und sechs Brüste! Andererseits . . . Pablo war ein lieber alter Narr und er hatte eine Schwäche für mich – ich sollte wohl nicht zu gemein sein.«

»Du kanntest Pablo Picasso?«, fragte ich.

»Ja, selbstverständlich. Die Mädchen, Frances und Tilly, und ich waren in den Fünfzigerjahren oft in Paris. Frances hatte eine Wohnung, von der man buchstäblich die Champs-Élysées überblicken konnte. Wir haben uns prächtig amüsiert.« Granny gab dem Ober ein Zeichen, damit er ihr Champagner brachte. »Pablo war immer mit dabei. Wir gingen auf dieselben Partys.«

Ich saß eine Weile da und dachte nach. Mein Kunstlehrer ist ganz vernarrt in Picasso. Ich überlegte, ob ich das Gemälde mal mit ins Lycée nehmen sollte. Ein kleines Referat würde meine Noten vielleicht aufbessern. So wie diese lebenslange Mitgliedschaft in der Bar für Privatmitglieder der *Tate Modern*. Die hat mir letztes Jahr zu einer Zwei verholfen.

»Wie auch immer – lasst uns ein Glas *Bollinger* trinken«, sagte Granny. »Das wird diesem vermaledeiten Familienessen etwas die Schärfe nehmen.«

»Poppet sollte nicht trinken! Sie ist VIERZEHN«, schrie mein Vater durch die Computerlautsprecher. Ich hatte ganz vergessen, dass er zuhörte.

»Ach, Blödsinn, James, sie wird jetzt mit ihrer Großmutter ein Glas Champagner trinken«, sagte Großmutter und starrte voller Verachtung den Laptop an. »Was wäre ein Abendessen ohne ein gutes Tröpfchen? Eine vollkommen überflüssige Erfahrung, das wäre es! Poppet, wie schalte ich das Ding da ab?«

»Mutter, du wirst diesen Laptop nicht abschalten«, schrie Mom. »Du hast versprochen, dich zu benehmen.«

Dad verdrehte nur die Augen und schaute dann wieder auf seinen anderen Bildschirm. Dann begann das Catering-Personal, das Essen zu servieren. Es stammte aus Mummys veganem Lieblingsrestaurant, in das sie total verschossen ist. *Chosen Leaf* heißt es und liegt in Chelsea. Der Hauptgang bestand aus Quinoa mit Babyartischocken, Mandeln und Cranberrys sowie allen möglichen anderen Bohnen-, Quark- und Kräutergerichten, von denen man, unmittelbar nachdem man sie hinuntergeschluckt hatte, furzen musste wie ein Rennpferd.

Das war ganz und gar nicht meine Wahl gewesen. Ich hatte zu Matthew definitiv gesagt, dass ich grünes Thai-Curry, Pad Thai und klebrigen Reis von Busaba Ethai in Soho möchte, aber dagegen hatte wohl wie immer jemand ein Veto eingelegt. Manchmal frage ich mich, weshalb ich mir überhaupt die Mühe mache, etwas zu sagen. Trotzdem: Tatsache ist, dass wir gerade alle miteinander auskamen.

Alle aßen und plauderten und Flash brachte uns alle zum Lachen, als er uns von einem Buchstabierwettbewerb in der Schule erzählte, an dem er teilnahm und bei dem er darum gebeten wurde, mal still zu sein, damit die anderen Kinder auch endlich eine Chance bekämen.

Und plötzlich sagte Mummy: »Oh Flash, du bist wirklich das Superhirn der Familie! Ich bin so stolz auf dich. Ich bin stolz auf alle meine Babys! Schaut euch doch mal an! Ich habe hier einen künftigen *NASA*-Raketentechniker und er ist erst sechs Jahre alt! Und ich habe einen berühmten Umweltaktivisten! Und Kitten ist ein weltweit berühmtes It-Girl! Und ich habe Poppet, die . . . ähm . . .«

Dann schaute Mom mich an und verstummte einen Moment lang. Sie nahm ihr Weinglas, um Zeit zu gewinnen, und es herrschte ein schrecklich unangenehmes Schweigen, bis Gott sei Dank Granny einsprang und auf ihre erstaunlich laute, betrunkene Art sagte: »Wir haben Poppet Zanzibar Montague-Jones, sie ist ein Individuum, ein Denker und sie ist mit einem Herzen gesegnet, das so groß wie England ist. Und davon gibt es hierzulande nicht viele, kann ich euch sagen. Ein dreifaches Hoch auf Poppet Zanzibar, sage ich! Hipp, hipp, hurra!«

Granny fuchtelte mit ihrem Glas herum. Mummy blickte sich nach dem Servicepersonal um, zog sich die Hand über die Kehle und formte mit den Lippen: »KEIN CHAMPAGNER MEHR FÜR DIE DA.«

Schließlich klopfte Mummy gegen ihr Glas, stand auf und

sagte, dass sie nun ein paar wichtige Worte über die neuesten Ereignisse an uns richten wolle. Dann fing sie an, darüber zu schwafeln, dass die letzten paar Wochen ihres Lebens »eine entscheidende Zeit gewesen seien für ihr Streben nach Selbstfindung«. Sie erzählte, dass sie eigentlich nie nach Liberia in Afrika wollte, sondern nur nach Antigua in der Karibik, um sich Gedanken über ihr neues Innendesignprojekt zu machen. ABER: Als sie in Antigua gewesen sei, hätte es ein paar Tage lang heftig geregnet und sie hätte keine Gelegenheit gehabt, an den Strand zu gehen, und alle Spa-Behandlungen seien ausgebucht gewesen. Das hieß, sie hätte den ganzen Tag nur in ihrem Zimmer liegen und Zeitschriften lesen können. Na ja, eines der Magazine, die sie aus der Hotellobby mitgenommen hatte, war eine alte Ausgabe von *National Geographic*. Und darin sei ein unglaublich »bewegender« Beitrag über das afrikanische Land Liberia gewesen und über die schlimme Armut, die dort herrschte, und die Gräueltaten, die seit dem Bürgerkrieg dort begangen wurden. Und sie hätte über die Tausenden von Babys und Kindern in Waisenhäusern gelesen, die von Krätze bedeckt und mit knurrendem Magen auf pipidurchtränkten Matratzen schliefen, weil ihre Eltern sie einfach im Stich gelassen hätten, weil sie sich nicht um sie kümmern konnten. Oder sie starben an AIDS oder Malaria.

An dieser Stelle schob Granny ihr Quinoa-Gericht von sich und sagte zu Mom: »Gütiger Himmel, Jocasta, entspann dich, Liebes. Dieses Essen da ist schon widerwärtig genug, auch ohne dass du weiterhin von Bettwanzen erzählst.«

Mummy gab ein vorwurfsvolles Geräusch von sich und sagte zu Granny: »Mom, jetzt tu doch nicht so begriffsstutzig! Du weiß doch noch, was wir mit Dr. Sarzberg besprochen haben?! Als wir diese Mutter-Tochter-Sitzung hatten? Als es darum ging, dass du meine Gedanken und Inspirationen verhöhnst?«

Granny lachte wie eine Möwe und sagte: »Oh, ich pfeif auf Dr. Sarzberg! Ich nehme doch keine Anweisungen von einem verdammten Deutschen entgegen. Wir wissen doch alle, wohin das führt. Genau diesen Fehler haben die Polen 1939 gemacht.«

Daraufhin meldete sich Knut zu Wort: »Hey Granny, die Deutschen sind eigentlich wirklich sehr nett. Gerade den Deutschen sollten wir Beachtung schenken. Sie haben nämlich eine ganze Menge aus ihrer Geschichte gelernt.«

Ab da wurde Mom allmählich sauer und sagte, dass sie noch nicht fertig gewesen sei mit ihrer sehr wichtigen, lebensverändernden Geschichte, aber sie kam nicht weiter, weil plötzlich die Tür zum Esszimmer aufgerissen wurde und eine Art Knäuel praktisch hereinfiel.

ES WAR KITTEN.

Kitten – so viel lässt sich mit Sicherheit sagen – war nicht darauf gefasst gewesen, uns zu sehen. Eigentlich sah es eher so aus, als hätte sie sich gegen die Tür gelehnt und wäre aus Versehen ins Zimmer gefallen. Sie trug ein dunkelrotes Ballett-Tutu, schwarze Leggins, eine schwarze Pelzmütze und Jesus-Latschen aus gelbem Plastik. Ich erkannte das Outfit wieder, denn ich hatte sie damit heute Abend schon in den Klatschspalten der *London Lite* gesehen. Sie hatten ein Foto von ihr gedruckt, auf dem zu sehen war, wie sie ein paar Stunden vorher in Soho Geld von einem Geldautomaten abhob. Daneben standen Fachhändlerinfos darüber, wo man jedes einzelne Teil, das sie anhatte, kaufen kann, sowie ein kleiner Artikel, in dem stand, dass Kitten Calipso Montague-Jones einer der »weltweit begehrtesten Namen auf jeder Partygästeliste ist, vor allem seit ihrer neuesten, angeblichen Affäre mit dem verheirateten Schauspieler Brandon Gissamo, die sie vehement abstreitet«. Jedenfalls wirkte Kittens Gesicht gestern Abend irgendwie schmuddelig und unter ihren Augen waren dunkle Ringe. Sie sah krank aus.

»Mummy!«, sagte Kitten und sah vollkommen verwirrt aus. Sie versuchte vorwärtszugehen, stolperte aber praktisch durch das Zimmer und versuchte dann, umzukehren und wieder durch die Tür zu verschwinden.

Und da merkten wir, dass sie nicht allein war. Jemand lauerte draußen im Flur.

»Kitten, komm rein und iss mit uns zu Abend!«, sagte Mom. »Bring deinen Freund auch mit! Wer ist da draußen bei dir?«

»Das ist Steel. Wir sind nur gekommen, um etwas zu, ähm, holen«, sagte Kitten. Ihre Augen waren groß wie Suppenteller.

»Steel, komm herein und sag Hallo, mein Lieber«, sagte Mom.

Steel kam ins Zimmer geschlurft. Ich kannte ihn auch aus den Klatschspalten. Er war etwa eins achtzig groß und hatte längeres schwarzes Haar, das gekräuselt und nach hinten gekämmt war. Entweder es war fettig oder eingeölt. Er trug einen blauen Pelzmantel und lange Schuhe, die vorne spitz zuliefen. Seine Haut war irgendwie grau. Ich bin mir sicher, dass er in einer Band spielt und auf dem Cover des *Dazed and Confused*-Magazins war, das ich mal aus Kittens Zimmer geklaut und auf dem Klo gelesen habe.

Steel sah irgendwie erschrocken aus, als er uns sah, dann schniefte er laut und fischte eine Handvoll Papiertaschentücher aus seiner Jacke.

»Hallo, Steel!«, bellte Mom. »Setz dich doch und iss mit uns zu Abend, bitte!«

»Mnpghgh, okay, danke«, sagte Steel. Er knirschte mit den Zähnen und saugte seine Wangen nach innen. Er wirkte hypernervös, als hätte er viel zu viel Kaffee getrunken.

»Steel?«, sagte Mummy, die plötzlich einen Geistesblitz hatte. »Du bist nicht zufällig Zane Drums Sohn? Zane, der in den Achtzigern bei *Yellow Dawn* spielte?«

Steel nickte und wurde knallrot. »Ja, doch, das ist mein Vater pghghsplgh badumsch«, murmelte er.

»Gütiger Himmel! Ich erinnere mich an dich, als du noch ein Baby warst! Du bist ungefähr in Knuts Alter. Deine Mutter und ich brachten euch beide zu denselben Geburtstagspartys im *Groucho Club* im West End. Du bist immer unter der Bar verloren gegangen oder aus dem Gebäude entwischt! Einmal haben wir dich dabei erwischt, wie du ganz allein die Old Compton Street entlangspaziert bist! Du warst ein richtiger Schlingel!«

Steel sagte nichts dazu, er nickte nur und schwitzte, als würde er gerade eine sehr, sehr schlechte Erfahrung machen. Ein bisschen so, als hätte er einen Albtraum, in dem er nackt auf der Straße steht und alle seinen Hintern sehen können.

»Wie geht es deiner Mom?«, fragte meine Mutter. »Macht sie immer noch in Innendesign?«

»Schumpf in Cornwall«, murmelte Steel. »Stellt organische Kerzen her. Züchtet Bienen und mumpghy schlump macht Reiki und Zeug mumpgh.«

»Fabelhaft«, sagte meine Mutter. »Setzt euch doch, ihr beiden!«

Entsetzt schauten sich Kitten und Steel gegenseitig an, dann stolperten sie auf den Tisch zu und fläzten sich auf zwei freie Stühle.

Kitten schaute plötzlich nach rechts und links und zuckte ein wenig zusammen vor Schreck. »Wow, Granny, was zum Henker . . .?«, sagte sie. Dann schaute sie sich um, entdeckte uns alle und sagte: »Flash, Knut, Poppet? Ist das Dad da auf dem Laptop? Was ist los? Ist jemand gestorben?«

»Wir haben heute ein besonderes Familienessen, Kitten!«, sagte Mom. »Hast du Matthews Nachricht nicht bekommen?«

»Mir hat er keine Nachrichten geschickt«, brummte Kitten.

»Doch, Schatz, das hat er«, sagte Mom, aber Kitten gab nur ein ungeduldiges Geräusch von sich und sagte: »Ich habe ungefähr acht verschiedene E-Mail-Adressen, Mom, weil sich dauernd irgendwelche Journalisten einhacken.« Und dann brachte der Ober Steel und Kitten zwei volle Teller und beide starrten darauf, als hätten sie einen Teller Maden mit Popo-Furunkeln vor sich.

Steel versuchte, seinen guten Willen zu zeigen, indem er eine Gabel in die Hand nahm und lustlos ein paar Bohnen auf dem Teller herumjagte. Er nahm einen winzigen Bissen und kaute darauf herum, als wollte er verhindern, dass seine Geschmacksknospen damit in Berührung kamen.

»Jedenfalls!«, sagte meine Mutter. »Wo war ich? Ja, LIBERIA. Ich las also diesen Artikel über die brutalen Bedingungen dort und das brachte mich irgendwie zum Nachdenken: ›Jocasta, was ist der Sinn deines Lebens?! Warum haben dich die Götter hier auf diesen Planeten gesetzt? Nur, damit du Innenarchitektin wirst? Bist du wirklich dazu bestimmt, die Menschen durch deine Fähigkeit, schöne Vorhänge zu finden, glücklich zu machen? Oder indem du eine umwerfende Chaiselongue für ihr Arbeitszimmer auftreibst? Kann das in der Tat schon alles sein?!‹«

Na ja, Granny schnaubte daraufhin und legte das *Blackberry* weg, das ich ihr zu Weihnachten gekauft hatte und das sie hauptsächlich dazu benutzte, die Nachrichten von *betfair.com* zu empfangen. Und dann bellte sie: »Hah! Und nicht einmal das machst du selbst. Du hast eine Praktikantin, die das für dich erledigt.«

Mom warf Granny einen vernichtenden Blick zu und versuchte weiterzureden. Aber in diesem Moment griff Kitten nach ihrer kleinen *Bottega-Veneta*-Handtasche, wühlte darin herum – offensichtlich, um nachzuschauen, ob irgendetwas drin war – und dann stieß sie Steel an und sagte: »Ich geh mal auf einen Schnellen raus.« Und dann verschwand sie nach draußen. Ich hoffte, sie meinte damit einen schnellen Besuch auf dem Klo.

»Oder ist der Sinn meines Lebens die Wohltätigkeitsarbeit?«, fuhr Mom fort, wobei sie Kitten anfunkelte. »Ich meine, ich habe wirklich ein Talent dafür, Leute zu meinen Charity-Essen und -Partys zu locken! Ich spreche zwar nicht gern über meine Wohltätigkeitsarbeit, aber ich habe Beispielhaftes geleistet für, ähm, *Schluss mit den Landminen* und *Rettet die Polkappen* und ... ähm, ooh, das Projekt, bei dem gewaltbereite Kinder auf Gutshöfen untergebracht werden sollen, damit sie aufhören, sich gegenseitig zu erstechen? Ich komme gerade nicht auf den Namen ... die *Kinder*-Etwas?«

»Die *Kinderrevolution«,* sagte Flash. »Das war doch das, wo dich dieser Travis von *The Jet Fighters*, der mit den lustigen orangefarbenen Haaren, gefragt hat, ob du mitarbeiten willst – damals im Sommer, als er auf deine Party kam und du so betrunken warst, dass du Ja gesagt hast. Und am nächsten Tag warst du in allen Zeitungen mit ihm zu sehen.«

»Ja, Flash, die *Kinderrevolution,* danke, Schatz«, sagte Mom und strahlte ihn an. »Nun, also, ich dachte über meine Wohltätigkeitsarbeit nach, und dann dachte ich, nein, Jocasta, das, was du eigentlich zur Welt beiträgst, was viel wichtiger ist als alles andere, hast du vollkommen übersehen. UND DAS IST DEINE ARBEIT ALS MUTTER. Nichts kann wichtiger sein als das. Nur als Mutter empfinde ich eine so tiefe, intensive, innere Freude!«

»Hör mal, Jo, kommst du heute noch zur Sache oder war es das?«, fragte Dad laut durch den Laptop. »Auf mich wartet eine Konferenzschaltung, die ich annehmen muss. Ich habe alle europäischen Vorstandsvorsitzenden in der Leitung, die meinen Rat brauchen.«

»JA, ICH KOMME ZUR SACHE, JAMES!«, zischte Mummy, wobei sie diesen speziellen Ton anschlug, den sie nur Dad gegenüber benutzt. »ICH KOMME SOFORT ZUR SACHE. Ich war in Liberia und ich habe beschlossen, die Familie zu vergrößern! Bald wird jemand Neues dazukommen! Ein neuer Montague-Jones.« Wir alle schauten meine Mutter mit leicht geöffnetem Mund an.

»DU HAST WAS?«, fragte Dad hektisch. »Du . . . du . . . kannst nicht wieder schwanger sein! Das ist unmöglich!« Wir schauten zu, wie Dad rasch seinen iCalender auf dem Bildschirm öffnete und auf seine Termine schaute. »Ich war noch nicht einmal in der gleichen Zeitzone wie du, du dummes Stück!«

»Ich *bekomme* kein Baby, James!«, schrie meine Mutter. »Ich *adoptiere* eins! Einen kleinen Jungen! Aus Liberia!«

»Heilige Scheiße«, sagte Knut und stützte den Kopf in die Hände.

»Ein Baby, Mummy?«, sagte Flash und sah verstört aus. »Aber du hast versprochen, dass ich das letzte Baby war, das kommt.«

Ich schaute in die Runde, zuerst zu Granny, die sich kaputtlachte, dann zu Steel, der auf seinem Stuhl herunterzurutschen schien, als wollte er sich unsichtbar machen. Dann zu Dad, der jetzt direkt am Bildschirm klebte und krächzte: »Jocasta! Hörst du mir mal zu!? Das kommt ÜBERHAUPT NICHT INFRAGE. Du kannst das nicht ohne mich entscheiden. Ich verbiete es dir!«

»Ach, halt die Luft an, James, ich habe es schon getan!«, bellte Mom, dann wandte sie sich mir zu. »Schließ dieses Fenster, Poppet, schalt ihn einfach ab, er wird ja total hysterisch.«

»Sorry, Dad«, sagte ich und klappte den Laptop zu. In diesem Moment kam Kitten wieder ins Zimmer. Sie schien sehr viel wacher zu sein als vorhin.

»Okay, da bin ich wieder! Lasst uns ein Glas Champagner trinken!«, sagte Kitten. »Warum schreit ihr denn alle so?«

»Mummy bringt ein neues Baby aus Afrika mit«, sagte Flash verdrießlich.

»HAHAHAHAHA!«, röhrte Kitten, ihre Augen waren ganz groß und ihr linkes Nasenloch war rot und sah entzündet aus. »TOLL! Wann kommt es an?«

»Sobald der ganze Papierkram erledigt ist«, sagte Mom. »Ich muss zurück nach Liberia fliegen und ihn mit nach Hause bringen. Er ist dreizehn Monate alt.«

»FAN-TAAAASTISCH!«, sagte Kitten. »Je mehr, desto besser! Bring mir auch eins mit! Das wird super aussehen, wenn ich in der Londoner Modewoche in der ersten Reihe sitze! Ich seh die nächsten Schlagzeilen schon vor mir: ›Kitten hat einen Afrikaner adoptiert!‹«

Dann sah Kitten unsere Gesichter und ihre Miene veränderte sich. »Das ist ein Witz, oder? Nicht wahr? Bitte sagt, dass das ein Witz ist.«

»Das ist kein Witz, Kitten!«, sagte Mom. Ihre Augen wurden schmal und sie klang ziemlich verunsichert. »Wenn du in den letzten zwei Wochen ein wenig Schlaf bekommen hättest, dann würdest du das merken. Hier sind die Neuigkeiten: Ich adoptiere eine liberianische Waise namens Zinnah. Ihr bekommt einen neuen kleinen Bruder.«

»Ziii-naaah?«, wiederholte Flash. »Wie spricht man das noch mal aus, Mummy?«

»Keine Sorge, Flash, so werde ich ihn nicht nennen«, sagte Mom. »Ich nenne ihn nach dem Moment, in dem ich ihn zum ersten Mal sah. Als ich in das Zimmer kam und er seinen Mund öffnete und schrie und dabei alle seine wunderbaren Zähne zeigte. Die Managerin des Waisenhauses sagte, er hätte Angst, weil er noch nie zuvor jemanden mit weißer Haut gesehen hätte. Er sah aus wie ein schöner wilder kleiner Drache. Deshalb nenne ich ihn DRAGON. Er ist hinreißend.«

Na ja, dann folgte Schweigen. Ein langes Schweigen. Ein Schweigen, das anzeigte, dass das Bu-huu gleich ganz gewaltig losgehen würde.

Und dann erhob sich Kitten und schon ging es los: »Das ist mal wieder verdammt typisch!«, regte sie sich auf. »Ist dieses Haus nicht schon unerträglich genug, auch ohne dass mittendrin die Brut irgendeiner Fremden herumplärrt? Mir schwirrt der Kopf schon genug von all den Paparazzi-Typen, die mich jagen, und den Leuten, die Müll über mich schreiben, und jetzt werde ich nicht mal mehr chillen können. Ich werde nicht mehr genug Raum haben, um ganz ich selbst sein zu können. Wie konntest du nur so egoistisch sein?!«

Mom stieß nur ein verärgertes, kreischendes Gelächter aus und sagte: »Kitten, verschon uns doch mal einen Moment lang mit deinem ausschweifenden Gequassel. Die Erde dreht sich nun mal nicht nur um dich! Ich weiß, dass dir diese Vorstellung völlig unbegreiflich ist! Ach ja, was ich noch sagen wollte, pardon: RAUM, UM GANZ DU SELBST ZU SEIN?! Komm mir nicht mit Raum. Du hattest in den letzten paar Jahren so viel Raum, du selbst zu sein, dass du nicht mal mehr deinen eigenen Namen weißt. Du bist gerade einfach nur armselig. ERBÄRMLICH!«

Daraufhin RASTE Kitten vor Zorn. »Von wegen erbärmlich, Mom«, schrie sie. »ICH LIEBE MICH EINFACH SO, WIE ICH BIN, VIELEN DANK AUCH! Auch wenn mich hier sonst keiner liebt! Hör mal, ich muss nicht hierbleiben und mir deinen ganzen Mist anhören. Steel, hol deinen Mantel, wir gehen jetzt ins *Catastrophe 13* und treffen Marlow und Gigi. Ruf *Addisson Lee Cars* an und sag, wir wollen so schnell wie möglich abgeholt werden.«

»Oh, klar, sehr schön, Kitten, mach dich davon, geh in einen Nachtclub und ertränk deine Sogen in einer Flasche Champagner«, sagte Mom sarkastisch. »Hör mal, junge Dame, ich spreche gleich morgen früh mit Mr Chenowitz. Ich werde unseren lieben Buchhalter ersuchen, deinen Treuhandfonds zu SPERREN! Ich habe gute Gründe zu glauben, dass du ihn für Drogen ausgibst.«

Sobald das Wort Drogen ins Spiel kam, wurde es wirklich wüst. Kitten fing an, auf mich loszugehen, wobei sie richtig aggressiv wurde. Ich sei verdammt noch mal eine kleine Göre, die immer nur Lügen über sie erzählte! Dann sagte Mom zu Kitten, sie sei es leid, dass Kitten dauernd »außer Kontrolle« gerate, und dass sie sich »zu extremen Maßnahmen gezwungen« sähe (was immer das bedeuten sollte).

Währenddessen räumten die Leute von *Chosen Leaf* die Teller ab und taten so, als wären sie taub. Plötzlich fiel mir Flash ein, der total erschöpft aussah. Immerhin war es schon fast elf. Deshalb brachte ich ihn nach oben, um ihn Marcella zu übergeben, seiner Nacht-Nanny, damit sie ihm seinen Schlafanzug anzog und ihn ins Bett brachte.

Ich hoffte ernsthaft, dass Flash das Schlimmste von dem, was gesagt wurde, nicht mitgekriegt hatte, aber als ich ihm einen Gutenachtkuss gab, schaute er mich mit großen Augen an und fragte: »Poppet, holt Mummy echt ein neues Baby?«

»Oh ... oh, ich weiß nicht, Flash«, sagte ich. »Vielleicht ist das nur einer von Mummys verrückten Plänen. Vielleicht vergisst sie es ja wieder. Mach dir keine Sorgen.«

Und dann fragte Flash: »Nimmt Kitten wirklich Drogen?«

»Oh ... oh, ich weiß nicht. Denk jetzt nicht darüber nach, das ist nicht schön. Ich will auch nicht darüber nachdenken. Lass uns einfach an schöne Dinge denken.«

Dann ging ich in mein Zimmer. Alles, was ich von unten hören konnte, war jede Menge Geschrei und Türenknallen, deshalb ging ich ins Bett, steckte mir meine Ohrenstöpsel in die Ohren, setzte eine Augenmaske auf und nahm die Hälfte der Diazepam-Schlaftablette, die Mom mir gegeben hatte, als ich das letzte Mal Langstrecke in die Hamptons in Amerika flog. Dann wickelte ich mich in meine Decke wie ein Hotdog in ein Brötchen. Ich versuchte, an schöne Dinge zu denken, und war kurz darauf eingeschlafen.

Samstag, 26. September

Etwas völlig Abartiges ist heute Abend in Octavia Gardens Nr. 1 passiert und ich möchte es hier in meinen eigenen Worten festhalten, damit ich es mit Dr. Sarzberg besprechen kann. Er hatte recht, als er sagte, dass man die Dinge besser verstehen kann, wenn man sie aufschreibt.

Das ist wirklich so.

Vor allem, wenn man eine Familie hat, über die dauernd in den Zeitungen berichtet wird, so wie bei mir. Dann weiß man irgendwann gar nicht mehr, was verdammt noch mal denn nun *wirklich* passiert ist und was eine Übertreibung oder eine totale Lüge ist, die sich jemand ausgedacht hat, der ein bisschen Geld brauchte.

Zum Beispiel Anfang des Monats, bei unserem »herrlichen Abendessen«? Mummy hat Kitten NICHT mit dem Messer bedroht. Und es kam NICHT zu einer Schlacht, bei der sich die ganze Familie, einschließlich Granny, mit Essen beworfen hat. Das ist verdammt noch mal gar nicht passiert, auch wenn es auf den Seiten sechs und sieben der *Sun* breitgetreten wurde. Dort stand, dass meine Mutter und Kitten in der Küche waren und meine Mutter ein Messer in der Hand hatte. DAS IST NICHT PASSIERT. Ich meine, ja, OKAY, Kitten und Mom machten ein Riesengeschrei um diese Adoptionssache (die seitdem, Gott sei Dank, nie wieder erwähnt wurde), aber diese ganze Geschichte mit dem Messer war wieder einmal nur totaler QUATSCH, den sich einer von den Leuten vom *Chosen Leaf* einfach ausgedacht und dann an die *Sun* verkauft hat. Am nächsten Morgen rief ein Reporter meine Mutter an, um zu fragen, ob es wahr sei, und Moms Augen wurden ganz groß und irre und quollen hervor, wie sie es tun, wenn sie kurz zuvor frisches Botox bekommen hat. Dann fing sie an zu kreischen.

»Natürlich nicht, verdammt noch mal!! Das ist absoluter beep, beepy-beep Schwachsinn! Meine Familie besteht schließlich nicht aus Wilden!« (Sie sagte nicht »beep«, sie sagte viel Schlimmeres, was ich hier nicht niederschreiben will.)

Jedenfalls druckte der *Sun*-Reporter die Story trotzdem, und zwar auf zwei ganzen Seiten, mit Bildern von Kitten, wie sie später in jener Nacht im *Catastrophe 13* mit geschlossenen Augen auf den Tischen tanzte. Auf den Fotos schwang sie so wild ihre Beine, dass man den Zwickel ihres Slips sehen konnte. Dazu wurden »Leute aus dem engeren Kreis um Kitten« zitiert, laut derer sie »zutiefst erschüttert war von diesem Vorfall, in den ein *Sabatier*-Messer mit dreißig Zentimeter langer Klinge verwickelt war«.

Oh, mein Gott, war das peinlich.

Und als wäre das nicht alles schon scheußlich genug, klingelte zwei Tage später auch noch ein verdammter Polizist an unserer Haustür und sagte, dass er einen »mutmaßlich gewaltsamen Zwischenfall« untersuchen müsse. Und da sah meine Mutter dann aus, als würde sie ihn gleich die

Treppe hinunter bis auf den Platz prügeln, aber Knut schaffte es, sie zu beruhigen, indem er sie in den Salon führte und ein paar transzendentale Meditationen und Atemübungen mit ihr machte. Dann schwebte Kitten frisch geduscht und mit nassen Haaren die Treppe herunter. Sie trug keinen BH unter ihrem kleinen, hauchdünnen *Sonia-Rykiel*-T-Shirt mit Sternchenmuster und sie war süß und charmant, wie sie manchmal sein konnte, und sagte: »Ehrlich, Officer, das ist alles nur ein dummes Missverständnis. Das hat sich nur jemand ausgedacht, der damit Geld machen will.«

»Tut mir leid, das weiß ich«, sagte der Beamte. »Ich mache nur meinen Job. Ich werde nichts mehr dazu sagen.« Dann bat er Kitten um ein Autogramm für seine kleine Tochter und ging.

Ich saß vor dem Wohnzimmer auf der Treppe und bedachte ihn mit meinem besten SATAN-TODESBLICK, als er ging. Ich KOCHTE VOR WUT und hätte am liebsten geschrien: »Nichts mehr dazu sagen? Ganz England hat schon darüber gesprochen, verdammt! Und dabei ist es noch nicht einmal in echt passiert!«

Nach der Messergeschichte rief ich Moms Assistent Matthew an, was ziemlich rotzig von mir war, aber ich fühle mich zurzeit eben ziemlich rotzig. Ich sagte zu ihm, ich hätte die Nase voll davon, dass Leute zu uns nach Hause kommen, um Essen und Zeug zu liefern, und sich dann so abscheulich benehmen. Keine Fremden mehr im Haus. PUNKT.

»Hör mal, Pop, im *Chosen Leaf* sind Leute gefeuert worden

wegen dieser Geschichte, glaub mir«, sagte Matthew. »Aber ich muss dich warnen – solche Sachen werden hin und wieder passieren. Kitten macht aus euch eine sehr berühmte Familie und die Leute interessieren sich für euch alle, deshalb müssen wir besonders darauf achten, mit wem wir reden, okay? Die Menschen sind Geier, Poppet. Für hundert Mäuse würden sie auch noch das kleinste bisschen Klatsch verkaufen. Es geht einfach darum, herauszufinden, wem wir trauen können.«

Irgendwie machte mich das traurig und ich fragte mich, warum dann alle immer berühmt sein wollten.

Jedenfalls, gerade als wir dieses FIASKO überstanden hatten, passierte heute Abend etwas, was die Familie Montague-Jones schon wieder in die *Sun* bringen wird. Bevor ich also die Wahrheit vergesse, schreibe ich lieber auf, was wirklich geschehen ist:

Heute Abend gingen Felix und ich zusammen zu Jackdaws Party im *Voyage*. Striker hatte beschlossen, dass sich jede von uns mit jemandem zur Party verabreden sollte, deshalb ging ich um zwanzig Uhr durch die Gemeinschaftsgartenanlage hinüber zu Felix, weil er gesagt hatte, wir könnten zusammen fahren.

Ich ging barfuß und trug meine Schuhe in der Hand, weil ich mit hohen Absätzen absolut nicht gehen kann, sondern nur stehen oder sitzen. »Sich bewegen« gehört dabei einfach nicht zu meinem Repertoire, auch wenn das zweifellos etwas ist, was ich auf meine Liste zu erledigender Dinge hinzufügen sollte, so wie Grundierung tragen und falsche

Wimpern ankleben, ohne mir dabei die Augenlider zusammenzukleben und einen Notarztwagen zu brauchen.

Jedenfalls war es acht und ich war spät dran. Ich hatte versprochen, um Viertel nach sieben da zu sein, aber ich hatte Stunden damit zugebracht, mir zu überlegen, was ich anziehen sollte, und ich wäre dabei fast durchgedreht. Ich hatte mich für ein schwarzes Trägerkleid mit gerüschtem pinkfarbenem Tutu-Petticoat, blassgrüne Schuhe und dunkelrote Federn im Haar entschieden.

Ehrlich gesagt war dieser ganze Aufzug sehr viel girly-twirly-mäßiger und viel mehr ›Oooooh-schaut-mich-alle-an!‹ als meine anderen Sachen, deshalb war ich völlig paranoid. Ich war froh, dass ich mein gehäkeltes Jäckchen dabeihatte, weil mich meine Oberarme in der Dämmerung an den Schinken erinnerten, den Mrs Minsk an Weihnachten immer mit Beeren kocht und dann auf die Küchentheke stellt. Man muss ihn dann ganz lang anstarren, um dahinterzukommen, ob es Schinken ist oder Rindfleisch oder irgendein abgespacetes Fleisch, das gerade neu erfunden worden ist, das heißt: ziemlich widerlich.

Felix und ich gingen zusammen auf die Party – worüber ich wahnsinnig froh war, denn er schafft es immer, mich aufzumuntern. Nicht zusammen wie Freund und Freundin, sondern einfach wie Felix und ich. Einfach nur so. Offensichtlich glauben im Lycée alle, dass etwas total Versautes am Laufen ist zwischen mir und Felix Hayes-Burlington von der Godspeed Academy, elfte Klasse. Sie glauben, dass wir nackt von Schränken springen und verrückte Sessions voller Leidenschaft haben, wenn ich in seinem Zimmer bin, aber das stimmt einfach nicht. Das tun wir so was von absolut nie. Meistens spielen wir *Hungry Hippos* und essen Toast mit Marmelade oder wir sitzen vor unseren Laptops und schicken uns gegenseitig lustige Links.

Ich ging also zu Felix und klopfte eine gefühlte Ewigkeit mit dem altmodischen Messingtürklopfer an die Tür, den niemand in seiner Familie jemals hören konnte. Aber Felix' Vater, Dr. Hayes-Burlington besteht darauf, ihn zu behalten, weil er moderne Türklingeln hasst. Eigentlich hasst Dr. H.-B. fast alles am modernen Leben – Heizkörper, Elektrizität, Computer, Antibiotika – und er glaubt allen Ernstes, die Welt wäre schöner, wenn alle in eiskalten Häusern sitzen, an Pocken sterben, bei Kerzenlicht langweilige, neunhundert Seiten dicke Charles-Dickens-Romane lesen und in Nachttöpfe aus Porzellan kacken würden, die man unter dem Bett aufbewahrt, weil es kein Klo im Haus gibt. GROSSARTIGE ZEITEN!

Das ist übrigens nicht fies gemeint. Eigentlich finde ich Dr. H.-B. nämlich ziemlich toll, auch wenn er nicht mehr alle Tassen im Schrank hat. Felix' Eltern sind geradezu legendär. Sie sind beide Professoren für englische Literatur an der Londoner Universität. Ich bin zwar nie so richtig dahintergekommen, was das bedeutet und was sie den ganzen Tag tun, aber ich weiß, dass Felix' Dad braune Tweedjacken mit grauen Cordflicken an den Ellbogen trägt und Hosen, die immer mindestens zehn Zentimeter zu kurz sind, und dass er zerzauste Haare hat, stapelweise Papier mit sich herumschleppt und dabei seufzt.

Felix' Mom trägt einen langen schwarzen Umhang und

radelt jeden Tag auf einem uralten Fahrrad mit einem Fahrradkorb voller Bücher von Hampstead nach Bloomsbury. Und dann fliegt sie immer von einem Augenblick auf den anderen nach Wien oder sonst wohin, um sich ein Wörterbuch anzuschauen, dass irgendjemand auf irgendeinem Dachboden gefunden hat.

Oh, und Felix' Eltern haben diese absolut DURCHGEKNALLTE Einstellung, die mir einfach nicht in den Kopf will: nämlich dass es »nicht fair sei, andere Leute sein Haus putzen zu lassen, wenn man selbst körperlich dazu in der Lage ist«. Und deshalb haben sie keine Putzfrau! Tatsächlich haben sie ÜBERHAUPT KEIN PERSONAL! Sie erledigen das irgendwie alles selbst! Sie haben nicht einmal so jemanden wie Mrs Minsk, die weiß, wie man die Toilettenpapierrollen auswechselt oder was zu tun ist, wenn das Essen ausgeht oder jemand etwas auf dem Teppich verschüttet. Mir wird ganz anders, wenn ich mir das bloß vorstelle. Aber ich bin gern bei Felix zu Hause, auch wenn ich immer ein Antihistamin einnehmen muss, weil es dort so staubig ist, dass ich niesen muss, bis ich mich übergebe.

Trotzdem – wenn ich mit Felix zusammen bin, fühle ich mich irgendwie total sicher.

Nachdem ich eine ganze Weile geklopft und gehämmert hatte, erschien Felix in der Tür. Er schaute auf mich herunter, inzwischen ist er nämlich über eins achtzig groß, sodass ich wie ein Winzling neben ihm aussehe. Und dann sagte er: »Große Güte, Poppet, du siehst fantastisch aus«, und küsste mich auf beide Wangen. Hinter den Ohren duftete er nach herrlichem *Miller-Harris*-Aftershave und *Aveda-*

Haarwachs. Er trug einen schwarzen Blazer mit halb aufgestelltem, halb schiefem Kragen, ein eng anliegendes Hemd, enge graue Jeans und schneeweiße Segelslipper. Sein beinahe blondes Haar war, wie Felix' Haar immer war: an manchen Stellen igelig, an den Rändern schlaff, so als würden vier Frisuren gleichzeitig gegeneinander kämpfen.

Felix' Augen sahen heute Abend besonders grün aus und seine Lippen waren mädchenhaft voll. Felix ist sowieso ein wenig mädchenhaft, aber ich kann trotzdem allen versichern, dass er ein richtiger Junge ist.

»Oh gngngng, Felix, das ist nicht wahr. Ich sehe WIDERLICH aus«, seufzte ich. Mir war ganz heiß und ich fühlte mich fürchterlich unwohl.

Bin ich das einzige Mädchen Englands, das sich vor dem Ausgehen so fühlt? Bei allen anderen ist das so WOOHOOO, PARTY! Wenn Striker zum Beispiel anfängt, sich fertig zu machen, schreibt sie sofort, wenn sie sich angezogen hat, eine SMS, in der so etwas steht wie: »WOW, DAS ROCKT, ICH SEHE SO HEEEEEISS AUS, dass ich am liebsten zu Hause bleiben und mich selbst sexuell belästigen würde.«

Und Vixen latscht einfach in das Zimmer ihrer großen Schwester Frangipan, schnappt sich irgendein altes Kleid, zieht es über, macht sich ein Band ins Haar und setzt sich auf die Couch, um ganz gelassen zu warten, bis sie abgeholt wird, wobei sie wie das hübscheste Mädchen Londons aussieht.

»Ich habe mich im Spiegel angeschaut«, erklärte ich Felix, während wir im Flur standen. »Und ich habe beschlossen, dass ich wie ein Orang-Utan aussehe. Ein Orang-Utan an seinem Geburtstag. Und alle anderen Orang-Utans haben zusammengelegt, um mir einen Sack zu kaufen, den ich tragen soll, um schick auszusehen.«

»Du siehst nicht aus wie ein Orang-Utan«, seufzte Felix. »Du siehst toll aus. WOW! Was für ein Paar!«, sagte er und zeigte auf meine Brüste, wobei er seine Augen vielsagend aufriss.

»Die?!«, sagte ich und schaute auf sie hinunter. »Oh, komm wieder runter, Flux, sie sind nicht echt. Hier, fass mal an, wenn du willst.« Ich streckte ihm meine Brüste hin. »Ich habe nur das ganze Nichts mit einem guten BH zusammengefasst und den Rest machen diese 75D-Brustvergrößerer *Chicken Fillet*-Pads von *Rigby and Peller.* Und unter denen wird es schon ganz feucht und schwitzig. Das ist alles gefaked.«

»Also Pop, das ist ja obszön.« Felix schüttelte den Kopf. »Hör bloß auf damit! Ich bin schon ganz erregt«, und prompt prusteten wir beide los. Ich wusste ja, dass ich mich ein wenig verrückt aufführte, aber das ist okay. Felix macht es nichts aus, wenn ich verrückt bin.

»Ich habe meine idiotische Kreditkarte verloren«, sagte Felix, während wir die mit dunkelroten Samtteppichen ausgelegte Wendeltreppe hinaufgingen und uns am dunkelbraunen Geländer festhielten. An jedem Treppenabsatz kamen wir an antiken Stühlen vorbei, auf denen sich verstaubte Bücher und Manuskripte stapelten. Im zweiten Stock gibt es einen ausgestopften Löwenkopf, vor dem ich immer stehen bleibe, um ihn anzustarren. Der Löwe sieht aus, als würde er gerade brüllen, und ist auf eine Tafel montiert. Darunter steht:

KENIA, 14. AUGUST 1921 – EIN GLORREICHER TAG FÜR DIE FAMILIE BURLINGTON

Und ich schaue mir das immer an und denke: Klar, ein glorreicher Tag für euch Typen, aber ein nicht ganz so glorreicher Tag für den armen Löwen, der nur losgezogen war, um sich etwas zum Mittagessen zu besorgen, und sich dabei eine Kugel im Hintern eingefangen hat.

Das habe ich Felix erzählt und er war vollkommen meiner Meinung.

Felix und ich sind fast immer derselben Meinung.

In Felix' Zimmer im oberen Stock legte ich mich auf sein extrariesiges Bett, nahm sein Ersatz-Macbook und klickte mich durch ein paar Online-Klatschspalten. Felix kroch unter das Bett und suchte nach seiner *Coutts*-Karte. Es wäre ziemlich heftig, wenn er sie verloren hätte, denn ihr Limit liegt bei ungefähr zweihunderttausend.

Felix hat wie ich irgendwie Glück, was Geld betrifft: Sein Urgroßvater war Jarvis J. Burlington, der berühmte Krimi-Autor, dessen Bücher dauernd in Hollywood verfilmt werden und die in praktisch alle Sprachen der Welt übersetzt wurden, weswegen es Felix' Familie ziemlich gut geht.

Striker sagt, ich solle Felix definitiv so bald wie möglich heiraten, weil die Hayes-Burlingtons sogar noch reicher seien als die Familie Montague-Jones und mich unsere beiden Treuhandfonds zusammen noch reicher machen würden als die Queen oder so. Aber ich sage immer zu Striker, dass ich mir um diesen Mist wirklich keine Gedanken mache. Tatsächlich habe ich in den letzten paar Wochen sehr viel darüber nachgedacht und bin zu dem Schluss gekommen, dass ich mir überhaupt nichts aus Geld mache. Es ist schließlich nur verdammtes Geld.

»Und? Gab's in letzter Zeit wieder Messerstechereien bei euch zu Hause?«, rief Felix unter dem Bett hervor, während ich über ihm lag und auf *TMZ.com* die neuesten Klatschgeschichten über meine Schwester las. Dort stand, dass Kitten und dieser Steel Drum sich getrennt hätten, aber Gerüchten zufolge ginge Kitten jetzt mit einem anderen Jungen, der ein wenig wie Steel Drum aussieht, aber nicht Steel Drum ist, sondern ein gewisser Farrow Cordell. »Leute aus dem engeren Kreis um Kitten« sagten, dass man besorgt sei um die junge Prominente, denn seit ihrer mutmaßlichen Affäre mit dem verheirateten Filmstar Brandon Gissamo sei sie noch wilder unterwegs als sonst. Außerdem hätte man Blutergüsse auf ihrem Körper, vor allem an den Armen, gesehen . . .« Genau da beschloss ich, den Laptop zuzuklappen und das Ganze in meinem Kopf als Lüge abzuspeichern.

»FELIX! DA WAR NIE EIN MESSER!«, keifte ich, auch wenn ich wusste, dass er mich nur aufzog.

»HIER IST SIE! Ich habe die Karte. Gott sei Dank!«, schrie Felix. »Okay, komm, wir gehen ins *Voyage* und lassen uns auf Jackdaws blöder Party blicken.«

Wir rannten aus dem Haus, sprangen in den Mercedes-Benz, der draußen auf uns wartete, und machten uns auf den Weg nach Chelsea.

Die ganze Zeit hatte ich Striker auf meinem *Blackberry*, die mir ins Ohr quasselte: »WOOOOO BLEIBST DU POPPSHET?! IST FELIX BEI DIR ODER WAS? SCHWINGT EURE HINTERN HIERHER!« Sie lachte sich schlapp über das Barpersonal im *Voyag*e. Die waren nämlich in Sachen Alterskontrolle total nachlässig und deshalb hatte sie bereits drei Tequila intus, die ihr ein Mann eingeflößt hatte, der nichts außer einer silbernen Badehose trug. Striker sagte, sie hätte diesen Peche, einen Jungen von der Winchester Boys School, der eigentlich ihr Date war, schon sitzen lassen, weil er eine komplette Niete sei, die immer nur über Rugby daherleiere und ihr erkläre, dass Tequila »kein Getränk für eine Lady« sei.

Striker sagte, sie hätte ihm verboten, weiter mit ihr zu sprechen, und ihm befohlen, sich woanders hinzustellen. Striker sagte, dass Vixen auch schon da wäre und sich mit Jackdaw Penry auf dem roten Teppich gezeigt hätte. Alle fänden, dass sie ein echt heißes Paar abgeben, und Vixen würde ein unglaubliches Kleid mit Leopardenmuster tragen, durch das man bei hellem Licht ihren Stringtanga sehen konnte, und die Paparazzi würden ausflippen. Striker sagte, dass sie und Vixen es geschafft hätten, zusammen fotografiert zu werden, und dass sie mit einiger Sicherheit im Partyteil der *Vogu*e auftauchen würden.

»Und das, Popshypie«, schrie Striker, »ist so ziemlich das Beste, was einem im Leben passieren kann!«

»Was sagt sie?«, fragte mich Felix und stupste mein Knie an.

»Sie ist betrunken«, formte ich mit den Lippen.

»Großartig«, seufzte Felix und eine Weile sagte keiner von uns etwas. Wir wussten beide, dass Striker schwierig sein konnte, wenn sie trank.

Ehrlich gesagt machte ich mir Sorgen, dass sie etwas völlig Übergeschnapptes tun könnte, so wie im Sommer, als wir bei Lady Iris übernachteten. Damals hatten wir geplant, im Garten in Zelten zu schlafen und alkoholfreie Cocktails zu trinken, aber Striker schmuggelte in ihrer Tasche eine Flasche *Glenlivet* Whisky ein. Wenig später war sie sternhagelvoll und landete IM Haus, und zwar im Zimmer von Lady Iris' achtzehn Jahre altem großem Bruder Rufus, einem geradezu legendären Typen, der echt jede aufreißt.

Dann hat irgendjemand, ich glaube, es war die Sehr Ehrenwerte Petronella, Striker bei Lady Iris' Mom verpfiffen und dann wurde es wirklich unschön. Strikers Mum Paloma wurde mitten in der Nacht angerufen und sie musste Striker nach Hause holen.

»Ihr Kind ist ein komplettes MONSTER!«, hatte Lady Iris' Mom Paloma auf der Straße angeschrien.

Und Paloma hatte in ihrem großartigen spanischen Akzent zurückgebrüllt: »Sie ist ein vierzehnjähriges Mädchen! Ihr Sohn ist ein dreckiges Schwein! Ich rufe die Polizei an und erzähle ihr, dass er ein Pädophiler ist, ich werde sie dazu bringen, ihm sein Ding abzuschneiden!«

Das war ganz schön krass. Und der folgende Monat war auch für alle, die darin involviert waren, ziemlich beunruhigend.

So langsam glaube ich, dass Striker vielleicht wie mein Onkel Augustus, Moms Bruder, zu den Leuten gehört, die eigentlich überhaupt nichts trinken dürften. Nicht mal einen winzigen Schluck.

Augustus hat diese Krankheit, bei der man den Alkohol so sehr liebt, dass man mit dem Trinken nicht aufhören kann und ganz sonderbar im Kopf wird. Augustus wusste gar nichts von der Krankheit, bis er ungefähr dreißig war und zum Frühstück etwa einen Liter Wodka trank. Seine Villa verspielte er in einem Pokerspiel und lebte schließlich in einem *Volvo*-Kombi hinter einem Einkaufszentrum in Shepherds Bush. Er steckte in einem ganz schönen Schlamassel, hatte überhaupt kein Geld mehr und lebte von kostenloser Suppe, die die Kirche spendierte, und er wusch sein Gesicht und die übrigen Körperteile in den Waschbecken der Toiletten in Einkaufszentren. Tante Serendipity ließ sich scheiden und schlief stattdessen mit dem Gärtner. Das war irgendwie heftig.

Das Seltsamste ist: Alle sagen, dass NIEMAND so witzig war wie Onkel Augustus, bevor all das passierte, und dass er bei einer Party immer der Letzte war, der nach Hause ging. Und genau das beunruhigt mich an Alkohol. Wie es scheint, macht er die Menschen für kurze Zeit total glücklich, aber bei manchen Leuten bewirkt er, dass sie am Ende obdachlos werden und tot sein wollen.

Jedenfalls kamen wir am *Voyage* an und die Straße war von Autos und Limousinen blockiert, aus denen die Leute ausstiegen, deshalb hüpften wir an der Straßenecke heraus und gingen zu Fuß.

Felix und ich standen auf der VVVIP-Liste, deshalb mussten wir uns nicht anstellen. Aber als wir versuchten, durch die Menschenmenge zur Eingangstür zu schlüpfen, entdeckte mich eine winzige Blondine mit Klemmbrett und Headset und schrie: »Du bist Poppet Montague-Jones, nicht wahr?«

»Ähm, ja«, sagte ich.

»Hier entlang, bitte.« Sie packte mich am Arm, zerrte mich hinüber zu dem Eingang mit dem roten Teppich und sagte: »Könntest du bitte vor dem Schild des Sponsors für ein paar Fotos posieren?« Sie zeigte auf eine Tafel, auf der »*Gran Patron Tequila* sponsert *Penry Jachten*« stand.

»Ooh, ähm, okay«, murmelte ich. Um ehrlich zu sein, hatte ich nicht das Gefühl, eine andere Wahl zu haben, und ich weiß, dass diese Art von Fotos meine Mutter wirklich glücklich macht.

Deshalb versuchte ich, ganz normal auszusehen und meine Arme über meine Brüste zu legen. Die Frau rief den ganzen Paparazzi-Typen zu: »Kitten Montague-Jones' kleine Schwester!«

Und sofort spielte das Rudel der Männer mit Kameras verrückt, alle riefen: »Kittens Schwester! Kittens Schwester!« Und einige von ihnen riefen einfach nur »Kitten«, als wäre es gleichgültig, dass sie eigentlich mit der Falschen sprachen.

»Dreh dich um und schau über deine Schulter, sei ein wenig sexy, Süße, zeig dich uns von hinten, sei ein gutes Mädchen«, schrie ein Mann. Ein anderer Typ hielt seine Kamera ganz tief, fast so als würde er versuchen, unter meinen Rock zu fotografieren, deshalb machte ich einen Satz nach hinten und presste die Beine fest zusammen.

Ehrlich gesagt hasse ich es, wenn man Fotos von mir macht. Wenn mich jemand auf Bebo oder Facebook taggt, entferne ich die Tags sofort, weil ich nicht mag, wie ich aussehe. Ich sehe schrecklich aus. So als würde meine Haut aus einer ganz anderen Substanz bestehen als die der anderen, als wäre Vixens Haut aus Seide und meine aus Haferbrei. Und aus leicht ersichtlichen Gründen lächle ich nie.

Jedenfalls stand ich da und blinzelte in das Blitzlichtgewitter, bis Felix endlich merkte, wie verdammt unwohl ich mich fühlte. Er stapfte zu mir herüber und sagte: »Komm schon, Poppet, die haben jetzt genug.« Dann zog er mich weiter. Die Frau mit dem Klemmbrett sagte nicht Danke oder Tschüss oder so, sie hakte nur meinen Namen auf dem Klemmbrett ab und blickte dann durch mich hindurch, als würde ich gar nicht mehr existieren.

Als wir dann endlich auf die Party kamen und begannen, den VVVIP-Room zu suchen, war es schon weit nach zehn Uhr.

Um in den VVVIP-Room gelassen zu werden, brauchte man ein spezielles Platin-Gold-Armband und die Gästeliste war von Jackdaw Penrys Dad Baalthazar handverlesen worden, deshalb fühlten wir uns wirklich, als würden wir auf dieser Party zu den »wenigen Erwählten« zählen. Mr Penry ist ein großer, einschüchternder Typ mit kahlem Kopf und einem tiefbraunen Mahagoni-Teint, der dauernd im Wirtschaftsteil der Times abgebildet ist. Auf den Fotos steht er neben einer seiner Jachten, raucht Zigarre und erteilt Ratschläge, wie man sein Geld am besten in anderen Ländern versteckt, damit man hier nicht alle Steuern zahlen muss. Unter den Jungs von der Goodspeed Academy ist Mr Penry so etwas wie eine Legende. Sie wollen später alle mal so werden wie er, haufenweise Geld haben und Exfrauen und Jachten und mit Richard Branson auf Necker Island Urlaub machen und all so ein Zeug.

Ich persönlich mache mir nichts aus all diesem VIP- und VVIP-Quatsch, aber Mom sagt, wenn ich in Clubs gehe, soll ich immer so schnell wie möglich den VIP-Bereich finden und dort bleiben, weil in den normalen Räumen wirklich extrem zwielichtige Gestalten herumlungern können. Und die meisten dieser normalen Leute wüssten nicht, wie sie sich zu benehmen haben, und manche davon würden auch nicht gut riechen, deshalb würde man sich besser fernhalten. Mom sagt, das Leben sei zu verdammt kurz, um es mit einfachen Leuten zu verbringen, die Klamotten von der Stange tragen, die aus brennbaren Fasern bestehen. Und wenn ich an einem solchen Ort aufs Klo müsse, soll ich eine Lage Klopapier auf die Klobrille legen, damit ich keine Krätze an die Pobacken bekäme. Einmal versuchte Mom sogar, mir eine Yogastellung beizubringen, mit der ich mich so hinhocken konnte, dass sich meine Pobacken einen Zentimeter über dem Toilettensitz befinden. Damit könne ich dann »getrost in der Luft schweben, während meine Muskeln trotzdem noch Urin aus dem Uterus entweichen lassen«. Oh, mein Gott, das war so peinlich. Meine Mutter ist total berühmt dafür, absolut KEIN GESPÜR für angemessene Mutter-Tochter-Gespräche zu haben. Dieser Yoga-Urin-Vorfall war fast so schlimm wie der Tag, an dem ich meine erste Periode bekam und mich im Badezimmer versteckte, weil ich erst mal mit dem schmierigen Zeug, das in meiner Unterhose aufgetaucht war, klarkommen musste. Ich wollte ein wenig Privatsphäre, aber meine Mutter HÄMMERTE AN DIE TÜR, fuchtelte mit einem Tampon herum und bot an, IHN FÜR MICH EINZUFÜHREN.

Ja, DAS IST ECHT PASSIERT. Ich bekomme heute noch Panikattacken, wenn ich daran denke, wie Mom ihr Gesicht an die Milchglasscheibe drückte, mit einem Tampax Lite herumwedelte und quasselte: »Poppet, ich habe dich geboren! Ich habe deine Vagina bei vielen Gelegenheiten gesehen. Du bist aus meiner Vagina gekommen! Das ist keine große Sache! Lass mich rein, ich sorge dafür, dass es richtig eingeführt ist, und dann können wir feiern gehen. Ich habe Pearl angerufen, sie bringt Jamima mit und wir gehen zu *Harvey Nichols,* um Sushi zu Mittag zu essen und zu feiern!«

Von diesem Vorfall werde ich Dr. Sarzberg DEFINITIV erzählen, denn das wird mich noch bis ins Grab verfolgen.

Jedenfalls, als wir unsere VVVIP-Armbänder bekamen, starrten alle im VVIP-Raum Felix und mich an. Ein wirklich böse aussehendes Mädchen, das kein VVVIP-Band hatte, sagte laut: »Was zum Teufel glauben diese beiden da, wer sie sind? Die ist doch nur die kleine Schwester einer verdammten Drogensüchtigen! Sie ist ein Niemand!«

Ich wollte mich umdrehen und sagen: »Ich GLAUBE doch auch gar nicht, dass ich jemand bin!« Aber glücklicherweise schaffte ich es, nichts zu sagen.

Der VVVIP-Raum war dann im Grunde nicht mehr als eine kleine dunkle Tanzfläche mit etwa hundert Leuten, die darum herumstanden, und ein paar Leuten, die zu schlechter

House-Musik tanzten. Und wenn ich schlecht sage, meine ich SCHLECHT. Wie dieser Schrott, den mein Vater auf seinem *iPod* hört, wenn er vom Pokerspielen nach Hause fährt und ein paar Brandys intus hat. Dann wedelt er mit den Händen in der Luft herum und versucht, uns davon zu überzeugen, dass er früher, bevor wir geboren wurden, immer auf illegalen Partys in Lagerhallen war. Das MUSS EINE LÜGE SEIN, denn wir können heutzutage nicht mal den Radiosender *Capital FM* in der Küche anmachen, ohne dass er bu-huu macht und zu den Gartentipps von *BBC RADIO 4* wechselt.

ANMERKUNG: ER MACHT SICH ÜBERHAUPT NICHTS AUS GÄRTNERN! ER FÜHLT SICH EINFACH NUR SICHERER, WENN RADIO 4 AN IST UND ALTE LEUTE ÜBER BÖDEN REDEN.

Ich schaute mir die Menge im VVVIP-Room an und merkte, dass außer Jackdaw, Vix, Livvy, Bettina und einigen anderen Freunden überwiegend zwanzigjährige Models, alte Typen (mindestens fünfunddreißig Jahre alt) und praktisch nackte Bedienungen, die Tabletts mit Tequila trugen, da waren.

Während wir uns durch die Menschenmenge schoben, nahm Felix einen Tequila, kippte ihn schwungvoll hinunter, was irgendwie männlich aussah, bis er ein Gesicht machte, als würde er es gleich mit ebenso viel Schwung über meine Vorderfront kotzen. Dann schaute er mich und das kleine Glas an, das ich bekommen hatte, und sagte: »Poppet, ich bin nicht sicher, ob du etwas trinken solltest. Darfst du?«

Ich schaute ihn an und dachte: Du weißt etwas, Felix, was

ich nicht weiß. Ich weiß nicht mehr, wie die Regeln in meinem Haus lauten. Weil ich mit Granny Champagner trinken darf. Und Wein zum Abendessen, wenn wir in der Toskana sind. Und ich klaue hin und wieder Knuts Bier aus dem Kühlschrank und niemand merkt es. Und meine Schwester Kitten ist eine Drogensüchtige und eine Alkoholikerin. Wenn man also das große Ganze betrachtet, scheint ein winziger Tequila in Ordnung zu sein. Um ehrlich zu sein, fühle ich mich besser, wenn ich betäubt bin.

Aber ich wollte Felix mit alldem nicht beunruhigen, deshalb sagte ich einfach: »Ach, was soll's! Hoch die Tassen!«, wie Granny immer sagt, und dann kippte ich es hinunter. Eine Sekunde später fiel mir wieder ein, dass Tequila wie das Bleichmittel schmeckt, mit dem Mrs Minsk den Abfalleimer in der Küche reinigt. Mir schossen Tränen in die Augen und ich fühlte mich, als hätte mir jemand auf die Stirn geschlagen.

Tequila ist widerlich. WIDERLICH! Ich wünschte, ich könnte das laut sagen, aber Blitzen und Amelia bezeichnen es in der Schule immer als ihr absolutes Lieblingsgetränk, deshalb müssen wir alle derselben Meinung sein.

Als ich auf Vixen zuging, packte sie mich, umarmte mich und küsste mich auf beide Wangen, aber ich merkte ihr an, dass sie ziemlich gestresst war. Jackdaw, der neben ihr stand, sah auch nicht besonders glücklich aus. Mein Bauchgefühl sagte mir sofort, dass es etwas mit Striker zu tun hatte, auch wenn man dafür nicht gerade ein Hellseher sein musste. Es hatte verdammt noch mal immer mit Striker zu tun.

»Oh, Poppet, Gott sei Dank, dass du da bist! Ich hatte schon fast nicht mehr daran geglaubt. Es ist Viertel nach zehn!«, sagte Vix. »Himmel, du siehst fantastisch aus. Du siehst aus wie Lindsey Lohan!«

»Ja, klar«, stöhnte ich. »Wo ist Striker?«

»Ähm, na ja«, seufzte Vixen. »Sie ist ein wenig, na ja, derangiert. Sie ist irgendwie mit Peche aneinandergeraten, weil sie ihn einen Winchester-School-Bettnässer genannt hat, und . . . na ja, deshalb hatten sie eben diese ziemlich laute Auseinandersetzung an der Bar. Dann hat sie getanzt, aber niemand anderes hat getanzt, deshalb hat sie versucht, Leute auf die Tanzfläche zu zerren. Und dann hat sie ihnen ›SPASSBREMSE‹ zugerufen, wenn sie nicht tanzen wollten!«

»Oh Mann«, sagte ich.

»Und als wir sie das letzte Mal gesehen haben, war sie drüben an der Bar und hat den Barkeeper überredet, ihr einen Cocktail mit Absinth zu machen.«

»Du lieber Himmel«, sagte ich. »Das ist ganz und gar nicht gut, stimmt's?«

»Na ja, vielleicht sollte ich mich nicht weiter aufregen, Poppet?«, überlegte Vixen. »Ich meine, manche Leute finden Striker wahnsinnig witzig. Aber Jackdaw ist ziemlich gestresst, weil er nur eine Gästeliste haben durfte, solange wir uns benehmen. Genau deswegen habe ich ihr ja gesagt, dass sie sich beruhigen soll. Mr Penry ist nämlich so langsam auf sie aufmerksam geworden und drehte prompt durch, als er mitbekam, wie minderjährig sie ist. Aber Striker sagte zu mir, ich solle aufhören zu nerven, und dann hat sie ein Glas auf meinen Fuß fallen lassen und jetzt weiß ich nicht, was ich tun soll, Poppet. Das weiß ich wirklich nicht.«

Vixen blickte mich aus ihren wie immer großen, hilflosen Augen an, als würde ich vielleicht wissen, was zu tun war, aber ich wusste absolut überhaupt nicht, was wir tun sollten, deshalb tat ich, was ich unter solchen Umständen immer tue: Ich fragte Felix. Felix weiß immer, was zu tun ist.

Felix plauderte mit Marmaduke Adams, deshalb tippte ich ihm auf die Schulter und sagte, dass wir einen Notfall hätten.

Marmaduke versuchte, Blickkontakt mit mir aufzunehmen, als wollte er Hallo zu mir sagen. Was für ein Freak! Er hasst mich doch!

Ich flüsterte Felix ins Ohr, was ich gerade über Striker gehört hatte. Er dachte eine Sekunde lang nach, dann sagte er: »Okay, warum suchen wir sie nicht und schauen uns den Schaden erst mal an?«

Also rief ich Striker ein paarmal an, hatte aber immer gleich die Mailbox dran, auf der sie praktisch nur »Hallo! Hallo!« schreit, und zwar mit einer ziemlich bizarren Stimme. Wenn man es zum ersten Mal hört, dreht man fast durch, weil es klingt, als würde sie gerade ermordet.

Jedenfalls machten Felix, Vixen und ich dann eine Runde durch den Club, schauten in alle Bars, Nischen und Tanzflächen auf der Suche nach einer kleinen Frau mit frisch gefärbtem rabenschwarzem Haar und riesigen Brüsten in einem bunten *Stella-McCartney*-Babydollkleid, von dem Vixen sagt, dass Striker darin aussieht wie ein »sexy Pfau«.

Nach einer halben Stunde war von Striker immer noch keine Spur zu entdecken. Eine Stunde später ging ich schließlich im zweiten Stock auf das Damenklo und die Suche wurde ein wenig erfolgreicher.

Als ich eintrat, hämmerte eine dieser Frauen, die einem immer Handtücher und Parfüm reichen, gerade mit der Faust an eine Tür und schrie: »Hallo!! Öffnen Sie die Tür!! Sie sind jetzt schon viel zu lange da drin. Was ist los?«

Dann hörte ich, wie jemand stöhnte: »Ach, lassen Sie mich doch einfach in Ruhe, verdammt noch mal! Ich bin mitten in einer Sitzung, Sie dumme Kuh!«

Es war Strikers Stimme.

»Striker«, sagte ich, während ich auf die Tür zuging und mit der flachen Hand dagegenschlug. »Ich bin es, Poppet! Mach sofort die Tür auf und lass mich rein!«

Nun, das musste ihr einen ziemlichen Schock versetzt haben, denn die Verriegelung bewegte sich fast sofort und Striker streckte auf halber Höhe den Kopf heraus und sagte: »Poppet? Oooh, du bist es! Komm rein!«

Ich schlüpfte durch den Türspalt in die Kabine. Striker saß auf dem Klo, den Stringtanga um die Fußknöchel, und schaute mit verschmiertem Augen-Make-up und glänzendem Gesicht zu mir auf. Sie sah ein wenig erschöpft aus.

»Hey, Striker«, sagte ich. »Geht's dir gut?«

Striker schaute mich an, dann rümpfte sie die Nase und winkte mich näher zu sich.

»Ich muss dir ein Geheimnis verraten«, flüsterte sie.

»Okay«, flüsterte ich zurück.

»Trink nicht den Tequila«, sagte sie. »Da ist Gift drin. Ich habe davon getrunken und deshalb wurde ich von einem schrecklichen Leiden heimgesucht und sitze jetzt hier auf dem Klo.«

»Verstehe.« Ich nickte.

»Außerdem enthält er auch ein Wahrheitsserum«, sagte sie. »Ich habe zu Peche gesagt, dass sein Atem wie die Fürze eines alten Mannes riecht.« Striker rülpste, dann schlug sie die Hand vor den Mund. »Ich bin ungezogen, nicht wahr?«

»Du bist ein ganz ungezogenes Mädchen, Striker«, bestätigte ich.

Striker war tatsächlich ein bisschen betrunken. Aber ehrlich gesagt war das, gemessen an der Striker-Earhart-Skala für solche Dinge, noch gar nichts und so war ich ziemlich erleichtert von dem, was ich da sah. Sie war noch immer gesprächig und wach und was sie sagte, ergab einen Sinn. Meine größte Sorge war, dass sie vielleicht nicht mehr richtig stehen konnte und dass ich dann ihre blöde Unterhose würde hochziehen müssen wie damals nach dem Sommer-Barbecue bei Livvys Eltern, als Striker einen der Erwachsenen so lange beschwatzt hatte, bis er sie von der Bowle trinken ließ. Jemand anderem die Unterhose hochzuziehen ist NICHT einfach. Vor allem dann nicht, wenn derjenige dauernd umfällt und einen mitreißt.

»Möchtest du nach Hause, Striker?«, fragte ich.

Striker dachte darüber nach, dann sagte sie: »Na ja, das sollten wir vielleicht. Es ist sehr, sehr spät, nicht wahr? Hat der Club schon zugemacht?«

»Oh, ja.« Ich weiß, das war eine fette Lüge, aber ich log zu ihrem eigenen Besten. »Es ist für uns alle Zeit, nach Hause zu gehen.«

»Da hast du wohl recht«, sagte sie. »Gib mir die Hand und zieh mich hoch.«

Ich zog Striker hoch und vergewisserte mich, dass sich ihr Slip zum Gehen auf einer korrekten, zweckmäßigen Höhe befand. Dann zog ich mein Handy heraus und bestellte einen Wagen, der uns abholen sollte. Ich wollte Striker lieber nicht allein in einem Taxi nach Hause schicken. Ich finde, man sollte immer dafür sorgen, dass die Freundinnen sicher nach Hause kommen.

Und ehrlich gesagt fand ich Jackdaws Party reichlich nervig. Alles war irgendwie künstlich und überall langweilige Plastikmenschen und so.

Ich kapiere einfach nicht, warum Kitten dieses verdammte Partyzeug mag. Manchmal besucht sie an einem einzigen Abend zwei oder drei oder sogar vier davon! Und sie zieht wirklich immer dieses Foto-auf-dem-roten-Teppich-Dings durch. Dabei sagen schreckliche Männer »Süße« zu ihr und fotografieren ihren Hintern. Aber Kitten liebt den roten Teppich! Und Knut, Mom und Granny machen das auch, wenn sie darum gebeten werden. Manchmal glaube ich, ich stamme aus einem völlig anderen DNA-Pool als meine Familie. Ich meine, ich sehe ja nicht einmal einem von ihnen ähnlich. Sie sind alle groß, haben lange Arme und Beine und helle Haut, und ich war klein und ballförmig und durchsichtig mit blauen Venen.

Felix und ich verließen das *Voyage* um halb zwölf. Wir hatten uns rechts und links bei Striker untergehakt, um sie zu stützen, dann kletterten wir auf den Rücksitz der schwarzen Volkswagen-Großraumlimousine, die auf uns wartete.

Wir waren schon fast an der Ecke Kings Road, als die Stimme vom Fahrersitz sagte: »Zurück nach Hause also? Octavia Gardens, Poppet?« Und da merkte ich, dass es Cyril war.

»Oh, ja bitte, Cyril! Vielen Dank, großartig. Wie geht es Ihnen, was machen Sie so?«

»Oh, Sie kennen mich, Poppet«, sagte er. »Hierhin und dorthin fahren. Den Ball flachhalten. Sie lehnen sich jetzt einfach zurück und entspannen sich und ich bringe euch Kids sicher nach Hause.«

Die Art, wie er das sagte, war irgendwie so lieb, dass ich am liebsten geweint hätte.

Wir machten uns also auf den Rückweg quer durch London, von Chelsea nach Hampstead. Striker hatte ihren Kopf auf meine Knie gelegt und schnarchte und ich hatte meinen Kopf an Felix' Schulter gelehnt und wir sangen beide zu Magic FM mit, wo alte Lovesongs aus den 1990ern liefen, deren Texte wir irgendwie beide kannten.

Das war definitiv der beste Teil des ganzen Abends.

Als wir Striker vor ihrer Haustür absetzten, war es erst halb eins. Sie torkelte relativ normal die Stufen zur Tür hinauf und war noch vor der von ihren Eltern verordneten Zeit wieder zu Hause. Felix und ich gaben uns Highfive und waren uns einig, dass wir das gut gemacht hatten.

Ich schaute Felix in die Augen und er schaute in meine. Wir sagten nichts. Es war eine herrliche, klare Nacht mit tonnenweise Sternen am Himmel und ein großer, fast voller Mond schien.

»Lust auf eine Kanne Tee?«, sagte er schließlich. Also gingen wir Arm in Arm zurück zu ihm nach Hause, um unseren üblichen halben Liter Earl-Grey-Tee zu trinken, und beim Gehen quatschten und lachten wir so viel, dass ich von dem Drama, das sich gerade bei mir zu Hause abspielte, überhaupt nichts mitbekam.

Felix und ich gingen nach oben, legten uns aufs Bett und schlürften Tee. Dabei probierten wir, zwei extragroße *Fortnum-and-Mason*-Schokokekse gleichzeitig in den Mund zu stecken, und lachten über dumme Videoclips auf *YouTube*. Felix versuchte, mir alles über den Weltraum und über Lichtjahre zu erklären, und beschrieb mir, wie weit die Sterne weg waren, die wir durch sein Dachfenster sehen konnten. Und ich erzählte ihm von Deathbreath Douglas und Grannys Picasso und wir kicherten wie verrückt, und einmal dachte ich, wir würden gleich ersticken vor Lachen. Dann legte ich mich richtig auf das Bett und schleuderte meine Schuhe weg und Felix machte dassselbe und wir lagen nebeneinander und starrten an die Decke, so wie wir es immer gemacht hatten, als wir noch klein waren. Seit wir groß sind, machen wir das nicht mehr so oft.

Felix streckte seine Hand aus und legte sie um meine. So lagen wir Händchen haltend da, berührten gegenseitig unsere Finger und verhakten unsere Zehen ineinander. Eine Weile sagte niemand etwas.

Dann wandte ich ihm das Gesicht zu und sagte: »Also, möchtest du es vielleicht noch mal versuchen?«

Felix schaute mich an und sagte: »Na ja, ich denke schon, ja.«

»Okay, ich auch«, sagte ich.

Deshalb schloss ich die Augen und Felix küsste mich auf die Lippen. Zuerst mit geschlossenem Mund, ganz zärtlich auf meine Lippen, und dann mit offenem Mund und mit Zunge, aber nicht ZU VIEL Zunge wegen meiner Zahnspange. Wir knutschten noch etwa eine halbe Minute weiter, und dann glitt Felix' Hand an meiner Seite hinunter zu meiner Taille und dann nach hinten, bis sie meinen Hintern befühlte, aber dann hörten wir auf. Wir machten beide die Augen auf und schauten uns an.

»Immer noch nichts?«, fragte Felix. Ich dachte ein wenig nach.

»Nicht wirklich«, sagte ich. »Und bei dir?«

»Ähm, ein wenig seltsam«, sagte er. »Ich meine, besser als letztes Mal. Aber immer noch irgendwie so, als würde ich einen Freund küssen.«

»Ich weiß«, sagte ich. »Bei mir auch.«

Dann sagten wir wieder für Ewigkeiten gar nichts. Wir versuchten beide herauszufinden, was da los war. Wir lagen einfach nur still da, in Felix' absolut stillem Haus, mit offenem Dachfenster. Und da hörten wir, wie das Drama auf der anderen Straßenseite, in meinem Zuhause, seinen Höhepunkt erreichte. Türen schlugen, Menschen schrien, Mopeds heulten auf, Autos hupten. Das Weinen einer Frau. Felix und ich sprangen auf, stellten uns auf Stühle und streckten unsere Köpfe hinaus, um zu sehen, was da passierte.

Von hier oben konnte ich deutlich sehen, dass Dad auf der

Treppe vor unserem Haus stand. Er trug einen Morgenmantel und sah wirklich aufgelöst aus, aber auch echt wütend. Dr. Sarzberg, der Therapeut, war bei ihm. Er hatte eine Aktentasche bei sich und reichte Dad ein paar Papiere. Es waren noch drei oder vier andere Leute da. Sie waren ganz normal in Jeans und Jackett gekleidet und schienen einfach herumzulungern und auf jemanden zu warten. Mehr Paparazzi-Typen als sonst schwirrten auf ihren Mopeds herum und gingen allen auf die Nerven, und viele der Putzfrauen und Haushälterinnen in der Nachbarschaft standen vor den Türen und beobachteten unser Haus, als würden sie darauf warten, dass eine Show beginnt. Schließlich ging unsere Haustür auf und eine winzige Person kam heraus, die ein Kissen und einen kleinen Koffer trug. Es war Kitten.

Sie trug ein goldenes Kleid und einen Filzhut und sie war barfuß. Als Kitten auftauchte, wurde sie von den Leuten in Jeans und Jackett irgendwie eingekreist, nicht auf eine bedrohliche Art und Weise, sondern eher so, als würden sie sie beschützen. Sie brachten sie zu einem Vauxhall-Kombi und Kitten setzte sich sehr ruhig auf den Rücksitz. Die Türen gingen zu und der Wagen fuhr davon. Eigentlich war es ziemlich undramatisch. Nur traurig und sehr verstörend.

Ich meine, wenn später alle davon in der *Sun* lesen, wird es sehr viel aufregender klingen und die Reporter werden sagen, dass Kitten gekreischt und um sich geschlagen hat und eine Zwangsjacke tragen musste. Aber die Wahrheit ist, dass Kitten zu dem Zeitpunkt, an dem sie Octavia Gardens verließ, so tief in dem ganzen Drogenschlamassel steckte, dass sie nicht einmal mehr die Energie für einen ihrer Gefühlsausbrüche hatte.

Deswegen bin ich froh, dass meine große Schwester Kitten schließlich in eine Entziehungskur geschickt wurde, auch wenn mir deshalb fast das Herz brach.

Oktober

Freitag, 2. Oktober

Meine Mutter sagt, dass wir Kitten nicht sehen dürfen.

Keine Besuche, kein gar nichts im *Paradise Vision Rehabilitation Centre.* Das sind die Regeln. *Tough love* nennt Dr. Sarzberg diese Methode der »liebevollen Strenge«. Das bedeutet, dass sich absolut jeder im Umfeld des Abhängigen von diesem zurückzieht, bis der seinen Irrtum einsieht und »den Willen hat, sich zu ändern«.

Das verstehe ich nicht so ganz. Meine große Schwester hat in den letzten zwei Jahren jeden Tag zu mir gesagt, ich soll die Klappe halten und sie in Ruhe lassen. Letztes Jahr, als sie das wieder einmal sagte, tickte ich total durch und ging mit dem Tennisschläger auf sie los. Sie fing an zu kreischen und schnappte sich einen Hockeyschläger, und dann wälzten wir uns im Prinzip oben im dritten Stock auf dem Flur herum und schlugen uns gegenseitig mit Sportausrüstung ins Gesicht und gegen die Beine, bis Knut Kitten wegzerrte und sie in ihr Zimmer einsperrte.

Ich glaube, dieser Tag ging als ziemlicher Tiefpunkt in die Familiengeschichte der Montague-Jones' ein. Das wäre doch mal genau das Richtige für unsere Familien-Gedenktafel à la Hayes-Burlington – wenn eine von uns in der

Schlacht ihr Leben gelassen hätte und wir nur ihren Kopf als Trophäe aufbewahrt hätten!

Ich weiß wirklich nicht, was damals eigentlich passiert war. Sie hatte mir einfach zum hundertsten Mal in jener Woche gesagt, dass ich die Klappe halten soll, und da legte sich irgendwie ein roter Nebel über meine Augen. Und dann weiß ich nur noch, dass ich ihr auf einmal mit einem Tennisschläger der Marke *K Blade Junior Team* einen Scheitel zu ziehen versuchte.

Und jetzt ist sie in einer Entziehungskur und wir sollen ihr helfen, indem wir nicht mit ihr sprechen.

Wie soll das gehen!? Wie kann man Kitten helfen, indem man ihr WIEDER ihren Willen lässt!?

»So will es Dr. Sarzberg!«, schrie mich meine Mutter heute Morgen an, als wir beim Frühstück saßen. Na ja, ich aß den Haferbrei, den Mrs Minsk für mich gekocht hatte, und Mom trank einen Protein-Shake, der grün war, nach Furz und Käsefüßen roch und in dem kleine Zweige herumzuschwimmen schienen. Sie sagt immer, er hilft ihr dabei, »tiefere Freude bei ihren Ashtanga-Yoga-Stellungen zu empfinden«.

»Mom«, sagte ich. »Warum hören wir immer auf Dr. Sarzberg? Warum können wir uns nicht unsere eigenen Gedanken über diese Situation machen?«

Meine Mutter versuchte, so zu tun, als wäre sie taub.

»Flash glaubt«, fuhr ich fort, »dass Dr. Sarzberg gar kein richtiger Arzt ist. Flash hat letzte Woche mit Dr. Sarzberg gestritten. Er findet, dass die medizinischen Zeugnisse an Dr. Sarzbergs Wand aussehen, als hätte der sie mit Microsoft Windows selbst gemacht! Flash sagt, die Zeugnisse stammten von Universitäten in Ländern, die nicht einmal existierten!«

Meine Mutter verdrehte die Augen. »Oh, Flash sagt alles Mögliche, um Aufmerksamkeit zu bekommen«, sagte sie missbilligend. »Beachte ihn einfach nicht. Deshalb macht *er* ja die Therapie.«

Ich starrte sie ein Minute lang an. In letzter Zeit dämmerte mir, dass meine Mutter ein paar ziemlich bescheuerte Sachen sagt. Und ich bin auch eher dazu bereit, mich mit ihr darüber zu streiten. Das macht mich wahnsinnig, denn genau das ist damals mit Kitten und meiner Mutter passiert, als Kitten in der Elften war. Na ja, nicht dass sie die Elfte zu Ende gebracht hätte. Sie wurde lange vor den Abschlussprüfungen aus ihrem Internat geworfen und im Hampstead Lycée wurde sie schon in der Neunten aufgefordert, die Schule zu verlassen.

Der Punkt ist aber, dass Mom und Kitten früher ziemlich gute Freundinnen waren. Tatsächlich war Kitten definitiv der Liebling.

»Vielleicht lügt Flash deshalb so viel, WEIL wir ihn nicht beachten«, sagte ich zu meiner Mutter. Moms Augen wurden schmal, als ich das sagte.

»Mach dich nicht lächerlich!«, sagte sie. »Nein! Sie glauben, dass Flash ADHS haben könnte oder bipolare Störungen oder *High-functioning*-Asperger oder so etwas. Deshalb untersuchen sie ihn ja.«

Ich schüttelte nur den Kopf. Mit dem kleinen Flash ist alles in Ordnung. Flash ist perfekt. Ich liebe ihn. Er ist nur viel klüger als wir alle zusammen und keiner von uns weiß, was er mit ihm anfangen soll. Er hat jedoch ein paar sehr eigene Vorstellungen. Tatsächlich, so erzählte mir Blitzen Trapper vor ein paar Tagen, hätte ihr Vater einen Brief gefunden, der letzte Woche bei ihnen zu Hause in der Bishops Avenue durchs Tor geschoben worden war. Und als ihr Vater den Brief öffnete, hätte er gesehen, dass er von Flash war. Flash hatte Mr Trapper seinen Lebenslauf geschickt und sich um ein Praktikum bei *Trapper Aerospace* beworben, weil er Blitzens Vater dabei helfen wollte, Bomben und Gewehre zu entwickeln! Er hatte sogar ein Anschreiben beigelegt, in dem er alle Gründe aufzählte, weshalb er das gut könnte. ER IST SECHS JAHRE ALT.

»Okay«, sagte ich zu Mom. »Wie wäre es, wenn ich einfach eine kleine E-Mail an die Rezeptionistin dieser Entzugsklinik schreibe? Und sie würde sie dann Kitten geben?«

»Nein!«, sagte meine Mutter. »Hör mal, Poppet, dieser Entzug kostet mich ein Vermögen! Ich will, dass er très, très VITE vorbei ist! Ich kann wegen dieser Sache nicht einmal das verdammte Land verlassen und an meinen Innendesignprojekten in New York arbeiten. Die Klinik hat verlangt, dass ich in der Nähe bleibe, falls es zu einem Notfall kommt! Ich verliere massenhaft wichtige Kunden wegen diesem Fiasko!« Mom nahm ein paar Tapeten- und Teppichmuster von der Küchenarbeitsfläche und stopfte sie in ihre Handtasche. »Kitten muss Ende Oktober kuriert sein, sonst kann ich meine Terminplanung vergessen!«, sagte sie.

Ich muss wohl ein wenig weinerlich ausgesehen haben, als meine Mutter das sagte, denn sie legte mir die Hand auf die Schulter und sagte: »Hör mal, Poppet, mach dir keine Sorgen, sie haben ein paar hervorragende Therapeuten im *Paradise Vision.* Bestimmt können sie Kittens Problemen auf den Grund gehen, nicht wahr? Dieses ständige Streben nach Aufmerksamkeit! Das geht schon viel zu lange so.« Als sie das sagte, nahm sie ihr *Blackberry* und checkte beim Weggehen ihre Mails.

»Aber ich verstehe nicht, weshalb eine Gute-Besserung-Karte Kitten schaden sollte«, murmelte ich vor mich hin.

Ich hatte vorgehabt, Kitten zum Lachen zu bringen, indem ich ihr eine Karte mit Kartoffeldruck schicke, wie wir sie als kleine Kinder immer gemacht hatten. Wenn meine Mutter wieder einmal nicht da war, hatte uns Mrs Minsk damals immer damit beschäftigt, dass sie uns jeweils eine Kartoffel gab, die wir dann in der Mitte durchschnitten und in die wir eine Stern- oder Mondform hineinschnitzten. Dann klebte sie unten in der Küche große Papierbögen mit Tesafilm auf den Küchentisch und ließ uns mit einer Mischung aus Mehl, Wasser und Speisefarbe darauf »malen«, woraufhin wir überall herumklecksten und dumme Gemälde produzierten. Das war der größte Spaß, den wir je hatten. Mom sagte immer, die Kartoffelgemälde seien bescheuert und würden keinen Sinn ergeben, aber Mrs M gefielen sie so sehr, dass sie sie in ihrer kleinen Wohnung an den Kühlschrank hängte, deshalb konnten sie nicht so mies sein.

»Auch keine Gute-Besserung-Karten!«, sagte meine Mutter jetzt.

Ich schenkte ihr meinen besten Fiesen-Killer-Blick. Allmählich wurde ich ziemlich böse. Dabei habe ich mich schon genug darüber geärgert, dass mich kein Mensch in diesen Plan eingeweiht hatte, bei Kitten eine »Intervention« durchzuführen. So nennt man das anscheinend, wenn sich die Familie zu einer vereinigten Front zusammentut und einen dazu zwingt, einen Entzug zu machen. Eigentlich ist das ziemlich hinterhältig. Der Süchtige weiß nicht, was passieren wird, wie bei einem Hinterhalt eben.

In Kittens Fall hatte Knut Kitten dazu überredet, zu Hause vorbeizukommen, um sich mit ihm für eine Story des *Star!*-Magazins über »Englands prominenteste Geschwister« fotografieren zu lassen. Nur dass Knut gelogen hatte. Es gab kein Foto-Shooting. Doch Kitten fiel total drauf herein und tauchte – zugegebenermaßen mit einer Stunde Verspätung – auf und sah sich mit meiner Mutter, Vater, Knut, Granny, Mrs Minsk, Onkel Augustus und Steel Drum konfrontiert, die alle im Wohnzimmer ihr Lager aufgeschlagen hatten und nur darauf warteten, mit einem knallharten »Wir-heizen-Kitten-richtig-ein-Familienmeeting« zu beginnen.

Zuvor hatten alle beschlossen, dass ich noch viel zu jung wäre, um da mit hineingezogen zu werden. Eigentlich bin ich STINKSAUER deswegen. Ich glaube nicht, dass sie denken, ich sei zu jung. Ich glaube, sie halten mich für eine Idiotin.

Na ja, offensichtlich dauerte die Intervention ewig und Kitten schluchzte und Onkel Augustus sagte ein paar ziemlich heftige Dinge darüber, wie tief er gefallen war, bevor er das Trinken aufgegeben hatte. Und meine Mutter verkündete, dass sie den Anwalt dazu bringen würde, dafür zu sorgen, dass Kitten nicht mehr an ihr Geld herankäme, wenn sie nicht Vernunft annähme, und daraufhin regte sich Mrs Minsk total auf und schrie meine Mutter an: »Sie noch kleines Mädchen, Mrs M.-J.! Sie nicht immer so. Sie haben Probleme! Wir alle manchmal haben Probleme in Leben! Aber bald wieder besser! Kitten brauchen Stabilität in ihre Leben. Wir alle zusammen an eine Strang ziehen zu Hause und geben ihr feste Fundament, damit es ihr besser gehen!« Laut Knut war das alles sehr emotional.

Ich bin mir nicht sicher, was Mrs M mit diesem festen Fundament meinte. Es ist ja nicht so, dass Kitten kein Geld hätte oder kein Haus, in dem sie wohnen kann oder so. Und was sollte sie denn sonst noch brauchen?

Aber es stimmt auf jeden Fall, dass Kitten nicht immer so gewesen ist. Sie war früher wirklich toll. Sie war meine große Schwester Kit-Kat mit dem Halsfleck, die mein Gesicht wie das eines Tigers bemalte und mir zweihundertmal hintereinander »Die kleine Raupe Nimmersatt« vorlas, die jedes Mal wieder in einen Schmetterling verwandelt wurde. Wir nahmen Moms alte Kleider und spielten den ganzen Sommer lang Verkleiden und führten Tanzshows auf. Sie erzählte mir immer, welche Jungs sie toll fand, und brachte mir bescheuerte Lieder mit Schimpfwörtern bei, mit denen wir die Au-pairs ärgerten. Und wenn ich mitten in der Nacht nach einem schrecklichen Albtraum aufwachte und merkte, dass Mom nicht da war und vergessen hatte, für die Nacht eine Nanny zu buchen, ging ich einfach zu Kitten und schlief, an ihren Rücken geschmiegt, in ihrem Bett weiter. Sie war immer so warm und roch nach Seife.

»Na toll!«, schrie ich meiner Mutter jetzt nach, während sie ihre Hausschlüssel suchte und Woyczeck zurief, dass sie gleich käme. »Keine Mails, keine Anrufe, keine Nachrichten an der Rezeption hinterlassen, keine Besuche, rein gar nichts. Das meinst du doch! Wir sollen Kitten also einfach ignorieren, bis es ihr besser geht?!«

»Ja, Poppet«, sagte meine Mutter gereizt. »DAS SIND DIE REGELN!«

»Gut!«, sagte ich, als Mummy ging und die Haustür hinter sich zuschlug.

Und ja, schön und gut, die Regeln verstehe ich jetzt, die Sache ist nur, dass Poppet Zanzibar Montague-Jones immer mehr glaubt, dass Regeln da sind, um gebrochen zu werden. Ich werde meiner großen Schwester nicht den Rücken zukehren.

Ich werde sie so bald wie möglich im *Paradise Vision* besuchen.

Dienstag, 6. Oktober

Auch wenn ich gerade total den Glauben daran verliere, dass eine Therapie die Antwort auf die Dramen der Familie Montague-Jones darstellt, habe ich in den Dingen, die Dr. Sarzberg so zu mir sagt, ein paar Körnchen Weisheit entdeckt. Auch wenn er diese Dinge, wie Flash sagt, »mit der Zeit einfach so erfunden hat«. Und auch wenn er seine Qualifikationen, wie Flash behauptet, aus erfundenen Ländern hat und die Familie Montague-Jones um riesige Geldsummen erleichtert, indem er ihr erzählt, dass sie spezielle Einzelbehandlungen bräuchte. Für diese Einzelgespräche berechnet er dann zweihundert Tacken pro sechzig Minuten und nach fünfundvierzig Minuten wirst du darum gebeten, nicht mehr zu reden. Die übrigen fünfzehn Minuten verbringt er dann mit der Suche nach dem nächsten Termin. Flash hat immer gesagt, Dr. Sarzberg sei im Prinzip ein Krimineller, und wir lachten ihn alle aus, als er das sagte, aber das Lachen verging uns, als letzte Woche die Polizei in Dr. Sarzbergs Praxis auftauchte, um ihn aufgrund eines »anonymen Hinweises« unter die Lupe zu nehmen.

An jenem Morgen fragte ich Flash, ob er irgendetwas darüber wüsste. Er blickte von seinem Erdbeermilchshake auf, stellte *CBBC Newsround* auf Pause und sagte ganz langsam und mit völlig unbewegter Miene: »Ich habe absolut keine Ahnung, wovon du redest.«

Trotz alldem glaube ich, dass Dr. Sarzberg neulich etwas Richtiges gesagt hat, als er meinte: »Poppet, du musst mehr Vertrauen in deine eigenen Ansichten haben. Du kommst aus einer großen, selbstbewussten Familie, deren Mitglieder stets sagen, was sie denken, aber deine Stimme geht irgendwie immer unter. Du musst deinen Instinkten folgen und deinem Herzen.«

Ich finde, das macht absolut Sinn.

Ich habe nicht das kleinste bisschen Selbstvertrauen. Eigentlich halte ich mich selbst ein bisschen für eine Idiotin. Ich war schon immer ein Quell der Heiterkeit für meine Familie. Als ich noch sehr viel jünger war, schmissen sich Knut und Kitten andauernd weg vor Lachen, wenn ich im Garten auch nur einen Tennisball warf – ich konnte nämlich nicht zielen. Dann sagten sie immer, dass ich das noch mal machen sollte, nur damit sie bis zum Umfallen lachen konnten. Und ich tat mein Bestes, Eimer und Blumentöpfe zu treffen, und fühlte mich immer total gedemütigt und wurde ganz rot im Gesicht. Aber heute denke ich: Was ist so toll daran, einen Ball werfen zu können?!

Und als ich mit zehn Jahren meine Mutter fragte, wo die Babys herkommen, sagte sie, dass man sich im Schlafanzug neben einen Mann ins Bett legen und fest mit ihm Händchen halten müsste, wenn man ein Baby haben wollte. Dann müsste man sich ganz doll ein Baby wünschen, und schon käme es zur Tür herein. Ich hatte ihr das TOTAL GEGLAUBT und es allen erzählt, die mir zuhören wollten –

Knut, Granny, Vater –, und alle lachten mich aus und bringen das auch heute immer wieder gern aufs Tapet.

»Ooh, aber ihr zieht euch drüben bei Felix dann nicht eure Schlafanzüge an, oder?«, sagt Kitten immer. »Du weißt, was passiert, wenn man im Schlafanzug Händchen hält! Babys!!«

Manchmal wünschte ich, dass alles, was die Leute in der Vergangenheit über mich dachten, ein für allemal abgehakt wäre.

Das würde natürlich bedeuten, dass ich Felix nicht mehr mit dieser Geschichte von damals ärgern könnte, als wir beide sechs Jahre alt waren und seine und meine Familie gemeinsam ein riesiges Haus auf der Isle of White für den Sommer gemietet hatten. Felix pinkelte auf dem Luftkissenboot in die Hose und Mrs Minsk musste seine Unterhose auf der Damentoilette von Hand auswaschen und unter dem Handtrockner trocken föhnen. Das ist nun natürlich schon fast zehn Jahre her, aber ich lache mich immer noch schlapp, wenn ich daran denke. Felix ist diese Geschichte jedoch gar nicht peinlich. Er lacht auch darüber. Felix macht sich nicht dauernd so einen Kopf wie ich. Felix ist es meistens pupsegal, was die anderen von ihm denken.

Na ja, wie auch immer. Heute jedenfalls hatte ich ausnahmsweise mal Vertrauen in meine eigene Entscheidung und tat etwas ziemlich Fantastisches. Ich ging nach Stanhope ins *Paradise Vision,* um Kitten zu besuchen.

Und OKAY, es hat nicht ganz so geklappt, wie ich mir das vorgestellt hatte, aber es war auch kein absolutes Fiasko. Ich meine, der Teil, auf den ich gehofft hatte, fehlte komplett – der Teil, in dem Kitten schluchzend den Flur entlanggerannt kommt, mich in ihre Arme reißt, mit Küssen bedeckt und mir sagt, dass sie immer daran denkt, was für eine tolle kleine Schwester sie hätte. Dazu kam es NICHT. Aber ich bin trotzdem froh, dass ich hingegangen bin. Ich habe heute viele Sachen gelernt, die wirklich nützlich sein könnten, wenn ich Octavia Gardens hinter mir lasse und mein eigenes Leben lebe – und mir wird immer klarer, dass ich genau das bestimmt einmal machen werde.

Wie immer hatte ich an diesem Nachmittag um 15:30 Uhr Schule aus, aber ich ging ziemlich listig vor und bat Matthew, den Wagen abzubestellen, der mich nach Hause bringen sollte. Ich behauptete, dass ich mindestes vier Stunden länger im Lycée bleiben müsse. Weil ich nämlich Extraunterricht in Bildhauerei hätte, wo ich den Pimmel meines römischen Zentaurs meißeln müsse, den Mom nächsten Monat unbedingt auf der Ausstellung »Junge Talente der Bildhauerei« am Institut für Zeitgenössische Kunst ausstellen wollte.

Meine Mutter ist ganz besessen von dieser Bildhauerei-Ausstellung und hatte alle Beteiligten bestochen, um sicherzustellen, dass mein Werk angenommen wird.

Ehrlich gesagt habe ich deswegen ein schlechtes Gewissen. Plötzlich dämmerte mir nämlich, dass, wenn Mom solche Sachen macht, irgendein anderes Mädchen, das tatsächlich TALENT für die Bildhauerei hat, seinen Platz verliert, nur weil SEINE Mom es sich nicht leisten kann, den Juroren einen hübschen zweiwöchigen Urlaub auf Mustique zu spendieren. Und ich bekomme einen der besten

Galerieplätze Großbritanniens, um etwas auszustellen, das im Prinzip das fehlgeleitete Hämmern und Meißeln einer talentlosen Fünfzehnjährigen ist, die zehn Wochen lang einen Klumpen Marmor mit dem Meißel attackiert hat, und zwar mit der Raffinesse eines sehbehinderten Epileptikers, der gerade mitten in einem Anfall ist. Ich fühle mich echt ein wenig mies deswegen. Aber ich nehme an, so ist das Leben nun mal, oder? Es muss einfach so sein, dass die reichen Leute immer die aufregendsten Dinge machen.

»Wenn es okay ist«, sagte ich also am Telefon zu Matthew, »rufe ich dich einfach später an, wenn ich nach Hause möchte.«

»Kein Problem, Süße«, sagte Matthew. »Viel Spaß mit der Bildhauerei. GIBS dem Marmor!«

Ich legte auf und fragte mich, wie zum Henker ich ohne Chauffeur nach Stanhope kommen sollte. Ich konnte auf keinen Fall riskieren, einen von Moms Wagen zum *Paradise Vision* zu nehmen. Sämtliche Fahrer – abgesehen von Cyril natürlich! – sind nämlich verdammte Klatschbasen und LIEBEN es, mich wegen irgendetwas zu verpetzen, weil meine Mutter bekanntermaßen dafür fünfzig Pfund Trinkgeld springen lässt.

Letztes Schuljahr, als Striker und ich uns abends nach der Französischnachhilfe eine *Marlboro Light* neben der Schule teilten, wurden wir von Woyczeck, Moms polnischem Fahrer, entdeckt, und Mom wusste von dieser verdammten Zigarette, noch bevor wir sie ausgedrückt hatten. Ich rauche ja nicht mal. Ich zog nur dreimal daran, weil Striker mich dazu angestachelt hatte, aber Woyczeck hat mich dabei gesehen und praktisch für fünfzig Pfund verraten und verkauft. Inzwischen hasse ich Woyczeck. Er ist riesig, riecht nach schlechtem Aftershave und hat abstehende Ohren. Früher arbeitete er beim polnischen Militär und wahrscheinlich glaubt er, dass er noch immer dort arbeitet.

Ich dachte heute in Mathe ewig über all das nach und dabei wurde mir klar, dass ich dieses Öffentliche-Verkehrsmittel-Dings würde benutzen müssen, über das die Leute immer bei *RADIO 4* diskutieren. Schon beim Gedanken daran krampfte sich mir der Magen zusammen.

Ich borgte mir von Lady Iris ihr Macbook Air und versuchte, alles über Fahrpläne und so Zeug herauszufinden. Das Beste wäre wohl, wenn ich so ein Bushaltestellen-Dingsbums an der Straße finden würde, um nach Stanford zu gelangen. Und dann müsste ich nur noch einen Bus finden, der von Hampstead nach Kilburn fährt, und von dort dieses Untergrund-Tube-Dingens nach Stanhope nehmen und mich dort irgendwie zurechtfinden.

Je später es wurde, desto mehr lähmte mich die Angst. Ich bin noch nie zuvor einfach so allein irgendwohin gefahren. Mir fiel dauernd eine Diskussion ein, die wir im Unterricht mal über öffentliche Verkehrsmittel geführt hatten, als der Bürgermeister von London verkündet hatte, dass er Abermillionen Steuergelder für Hunderte neuer Busse ausgeben wollte. Nun, Blitzen echauffierte sich total und nannte den Bus »Bauernwagen« und sagte, dass sie eher sterben würde, als einen Fuß in einen davon zu setzen. Blitzen sagte, dass ihr Vater genau deshalb haufenweise Geld auf ausländischen Konten hätte, weil er dann nicht für so dämliche Armenprojekte bezahlen müsse. Blitzen meinte, dass man offensichtlich völlig im Eimer sei und sich genauso gut die Kugel geben könne, wenn man in seinem Leben an einem Punkt angelangt sei, an dem man sich kein eigenes Auto mehr leisten könne. Genau das würde sie nämlich tun, behauptete sie, wenn sie kein Geld hätte. Sie würde sich auf der Stelle umbringen. Blitzen sagte, dass sie schon bei dem Gedanken Ausschlag bekäme, in einer Metallkiste auf Rädern mit irgendwelchem Abschaum eingeschlossen zu sein, der seine ganzen Krankheiten auf sie draufhustet.

Dann sagte Amelia, dass sie in Mill Hill East mal in einen Bus steigen musste, weil der Assistent ihrer Mom total gepfuscht und nicht organisiert hatte, dass sie vom Ballettunterricht abgeholt wurde, und sie hätte noch nie in ihrem Leben so große Angst gehabt. Amelia sagte, sie sei sich sicher gewesen, erstochen zu werden, deshalb sei sie ganz vorne beim Fahrer stehen geblieben und hätte ihn angefleht, ein Auge auf sie zu haben. Dann waren sich alle in meiner Klasse einig, dass ICH definitiv niemals mit öffentlichen Verkehrsmitteln fahren sollte und Lady Iris auch nicht, weil wir mit der königlichen Familie verwandt sind. Denn wahrscheinlich würden wir dann von Muslimen gekidnappt, die uns den Kopf abschlagen und das Ganze auf dem Fernsehsender Al-Dschasira zeigen würden. Darüber machte ich mir heute den ganzen Tag Sorgen, aber dann beschloss ich, dass ich, wenn ich Kitten sehen wollte, das Risiko auf mich nehmen musste.

Als die Schulglocke läutete, spazierte ich wie alle anderen

Mädchen des Hampstead Lycée durch das Schultor und ging bis zum Ende der Straße. Dort bog ich links ab und rannte schnell von der Schule weg, ungefähr in Richtung Kilburn. Ich hatte einen von Knuts Reisekompassen, eine Flasche Wasser und etwas Schokolade mitgenommen, für den Fall, dass ich vor Hunger weiche Knie bekäme. Und ich wusste, dass ich Richtung Norden musste. Ich schaute immer wieder auf den Kompass in meiner Tasche und so wie es aussah, ging ich in die richtige Richtung – was mir einen ziemlichen Kick gab, wie ich zugeben muss.

Schließlich entdeckte ich so ein Bushaltestellen-Dings. Ich ging darauf zu, starrte es eine Weile an und versuchte herauszufinden, wie es funktionierte. Musste ich jemanden anrufen und sagen, dass ich da war? Das war irgendwie nicht klar. Auf dem Schild an der Stange stand »Richtung Kilburn« und darunter war eine elektronische Anzeigetafel, auf der mit leuchtenden roten Buchstaben

Kilburn 138 – 8m

Kilburn 47 – 12m

angezeigt war. Wie konnte es sein, dass es mit dem Bus 1388 Meilen nach Kilburn waren? Wie?! So weit konnte das doch nicht weg sein, oder? Vielleicht hieß es 1338 Meter? Und warum waren es mit dem Bus darunter 4712 Meter? Oder Meilen? War nicht Afrika dreitausend Meilen entfernt? Am liebsten hätte ich aufgegeben und wäre nach Hause gegangen.

Dann gab plötzlich eine kleine alte Dame mit einem Einkaufstrolley ein ungeduldiges Geräusch von sich und sagte: »In acht Minuten soll die 138 nach Kilburn kommen?! Die trauen sich was! Ich warte hier schon seit einer halben Stunde.«

Ach so! Das Schild bedeutete, dass der Bus Nummer 138 nach Kilburn in acht Minuten kommt! Nur dass da jetzt sieben Minuten stand.

»Ähm, entschuldigen Sie bitte«, sagte ich zu der Dame. »Was schätzen Sie, bitte, wie lange wird eine Fahrt nach Kilburn dauern?«

»Hä?«, sagte die Dame.

»Ich würde gern wissen, wie lange die Fahrt dauern wird. Zieht sie sich denn aller Voraussicht nach stark in die Länge?!«, fragte ich.

Die Frau starrte mich an und dachte darüber nach, was ich gesagt hatte. »Aller Vor. . . *was?* Was haste gesagt?«, fragte sie. Sie schien ein wenig überfordert zu sein. Dann hellte sich ihr Gesicht plötzlich auf und sie sagte: »Oh, wie weit es ist?! Verstehe! Oh, zehn Minuten, meine Liebe. Kilburn ist gleich die Straße runter!«

»Hervorragend!«, rief ich begeistert und die Frau lachte, als hätte ich ihr einen Witz erzählt.

Der Bus kam und ich wurde wieder nervös. Die alte Frau trat vor und streckte ihre Hand aus. Ich tat es ihr nach, aber ich erschrak, als der Bus näher kam, weil er so riesig war und so laut. Er könnte einen ja immerhin mit Leichtigkeit zerquetschen. Und dann hätte auch noch ein Windstoß fast meinen Schuluniformrock nach oben geweht. Die alte Dame stieg ein, winkte dem Fahrer zu und setzte sich hin, deshalb ging ich hinter ihr her und sagte zu dem Fahrer, der in einem Glaskasten saß: »Hallo! Ich möchte gern nach Kilburn, bitte! Aber können Sie mir bitte sagen, wann ich aussteigen muss, ich weiß nämlich nicht, wo das ist. Vielen Dank.«

Der Fahrer zuckte irgendwie zusammen, als hätte er überhaupt nicht erwartet, dass ich ihn anspreche. »Hast du eine Oyster?«, fragte er.

»Pardon?«

»Zeig mir deine Oyster«, sagte er, wobei er schrecklich gelangweilt aussah.

»Oyster!?«, piepste ich. Das klang nach etwas Fiesem, nach etwas, was Marmaduke Adams sagen würde, während er auf meine Leistengegend zeigt und mir ein Päckchen *M&Ms* als Verhandlungsargument anbietet. Inzwischen habe ich herausgefunden, dass eine Oyster-Karte eine im Voraus bezahlte Fahrkarte ist, die die Londoner immer bei sich haben – zumindest diejenigen, die dauernd mit öffentlichen Verkehrsmitteln fahren müssen. Es hat nichts mit meiner Muschi zu tun. Gott sei Dank.

»Ja, Oyster-Karte!«, wiederholte der Fahrer ganz langsam. Er wurde ein wenig ungeduldig.

»Ähm, ich habe eine *Coutts*-Kreditkarte«, sagte ich und holte mein Portemonnaie heraus. »Kann ich damit bezahlen?«

Der Busfahrer verdrehte die Augen. »Du hast keine Oyster? Dann macht es ein Pfund fünfzig.«

»Gut, wo muss ich die Kreditkarte einstecken?«, fragte ich. »Wo gebe ich die PIN-Nummer ein?«

»Nicht deine Kreditkarte! Dein Geld! Ich brauche eins fünfzig in bar«, sagte er seufzend.

Das lief jetzt überhaupt nicht gut.

Dann rief jemand weiter hinten im Bus: »Oh, Herrgott noch mal, können wir jetzt endlich los?«

»Aber ich habe kein richtiges Geld!«, sagte ich.

Das stimmte. Ich hatte niemals Geld dabei. Mom auch nicht und Granny auch nicht und die Queen auch nicht. Alles in meinem Leben – wie das Mittagessen in der Schule oder Schulausflüge – wird meiner Mutter in Rechnung gestellt. Und wenn Vixen, Striker und ich essen gehen, benutzen wir einfach Kreditkarten. Warum sollte jemand mit richtigem Geld herumlaufen!? Es stinkt und ist schmutzig und die Münzen sind echt schwer und beulen die Taschen aus!

»Es tut mir schrecklich leid, ich habe kein Bargeld«, sagte ich wieder.

»Oh zur Hölle, dann setz dich einfach hin, Kleine.« Der Busfahrer seufzte wieder laut und zeigte nach hinten in den Bus. Ich rannte an ihm vorbei, fand einen freien Sitz und der Bus fuhr langsam die Straße hinunter.

Ich versuchte, ruhig zu bleiben, aber in meinem Kopf drehte sich alles. Was, wenn ich mich total verirrte und meine Haltestelle verpasste? Ich könnte sonst wo enden. Ich könnte in der Cottingham-Siedlung landen und meine Familie würde mich wahrscheinlich nie wiedersehen. Blitzen sagte neulich in der Schule, dass in Cottingham afrikanische Familien wohnen, die Voodoo praktizieren und LEBENDIGE KINDER opfern, deshalb müssten wir alle extravorsichtig sein, wenn wir unsere kleinen Geschwister in Hampstead Heath spielen lassen, weil sie vielleicht geschnappt werden könnten.

Ich flippte fast aus deswegen, und dann, um alles noch VIEL SCHLIMMER zu machen, stieg ein dicker fetter Mann mit männlichen Titten ein, winkte dem Fahrer zu und entdeckte dann den leeren Platz neben mir. Sein riesiges Mondgesicht hellte sich auf und er ließ seinen dicken, wabbeligen Hintern auf den Sitz plumpsen und hätte sich dabei fast auf meinen Oberschenkel gesetzt! Dann steckte er sich einen *iPod* in die Ohren, griff in seine Plastiktüte, packte eine Fleischpastete aus und begann, sie sich einzuverleiben, wobei er ein Geräusch wie »chrap-chrap-chrap-chrap-schlürf« machte!!

Jetzt machte ich mir nicht nur Sorgen, dass ich meine Haltestelle verpassen könnte, sondern steckte auch noch hinter einem Berg aus männlichen Brüsten, Wabbelspeck und Krümeln fest. Zum ersten Mal auf meiner Reise spürte ich, wie mir Tränen in die Augen stiegen, aber ich zwickte mich in die Hand und forderte mich selbst dazu auf, mich in den Griff zu kriegen und so unerschütterlich zu sein, wie es Striker Earhart in dieser Situation gewesen wäre. Tatsächlich fragte ich mich: »Warum zum Henker habe ich Striker nicht mitgenommen?! Ich schaffe das nicht allein!«

Gerade als mich all das überkam, entdeckte ich etwas Fantastisches: Ein rotes Schild, auf dem »London Underground« stand! Die U-Bahn-Station Kilburn! Ich hatte es lebend bis hierher geschafft!

Ich sprang auf und zwängte mich an dem fetten Mann vorbei, was bedeutete, dass mein Gesicht seinen Ausschnitt streifte – IGITT! Dann merkte ich, dass der Bus eigentlich recht schnell fuhr und vielleicht nicht anhalten würde. Deshalb schaute ich mich nach all den anderen Fahrgästen um und schrie: »ICH MÖCHTE AUSSTEIGEN!!!«

Es folgte eine Stille und alle taten einen Augenblick lang so, als wäre ich unsichtbar, aber dann sagte jemand: »Dann drück eben auf die verdammte Klingel!«

»Welche Klingel?«, schrie ich.

»Hier!«, sagte ein Junge in einem Trainingsanzug. Er stand auf, bewegte seinen Finger etwa zwanzig Zentimeter nach vorn und berührte einen der schwarzen Knöpfe, die hinten an manchen Sitzen befestigt waren. Ich hörte einen lauten Piepton und sah, dass ein Schild aufleuchtete, auf dem »Bus hält« stand.

Woher zum Teufel sollte man all diese Dinge wissen?!

Ich rannte die Stufen zur U-Bahn-Station Kilburn hinunter. Da unten war es wirklich furchterregend voll und hektisch. Ich bin bis dahin noch nie irgendwo gewesen, wo es so voller Menschen war. Überall waren Hunderte von Menschen, die mich anrempelten und gegen mich stießen und mich baten, aus dem Weg zu gehen. Auch eine Gruppe dieser brutalen Jugendlichen mit Kapuzenpullis war dabei, vor denen mich Mom immer warnt. Sie stießen sich gegenseitig an und lachten über meine Schuluniform, sodass ich mir ernsthaft wünschte, ich hätte etwas anderes angezogen.

Ich stand eine Ewigkeit vor den Absperrungen und starrte völlig verwirrt auf die unzähligen Ticketarten und auf das U-Bahn-Netz, das aussah, als hätte jemand eine Schüssel von Mrs Minsks Spaghetti bolognese auf den Boden geworfen.

Dann kam ein Mann mit marineblauer Jacke und Hose auf mich zu und sagte: »Brauchst du Hilfe, Kleines?«

»Und Sie sind wer?!«, fragte ich – vielleicht eine Spur unhöflich, aber ich hatte Angst, dass es ein Trickbetrüger sein könnte, der meine *Coutts*-Karte klauen wollte.

»Beruhige dich, Kleines, ich arbeite für die Londoner U-Bahn«, sagte er. Er hatte ein Namensschildchen, auf dem »Bob« stand.

Ich starrte ihn an, öffnete den Mund und schloss ihn wieder. Würde sich ein Dieb oder einer Perverser die Mühe machen, sich ein Schildchen anzufertigen, auf dem »Bob« stand? Ich wusste es nicht.

»Wo musst du hin?«, wollte er wissen. »Heute Abend gibt es gute Verbindungen auf allen Linien.«

»Stanhope«, sagte ich und presste die Schultasche gegen meinen Körper.

»Rückfahrt heute noch?«, fragte er.

»Himmel, ja«, sagte ich.

»Dann brauchst du einen Fahrschein für Zone eins bis sechs. Das ist die günstigste Lösung für dich.«

Daraufhin muss ich wirklich mitleiderregend ausgesehen haben, denn er sagte: »Schon gut, komm, ich zeig es dir!« Er nahm mich mit zu den Automaten, half mir, ein Ticket zu lösen, begleitete mich wieder zurück zur Absperrung und sagte: »Bahnsteig sechs, im Moment fahren sie alle fünf Minuten. Gute Fahrt!«

Ich konnte nicht glauben, dass jemand so nett und freundlich sein konnte, ohne etwas dafür haben zu wollen.

Ich fuhr mit der Rolltreppe scheinbar zur Mitte der Erde

hinunter. Es ging WIRKLICH, WIRKLICH WEIT HINUNTER. Dann sprang ich in eine U-Bahn. An mehr erinnere ich mich nicht, weil ich eine von Knuts transzendentalen Meditations-Trancen anwenden musste, um das schreckliche Gefühl der Panik auszublenden. Immerhin waren wir buchstäblich unter der Erdoberfläche und jederzeit konnte die Erde über uns zusammenstürzen und uns alle lebendig begraben.

Als der Sprecher schließlich verkündete: »Nächste Station Stanhope. Bitte alle aussteigen! Vorsicht bitte an der Tür!«, rannte ich aus der U-Bahn, die Rolltreppe hinauf, wobei ich immer zwei Stufen auf einmal nahm, durch die Absperrung und hinauf in die frische Luft an der Hauptstraße, an der ich keuchend und schnaufend stehen blieb.

Ein schwarzes Taxi stand neben der U-Bahn-Station am Straßenrand, ich rannte darauf zu und rief: »Nehmen Sie Kreditkarten?! Ich möchte bitte in die *Paradise-Vision*-Entzugsklinik! Wissen Sie, wo sie ist?«

»Oh ja, Kleines«, lachte der Fahrer. »Jeder weiß, wo sie ist.«

Ich sprang in den Wagen und wir fuhren ein paar lange Straßen entlang, dann hinein in eine Gegend, die aussah, als wären wir schon auf dem Land. Dann ein Sträßchen entlang, an dem ich ein großes Haus entdeckte. Es sah ein bisschen aus wie das alte Pfarrhaus, das Mom mal einen Sommer lang in Cornwall für uns gemietet hatte, als wir noch klein waren. Es war ein großes, schäbig aussehendes Gebäude mit schwarzen Eisentoren und einer geschotterten Auffahrt.

»Wir sind da«, sagte der Taxifahrer. Ich bezahlte und stieg

aus. Als ich mich dem Gebäude näherte, streckten ein paar Frauen in Morgenmänteln an der Seite den Kopf heraus und rannten dann kichernd weg. Ich schaute durch die vorderen Fenster und sah Leute, die Tischtennis spielten. In einem anderen Zimmer sah ich einen Mann und eine Frau, die sich auf Stühlen gegenübersaßen, ein bisschen so, wie wenn ich mich mit Dr. Sarzberg unterhalten muss.

Ich ging durch den Haupteingang zur Rezeption und war schockiert. Das Gebäude war wirklich ziemlich heruntergekommen. Es war staubig und deprimierend und es roch nach Desinfektionsmittel. Die Tapete hatte die Farbe von Schlamm und die Teppiche waren ausgetreten und fleckig. Es war überhaupt nicht so, wie ich es mir vorgestellt hatte. Ich hatte gedacht, es wäre wie ein echt hübsches Boutique-Hotel, ganz weiß und voller Blumen, mit tollen Möbeln und einem Innendesign, das von meiner Mutter stammen könnte.

Eine echt tough aussehende blonde Frau stand hinter einem Schreibtisch, sie blickte auf und sagte: »Ja?«

Aber bevor ich noch etwas sagen konnte, tauchte ein Mann auf. Er war um die dreißig, trug einen schmuddeligen Trainingsanzug und wirkte wirklich todkrank. Er begann, mit der Blonden über »seine Medikation« zu streiten, die er auf der Stelle haben wolle. Die Blonde sei »eine Schlampe«, weil sie ihm seine Medikamente nicht gäbe, und er würde sich sofort abmelden.

Die Frau wandte sich um und sagte mit ziemlich verärgerter Stimme: »Daniel, wir können Ihnen Ihre Medikamente nur geben, wenn drei von uns dabei sind und Sie beim Einnehmen beobachten. So lautet die Regel, seit Sie angefangen haben, sie *nicht* einzunehmen und sie stattdessen an andere Patienten zu verkaufen! Gehen Sie jetzt wieder in den Aufenthaltsraum, ich bin sehr beschäftigt!« Der Mann schlurfte davon. Dann wandte sie sich wieder mir zu.

»Ja!«

»Ich würde bitte gern meine Schwester Kitten Montague-Jones sehen!«, sagte ich.

Die Frau blickte mich misstrauisch an.

»Kitten empfängt keine Besucher. Das steht in ihrer Akte. Ihre Familie hat es so verlangt. Und eins sage ich dir: Wenn du eine Reporterin bist und mich übers Ohr hauen willst, dann rufe ich die Polizei und zeige dich wegen unerlaubten Eindringens an.«

»Ich bin keine Reporterin!«, sagte ich. »Ich bin ihre Schwester! Ich bin Poppet Montague-Jones! Sehen Sie!« Ich zog meine *Coutts*-Karte heraus und zeigte sie ihr. Dann entdeckte ich eine zerknitterte Ausgabe der Zeitschrift *Heat* hinter dem Schreibtisch und sagte: »Warten Sie, ich glaube, ich kann das noch besser beweisen! Geben Sie mir das bitte!«

Sie gab mir also das Magazin und ich schlug es auf. Und da waren Kitten und ich auf Seite 37 in der Rubrik »Stars beim Shoppen«. Das wurde vor zwei Monaten an einem Tag aufgenommen, als Kitten und ich einen Waffenstillstand geschlossen hatten und zusammen ein Geburtstagsgeschenk für Mrs Minsk kaufen gingen. Ein grusliger Paparazzi-Typ verfolgte uns den ganzen Nachmittag lang und schoss ungefähr fünfhundert verschiedene Fotos von uns, direkt vor unserer Nase, etwa einen Meter von unseren Gesichtern entfernt, bis Kitten schließlich ausrastete und zu ihm sagte, dass er uns wahnsinnig macht und dass er bitte abhauen soll. Deshalb druckte das Magazin dieses Foto auch in seiner Rubrik »Stars am Ausflippen!« ab.

»Das bin ich neben Kitten, hier!«, sagte ich.

Die Frau schaute es sich an.

»Hmm. Okay«, sagte sie. »Warum bist du hier? Ich dachte, es wurde entschieden, dass sie keinen Besuch bekommt.«

»Wir haben unsere Meinung geändert«, sagte ich. »Kann ich ihr nur kurz Hallo sagen? Fünf Minuten, bitte?«

Die Frau seufzte, dann nahm sie das Telefon und rief irgendwo an. Danach sagte sie, dass ich mich setzen sollte. Also setzte ich mich hin und wartete auf die Wiedervereinigung mit meiner Schwester, mit Küssen und Umarmungen, wozu es aber nicht wirklich kam. Stattdessen ging die Tür auf und plötzlich stand eine ziemlich unsicher aussehende Kitten in einer Trainingshose, einem Herren-T-Shirt und ohne Make-up vor mir. Ihr Haar war ganz wellig, als hätte sie es frisch gewaschen und weder Haarglätter noch Haarspray verwendet. Sie sah anders aus als das letzte Mal, als ich sie gesehen hatte. Sie war sauberer, weniger erschöpft, aber definitiv wütender als je zuvor.

»Was in drei Teufels Namen hast du hier zu suchen!?«, brüllte sie. »Wegen dir dummer Göre bin ich überhaupt erst hier gelandet!«

Ich blieb sitzen. Ich dachte, wenn ich sitzen bliebe, hätte ich nicht so viel Gelegenheit, mir einen Stuhl zu schnappen und ihn ihr über den Schädel zu ziehen.

»Ich bin gekommen, um Hallo zu sagen«, sagte ich ruhig.

»OH HALLO!«, sagte sie und winkte sarkastisch. »Hast du vielleicht eine Ahnung, was diese Scheißkerle mir hier antun?! Hast du?! Ich muss achtundzwanzig Tage hierbleiben, ohne Alkohol oder Drogen oder Pillen irgendwelcher Art, und darf noch nicht einmal Koffein zu mir nehmen! Und wenn ich die achtundzwanzig Tage nicht schaffe, dann enterben mich diese Idioten, die wir unsere Eltern nennen, und sperren meinen verdammten Treuhandfonds wegen verminderter Zurechnungsfähigkeit!«

»Warum ist das meine Schuld!?«, sagte ich und verlor ein wenig die Fassung. »Du bist hier schließlich die Drogenabhängige, du blöde Kuh!«

»Weil du mich angeschwärzt hast, du kleines Miststück!«, schrie sie. »Sie wussten nicht, dass ich Drogen nahm!«

»Oh, Kitten, das ist wirklich zum Lachen. *Jeder* weiß, dass du Drogen nimmst. Sogar in Australien wissen die Leute, dass du drogenabhängig bist. Und außerdem bist du jetzt schon verdammte zehn Tage hier, so lange dauert es doch nicht mehr! Augen zu und durch, du Waschlappen!«

»Ich muss noch achtundzwanzig Tage hierbleiben!«, kreischte mich Kitten an.

»Wie das?«, fragte ich.

»Kitten ist heute Morgen zu Tag eins dieses Programms zurückgekehrt«, sagte die Rezeptionistin. »Sie wurde dabei erwischt, wie sie Daniel, der gerade hier drin war, Diazepam abgekauft hat.«

»ES WAR DOCH NUR VERDAMMTES DIAZEPAM!«, brüllte Kitten. »Meine Mutter nimmt Diazepam für ihren

Rücken. Wir nehmen es, bevor wir fliegen, um uns auszuknocken!«

»Es ist ein Betäubungsmittel, das man nicht ohne ärztliche Aufsicht einnehmen sollte!«, sagte die Frau bestimmt.

Ich saß ganz still da und sagte nichts. Alle in unserer Familie nehmen *Diazepam*. Ich wusste nicht, dass das illegal war. Kitten funkelte mich an und sagte: »Nun, ich hoffe, du bist jetzt glücklich, Poppet!«

Ich schloss die Augen und atmete langsam aus. »Ich bin tatsächlich froh, Kitten«, sagte ich. »Ich bin froh, dass dir geholfen wird. Und ich bin froh, dass ich dich besuchen gekommen bin. Ich vermisse dich.« Kittens Gesicht flackerte irgendwie einen Moment lang, als ich das sagte, so als hätte ich etwas gesagt, was sie berührte. Dann drehte sie sich auf dem Absatz um und schrie: »Dann wirst du mich wohl weiter vermissen müssen, weil ich für immer hierbleiben werde, verdammt. Besuch mich nie wieder! Hau ab!«

Dann stürmte meine große Schwester davon, zurück in die Klinik, und knallte die Tür zu.

Kurz darauf verließ ich *Paradise Vision* und machte mich wieder auf den Weg nach Hampstead. Der Nachhauseweg war nicht so schlimm wie die Fahrt hierher. Eigentlich war ich ziemlich ruhig. Dieses Mal wusste ich besser, was ich tat. Und jetzt, wo ich alles aufgeschrieben habe, klingt es so, als hätte ich einen schrecklichen Tag gehabt, aber so war es absolut nicht. Eigentlich hatte ich einen wunderbaren Tag. Ich habe gelernt, wie man öffentliche Verkehrsmittel benutzt, und habe alles ganz allein hingekriegt. Ich kann jetzt praktisch ÜBERALLHIN gehen. Mein Leben wird nie wieder dasselbe sein. Und ich habe herausgefunden, wie ich zu meiner Schwester komme, und kann ihr helfen, damit es ihr bald besser geht.

Ich werde Kitten so bald wie möglich wieder besuchen. Ich werde ihr einfach keine Wahl lassen.

Samstag, 10. Oktober

Heute habe ich eine weitere Expedition zu Kitten unternommen.

Allerdings ließ ich erst einmal sechs Tage verstreichen, bevor ich die ganze Aktion noch einmal wagte. Ich musste warten, bis sich der Wirbel nach dem letzten Mal gelegt hatte. Als nämlich die Krankenschwester anrief, um meine Mutter darüber zu informieren, dass Kitten wieder auf Tag eins des Entzugs zurückgefallen war, teilte sie ihr auch mit, dass »Kittens jüngere Schwester den Sicherheitsflügel besucht hatte«.

Sicherheitsflügel?!! Ha, ha, ha! Ich war doch geradewegs hineinspaziert! Und als ich heute dorthin kam, waren die Tore offen und die Tür war nur angelehnt und ich habe mich am Empfang einfach einer anderen Familie angeschlossen, die gerade ihren Sohn besuchen wollte. Dann ging ich ins Besucherzimmer. Niemand hielt mich auf.

Ein Aufenthalt im *Paradise* kostet zwanzig Riesen pro Woche!

Deshalb wimmelt es dort ja nur so von alkohol- und drogenabhängigen Kids, deren Eltern die reichsten Leute der Welt sind. Sie sitzen herum und versuchen, clean zu werden.

Ich frage mich, was passiert, wenn man arm ist und drogenabhängig wird. Ich nehme an, man liegt einfach auf der Straße, bis man daran stirbt. Ein bisschen so wie der Mann, den ich letzte Woche neben dem Geldautomaten in Kilburn sitzen sah. Er war völlig verdreckt und hielt eine Plastiktasse in der Hand, um Kleingeld zu erbetteln.

Er sah nicht so viel anders aus als Kitten oder ihr Freund Daniel aus dem *Paradise Vision*, der mit dem *Diazepam.*

Doch der Mann neben dem Geldautomaten hatte wohl keine Mutter, die es sich leisten konnte, ihn in eine Entziehungskur zu schicken. Das scheint nun wirklich überhaupt nicht gerecht zu sein, oder? Ich denke im Moment viel darüber nach, wie ungerecht das Leben doch ist, und das macht mich irgendwie traurig. Ich versuche dann, mir ins Gedächtnis zu rufen, was Granny immer sagt: Nämlich dass sich die Familie Montague niemals schlecht zu fühlen braucht, weil sie so viel Geld hat. Ein Großteil des Reichtums sei nämlich darauf zurückzuführen, dass wir seit Jahrhunderten Teil der britischen Königsfamilie sind, und die königliche Familie sei von Gott erwählt. Granny sagt, es sei von Gott so gewollt, dass die Welt auf diese Weise organisiert ist. Und wenn wir zuließen, dass Schuldgefühle die Oberhand gewinnen und wir am Ende all unsere Macht und unseren Reichtum den Armen geben, dann würden wir im Grunde Gott total erzürnen.

Ich weiß nicht mal, ob ich an Gott glaube. Und falls Gott existiert, warum würde er wollen, dass meine Familie reich ist und andere arm? Und wenn ich mir zu wünschen beginne, dass die Welt gerechter wäre – bedeutet das dann, dass ich die Queen anrufen sollte, um ihr mitzuteilen, dass ich meinen Platz in der Thronfolge aufgeben möchte? Großer Gott, das will ich nicht hoffen, denn die Tatsache, dass ich die Nummer siebenundachtzig in der britischen Thronfolge bin, ist der Hauptgrund dafür, dass mich Blitzen Trapper in der Schule die gleiche Luft atmen lässt wie sie.

Jedenfalls hat meine Mutter den Anruf von der *Paradise-Vision*-Klinik ziemlich schlecht aufgenommen. Sie hatte irgendwie einen dieser rasch fortschreitenden Nervenzusammenbrüche, die sie sehr oft erleidet, und warf ihr *Blackberry* quer durch das Wohnzimmer. Dann jagte sie mich die Treppe hinauf in mein Zimmer und sprang mir förmlich ins Gesicht. Dabei kam sie mir so nah, dass ich praktisch den geschwärzten Kabeljau riechen konnte, den sie zuvor im *Nobu* zu Mittag gegessen hatte.

»HAST DU KITTEN BESUCHT?!«, krächzte sie. »Nach allem, was ich dir ausdrücklich gesagt hatte? Wie konntest du nur, Poppet? Warum?!«

Sie wirkte irgendwie zornig. So zornig, dass ich auf eine Fähigkeit zurückgreifen musste, die ich erst neuerdings gelernt habe und die sich als unglaublich praktisch erwiesen hatte.

Ich log.

»Natürlich habe ich Kitten nicht besucht!«, sagte ich und machte ein gekränktes Gesicht, als würde sie mir durch die bloße Verdächtigung dauerhaften psychischen Schaden zufügen. »Was für eine ABSURDE Behauptung! Wie soll ich denn nach Stanhope kommen!? Das ist doch bestimmt um die hundertzwanzig Kilometer von hier entfernt, oder? Da muss ich wohl Dads Privatjet genommen haben, was!?«

Mom rückte ein Stück ab, als ich das sagte. Ihrem Gesicht nach beruhigten meine Worte sie ein wenig. In echt weiß ich natürlich, dass Stanhope etwa sechzehn Kilometer entfernt ist, aber das ist das Gute daran, der Einfaltspinsel der Familie Montague-Jones zu sein: Man kann die meiste Zeit den Idioten spielen und dabei noch total glaubwürdig rüberkommen.

»Nun, offensichtlich«, sagte Mom, »hat vor ein paar Tagen eine junge Dame die Klinik besucht, die ihre *Schwester* sehen wollte. Und Kitten willigte ein, aber dann änderte sie ihre Meinung und stürmte nach etwa zwei Minuten davon.«

Meine Mutter und ich standen uns von Angesicht zu Angesicht gegenüber. Ich machte eine völlig unbewegte Miene, wie Dad es mir fürs Pokerspielen beigebracht hat. Ich musste herausfinden, ob sie noch mehr belastende Informationen hatte. Hatte ihr die Krankenschwester eine Beschreibung von mir gegeben oder so etwas? So wie es aussah nicht.

»Das war wahrscheinlich eine Journalistin, Mom«, seufzte ich. »Alle Zeitungen sind ganz WILD auf ein exklusives Bild von Kitten in der Entzugsklinik, auf dem sie so richtig übel ›bu-huu-ich-Arme‹ aussieht, ohne ihr Make-up-Täschchen und alles, oder?! Bettina aus meiner Klasse sagt, dass das *Star!*-Magazin verdammt öde ist, seit du Kitten weggeschickt hast. Bettina erzählt, dass die Seiten jetzt gefüllt sind mit verflixt langweiligen, gesunden, veganen Prominenten, die auf Filmpremieren gehen und über Yoga und ihre neuen Schauspielprojekte sprechen. Das will niemand lesen, sagt Bettina! Sie findet, das Leben sei tausendmal öder, jetzt wo es keine Bilder mehr von Kitten gibt, auf denen sie sternhagelvoll ist und Purzelbäume auf dem roten Teppich schlägt. Oder vor dem Ritz verhaftet wird, weil sie versucht hat, eine der antiken Lampen im Restaurant zu stehlen. Oder auf einen der Paparazzi-Typen vor unserer Haustür einprügelt.«

Ich hörte auf zu sprechen und stellte erstaunt fest, dass mir meine Mom tatsächlich zuhörte. Das war ein bedeutsamer Augenblick. Tatsächlich wäre ich fast ausgeflippt.

»Du glaubst also«, sagte meine Mutter, »dass *Journalisten* versuchen, ins Gebäude zu gelangen, um sie zu sehen?«

»Na ja, ich war es jedenfalls nicht«, sagte ich und stieß ein falsches Lachen aus. »Hey, es sei denn, ich hätte eines dieser Bus-Dinger genommen, was? Stell dir das mal vor! Ha, ha! Ooh, hallo, ich bin Poppet! Ich würde bitte gerne in den Bus! Ja, klar!« Ich ahmte ein wenig nach, wie ich versuche, in den Bus zu gelangen, und die Tür nicht finde. Bei dieser haarsträubenden Vorstellung erschien auf dem Gesicht meiner Mutter ein kleines Lächeln.

»Okay, okay«, sagte sie. »Und wahrscheinlich hast du auch eine Untergrundbahn genommen, nicht wahr?« Mom sah aus, als würde sie sich jetzt schämen, mich beschuldigt zu haben.

»Ha, ha, ja!«, sagte ich. »Ich bin in eine Uhu-Bahn gestiegen, oder wie das heißt! Ha, ha!«

»Oh, Poppet, stell dir das bloß mal vor!«, sagte sie. »Stell dir einen von uns da unten in diesem engen Dings vor, völlig eingekeilt zwischen dem großen, schwitzenden, ungewaschenen Pöbel! Undenkbar, nicht wahr? Stell dir mal vor, wie schmuddelig unsere Kleider wären, wenn wir wieder herauskommen! Ich hätte bestimmt eine meiner Panikattacken, das weiß ich sicher!«

»HÖR BLOSS AUF!!«, rief ich lachend. »Mir wird schon ganz schummrig. Lass uns erst gar nicht darüber nachdenken, Mummy!«

»Okay, Liebes«, sagte sie und drückte meinen Arm. »Tut mir leid, dass ich ein solches Tamtam gemacht habe. Ich bin sicher, du hast recht. Es muss eine Reporterin gewesen sein. Hör mal, ich habe heute wirklich keine Zeit, mir über diese ganze Kitten-Angelegenheit weiter Gedanken zu machen. Bei meinem aktuellen Projekt bin ich nämlich gerade an einem entscheidenden Punkt angelangt. Wünsch mir Glück, ich muss jetzt zu einem megawichtigen Gespräch mit meinen Anwälten.«

»Viel Glück, Mummy«, sagte ich. Sie beugte sich vor, küsste mich auf die Stirn und ging. Als sie meine Zimmertür hinter sich zumachte, sprang ich von meinem Schreibtisch, auf dem ich die ganze Zeit gesessen hatte. Unter meiner Pobacke lag die glänzende neue türkisfarbene Oyster-Karte, die ich letzte Woche auf dem Nachhauseweg gekauft hatte. Sie war mit hundert Pfund aufgeladen. Ich konnte gar nicht glauben, wie leicht es war, sie zu kaufen. Es hat nur eine Minute gedauert! Ich weiß nicht, ob ich in meinem Leben je so viel Geld für öffentliche Verkehrsmittel ausgeben werde, aber bei dem Gedanken, dass ich jederzeit einfach in einen Bus oder eine U-Bahn steigen und irgendwo anders hinfahren kann, wird mir in der Tat ganz schwindlig. Und meine heutige Fahrt nach Stanhope lief SEHR viel glatter als letzte Woche. Dieses Mal zog ich mich lässiger an – Jeans, T-Shirt, Turnschuhe – und nahm auch den Diamantring ab, den ich immer an meinem linken Zeigefinger trage. Ich bin nämlich dahintergekommen, dass er ein wenig zu protzig ist, um ihn unter normalen Menschen zu tragen. Granny hat mir den Ring zu meinem zwölften Geburtstag geschenkt: Sie hat ihn vom Fürsten von Monaco bekommen, als sie vor langer Zeit, in den 1950ern, mit ihm ausgegangen war. Er ist mein absolutes Lieblingsteil und ohne ihn fühle ich mich ganz nackt, aber ich weiß, dass unser Buchhalter Mr Chenowitz sich sowieso schon furchtbar darüber aufregt, dass Mom mich den Ring überhaupt tragen lässt – wo er doch eine halbe Million wert ist. Deshalb dachte ich, ich lasse ihn lieber in meinem Zimmer zurück.

Heute Morgen um neun Uhr packte ich also eine kleine Tasche mit Geschenken für Kitten und schlüpfte aus dem Haus. Zu Mrs Minsk sagte ich, dass ich bestimmt erst spät zurückkäme, weil ich heute mit Vixen zum Spinning gehen und dann den ganzen Tag bei ihr zu Hause lernen würde. Dann machte ich mich von Octavia Gardens aus ganz rasch auf den Weg, schlich mich durch Seitenstraßen und Hintergassen, die ich noch nie zuvor gesehen hatte. Ich versuchte, die Hauptstraßen zu meiden. Dort wäre ich nämlich womöglich von einer neugierigen Mutter entdeckt worden oder einem Mitglied unseres Personals, das darauf aus ist, schnelles Geld zu machen.

Ich musste in irgendeiner dieser Straßen in Hampstead eine Bushaltestelle finden, von der man grob in Richtung Kilburn fahren konnte. Der erste Bus, der einigermaßen richtig aussah, fuhr eine wirklich lange Route über etwa zwanzig Straßen zu Orten, von denen ich noch nie gehört hatte, aber ich wusste, je schneller ich außer Sicht war, desto besser.

Bus 671 W war schrecklich voll, als ich einstieg, und als er weiterfuhr, wurde er voller und voller, bis überall im Gang Leute standen und ihn blockierten. Jeder schien mindestens ein Baby und drei Einkaufstüten auf den Knien zu haben und alle plauderten miteinander oder sprachen am Handy oder hörten Musik auf ihren *iPods*. Es war in der Tat ziemlich laut!

Nach etwa zehn Minuten schaute ich mich um und bemerkte etwas sehr, sehr Seltsames. Ich war die einzige Person im Bus, die weiße Haut hatte!

Alle anderen hatten entweder dunkelbraune oder hellbraune Haut oder einfach nur einen gebräunten Teint, als wären sie aus Lateinamerika. Ein paar Leute waren aus China oder Japan und von einigen Frauen konnte ich überhaupt keine Haut sehen, weil sie total verhüllt waren bis auf einen Schlitz im Stoff, der die Augen freigab. Und dann war da noch ich. Ein weißes Mädchen mit einer Haut, die die Farbe von Haferbrei hatte.

Das fühlte sich sonderbar an. Das genaue Gegenteil von dem, wie das Leben normalerweise ist, nicht wahr? Ich meine, klar kenne ich ein paar Leute, die nicht weiß sind. Eigentlich kenne ich genau zwei: meine Freundin Alitash, deren Vater der äthiopische Botschafter in London ist. Sie ist nett. Und ich kenne Indira, deren Familie aus Mumbai in Indien stammt. Sie ist total süß. Indiras Dad ist Vorstand der *Bank of India* und einmal gab er diesen fantastischen

Ball im *Dorchester Hotel.* Es wurde viel getanzt und es gab diese zwei Elefantenbabys, die man mit Äpfeln füttern konnte. Lauter Leute mit Saris und Turbanen und so weiter waren da und alle haben sich bestens amüsiert.

Die einzige Weiße zu sein, war jedoch eine ganz neue Erfahrung für mich. Plötzlich dachte ich: Krass, so müssen sich Indira und Alitash jeden Tag fühlen. Praktisch DIE GANZE ZEIT!

Dann stieg eine muslimische Frau mit Kopftuch und einem blauen Kleid ein. Sie hatte ein Baby im Arm und schob ein anderes in einem Kinderwagen vor sich her. Sie hatte alle Hände voll zu tun, als sie versuchte, alles hinzukriegen, während der Bus sich wieder in Bewegung setzte. Deshalb sprang ich auf und hielt das Baby für sie, während sie die Taschen hinten auf dem Kinderwagen balancierte.

»Vielen Dank, das ist sehr nett von dir«, sagte sie. Dann setzten wir uns beide hin und ich spielte »Kuckuck« mit dem Baby, bis es wie verrückt kicherte, und an diesem Punkt fragte ich mich, warum Vixen, Striker und ich nicht öfters mal einfach in einen Bus steigen und irgendwohin fahren. Ich schaute zum Fenster hinaus und merkte, dass wir neben drei riesigen nebeneinanderstehenden Wohnblocks und einem kleinen Kinderspielplatz gehalten hatten.

Die Wohnblocks waren überhaupt nicht schön. Sie waren komplett anders als die schicken Wohnungen drüben in Chelsea, von denen mein Vater letztes Jahr eine als Geldanlage gekauft hat. Die Wohnungen hier hatten eine bräunlich graue Farbe und auf den Balkonen hingen Slips zum Trocknen und Grills standen herum, was seltsam war, weil die Balkone gerade mal groß genug waren, dass eine Person darauf stehen konnte. An einigen Balkonen hing der Union Jack, die britische Flagge, auch wenn das Ganze nicht gerade wie ein Ort aussah, den die Queen jemals besuchen würde. An manchen Wohnungen waren sogar die Fenster eingeschlagen, andere sahen so aus, als hätte es irgendwann darin gebrannt.

Neben dem Spielplatz stand eine Art Halle oder Begegnungszentrum. Die Türen waren von oben bis unten mit Graffiti beschmiert. Davor saßen Kids auf den Treppenstufen, die Zigaretten rauchten und diese Staffordshire Bullterrier bei sich hatten, die entweder illegal waren oder illegal gemacht werden sollten und von denen es in den Nachrichten immer hieß, dass sie eine Art genetischen Defekt haben, der verursacht, dass sie Babys auffressen wollen.

Das Ganze war verdammt deprimierend und ehrlich gesagt ziemlich Furcht einflößend. Tatsächlich bekam ich jetzt wieder ein wenig Angst. Und um das Ganze noch schlimmer zu machen, stiegen hier viele aus und eine Menge neuer Leute stieg ein, unter anderem auch etwa fünf derb aussehende, knallharte Mädchen, die ungefähr in meinem Alter waren. Sie trugen Kapuzenpullis oder kurze, gepolsterte Jacken mit pelzgesäumten Kapuzen, Goldohrringe und eine Menge Make-up. Drei der Mädchen waren schwarz, zwei von ihnen weiß und sie hatten Lippen-Piercings und Augenbrauen-Piercings und diese Sache mit den Haaren, wenn sie ganz dicht am Kopf zu einem Muster geflochten sind und der Rest in Büscheln nach oben steht. Sie trugen Leggings und keine Socken, dazu Turnschuhstiefel mit offenen Schnürsenkeln und unordentlich heraushängender Zunge. Eines der schwarzen Mädchen hatte Tattoos mit blauen Blumen auf der Hand und eines der weißen Mädchen hatte einen tätowierten Vogel auf dem Hals und ein Flammentattoo, das aus ihrer Po-Ritze zu kriechen schien. Das sah ich, als sie sich vorbeugte und ein kleines braunes Baby aus einem Kinderwagen hob.

»Oh, krass, die gleiche Fresse wie sein Dad«, sagte eines der anderen Mädchen und zeigte auf das Baby.

Und das Mädchen, das seine Mutter war, sagte: »Mann, Alte, mein Baby kennt sein Dad gar nich, den kannste in die Tonne kloppen. Tyrelle kriegt'n Scheiß ohne Kohle, weißte? Denkt, er kann einen auf Papa machen. Ohne Kohle braucht der gar nicht ankommen. Is nix mit Baby.«

Ich hörte zu und versuchte, es noch mal im Kopf zu rekapitulieren. Ich war mir ziemlich sicher, dass es Englisch war. Ich hatte »Baby« erkannt und »Dad«. Aber was bedeutete »in die Tonne kloppen«? Könnte es sein, dass sie von einem dieser Männer schwanger wurde, die die Mülltonnen leeren?

Als der Bus schließlich wieder losfuhr, entdeckte ich ein Schild am Straßenrand und hätte mir fast in die Hose gemacht. Darauf stand: COTTINGHAM-SIEDLUNG.

Mein Herz fing wie verrückt an zu klopfen. Ich hatte einen ECHT SCHWEREN FEHLER begangen, als ich in diesen Bus gestiegen war. Einen, den ich möglicherweise für immer bereuen würde! Ich schloss fest die Augen und versuchte, meine Atmung unter Kontrolle zu bekommen, indem ich mir vorstellte, ich sei ein Blatt, das sanft durch den peruanischen Regenwald schwebt.

»Okay, Poppet, ATME«, sagte ich zu mir selbst. »Es geht dir GUT! Okay, du hast dich in die Cottingham-Siedlung verirrt. Keine Panik. Wenigstens FÄHRST DU JETZT IN DIE ANDERE RICHTUNG VON HIER WEG und bist noch mal mit dem Leben davongekommen!«

Zitternd saß ich da und dankte Gott, an den ich noch nicht einmal richtig glaube, dafür, dass er mich aus dem Schlund der Hölle errettet hatte. Und dafür, dass keines dieser Mädchen dahintergekommen war, dass ich »eine der versnobten Kühe aus dem Hampstead Lycée« bin. Und dafür, dass mich keine von ihnen mit Chloroform betäubt hatte, um meine Nieren zu klauen und an jemanden zu verkaufen, der eine Transplantation braucht. Blitzen sagt, dass solche Dinge in Cottingham DAUERND passieren. Laut Blitzen sollte man deshalb NIEMALS in der Öffentlichkeit Alkohol trinken, nur im VVIP-Bereich eines exklusiven Clubs, weil man sonst unter Drogen gesetzt und von Prolls aus Cottingham entführt wird. Und dann wacht man vierundzwanzig Stunden später in einem von ihren Müllcontainern wieder auf, mit fehlender Lunge, die bereits in einer Kiste auf dem Weg nach Amerika ist.

Jedenfalls: Während der Bus langsam die Straße entlangrollte und sich der U-Bahn-Station Kilburn näherte, hörte mein Kopf auf, sich zu drehen, und meine Atmung wurde wieder normal. Ich schaute mir all die Leute im Bus an, die telefonierten oder Zeitung lasen, und mir dämmerte, dass ich vielleicht ein wenig albern gewesen war. Im Grunde war ich einfach nur in einem BUS durch die Cottingham-Siedlung gefahren und es war mir gar nichts Schreckliches zugestoßen. Entweder haben viele Leute, die ich kenne, Lügen über die Cottingham-Siedlung erzählt oder ich hatte einfach sehr, sehr viel Glück gehabt. Ich kam nicht dahinter, was von beidem.

Das heutige Treffen mit Kitten war eine Spur besser als das von letzter Woche. Vielleicht zehn Prozent besser. Oder zwanzig Prozent? Okay, ich kann kein Mathe, aber ich weiß genau, dass wir FORTSCHRITTE gemacht haben. Ich meine, Kit und ich haben uns nicht direkt umarmt oder uns zu einem gemeinsamen Mädels-Wellnesswochenende verabredet, wenn sie rauskommt, aber wir schafften es ganze neun Minuten lang, bevor das extreme »Bu-huu-ich-Arme« losging und sie davonstürmte. Und als ich Kitten ihre Geschenke gab, hat sie sie nicht abgelehnt oder mir an den Kopf geworfen oder so.

Ich brachte Kitten ein paar von Mrs Minsks Marmeladentörtchen mit, die sie früher so mochte. Damals, als wir noch kleiner waren und vom Au-pair-Mädchen nach Hause gebracht wurden, hatten wir zu Hause diese Törtchen in uns hineingestopft und immer Milch dazu getrunken. Das war, bevor Kitten ins Internat geschickt wurde und auf einmal ganz besessen davon war, unter fünfzig Kilo zu bleiben, und diese idiotische Diät machte.

Das war das Einzige, was Kitten im Internat lernte – eine echt komische Einstellung zum Essen. Abschlussprüfungen schaffte sie keine.

Und jetzt öffnete Kitten die Plastikbox mit den Marmeladentörtchen, roch daran und schloss sie wieder. Dann reichte ich ihr die *Blumen der Nach*t von V. C. Andrews – ein Thriller, den wir vor vielen Jahren gelesen hatten, als wir mit Mom in Dubai waren und tagelang in der Hotelsuite festsaßen, weil sie immer arbeitete. Ich weiß, dass Kitten dieses Buch mag, und an ihren zivilisierteren Tagen sagt sie auch, dass sie es gerne noch mal lesen würde, wenn sie jemals wieder Zeit hätte. Na ja, Zeit hat Kitten jetzt definitiv, denn sie ist schon wieder auf Tag eins ihres Entzugs zurückgefallen. Das ist jetzt schon das dritte Mal, dass Kitten Tag eins durchmacht!

Offensichtlich hatte sich Kitten vor zwei Tagen noch ganz gut benommen und in der Therapie die richtigen Sachen gesagt. Dadurch hatte sie sich das Privileg verdient, ihr Glätteisen benutzen zu dürfen. Nur dass Kitten es nicht dazu verwendet hat, ihre Haare zu glätten, sondern es bei einem Mädchen namens Florence gegen drei Miniflaschen Stolitschnaja-Wodka eingetauscht hat.

Ich will gar nicht wissen, wo Florence den Wodka versteckt hatte. Ich fragte nicht nach. Aber Florence war wegen chronischer Selbstverstümmelung in *Paradise Vision* und gegen sechzehn Uhr brach dann auch schon ein Riesengeschrei los. Florence musste mit Verbrennungen zweiten Grades an Armen und Beinen zum örtlichen Notfalldienst gebracht werden und Kitten bekam großen Ärger mit dem Management von *Paradise Vision.*

»Ich konnte ja nicht wissen, dass sie das tun würde, oder, Poppet?«, sagte Kitten missbilligend. »Verdammter Selbstverstümmelungs-Junkie! Außerdem war es mein diamantenbesetztes *GHD*-Glätteisen, limitierte Auflage. Das habe ich damals von *GHD* bekommen, als ich für sie gemodelt habe! Und jetzt hängt überall die verbrannte Haut von dieser durchgeknallten Kuh dran!«

Ich seufzte tief, als sie das sagte.

»Aber du weißt schon«, sagte ich zu Kitten, »dass du umso länger hierbleiben musst, je länger du dich aufführst wie ein absoluter Schwachkopf? Du wirst noch hierbleiben, bis du dreißig bist, wenn du so weitermachst. Und an deinem dreißigsten Geburtstag wirst du einen Herren-Jogginganzug tragen und mit Heroinabhängigen Tischtennis spielen, in einem großen Haus, das nach, sagen wir mal, Flashs Pisse riecht.«

»Das ist okay für mich«, sagte Kitten und verschränkte die Arme.

Als ich ihr dann den Mini-*iPod* gab, den ich ihr mitgebracht hatte, sah sie mich einen Augenblick lang misstrauisch an, dann sagte sie: »Was ist da drauf?«

»Eine Überraschung«, sagte ich.

Kitten gab ein ungeduldiges Geräusch von sich. »Es ist aber hoffentlich keine Botschaft von der verdammten Familie, oder?«, nörgelte sie. »ICH WILL NÄMLICH NICHTS VON IHNEN HÖREN! Eigentlich kannst du Mummy und Dad ausrichten, dass ICH SIE HASSE und dass ich ihre BLÖDE ERBSCHAFT gar nicht brauche, weil ich meinen eigenen Weg in dieser Welt gehen werde. Ich werde ein Popstar oder schreibe Kinderbücher oder gründe mein eigenes Mode-Label und werde auch ohne sie Milliardärin. SAG IHNEN, SIE

KÖNNEN SICH IHR GELD SONST WOHIN SCHIEBEN. Sag ihnen das!«

Kitten und ich starrten uns einen Moment lang schweigend an.

»Willst du *wirklich,* dass ich das zu ihnen sage?«, fragte ich. Kitten zuckte ein wenig zusammen.

»Okay, nein«, sagte sie verlegen. »Sag es nicht. Gut, dann sag ihnen eben, dass ich hier wahnsinnig unglücklich bin und dass sie mich SO BALD WIE MÖGLICH hier herausholen müssen, weil ich darüber nachdenke, mich umzubringen, und wenn ich sterbe, wäre das allein ihre Schuld. Und sag ihnen, dass ich niemanden von euch auf meiner Beerdigung sehen möchte. Ich werde einen Brief an den Pfarrer schreiben, der laut vorgelesen werden soll. Darin wird stehen: JOCASTA UND JAMES MONTAGUE-JONES, DAS IST ALLES EURE SCHULD, IHR TOTAL EGOISTISCHEN SCHWACHKÖPFE! Und ich werde dafür sorgen, dass große Leinwände im Hyde Park aufgestellt werden, damit alle Trauergäste, die nicht mehr in die St.-Pauls-Kathedrale passen, meine Meinung über sie NOCH ÜBERS GRAB HINAUS hören können.«

Kitten lehnte sich auf ihrem Stuhl zurück und lächelte ein wenig, so als hätte sie gerade einen genialen Plan geschmiedet.

»Wow!«, sagte ich, denn das war eine Tirade, die selbst für Kittens Maßstäbe ziemlich durchgeknallt und egozentrisch war.

»Na dann viel Glück, wenn du dich umbringst«, sagte ich. »Soweit ich sehen kann, haben sie dir Gürtel, Schnürsenkel,

Bänder, Strümpfe und alles abgenommen. Und du musst deine Mahlzeiten mit diesen total schwachen Gabel-Löffel-Dingern essen, nicht wahr? Wie nennt man diese Dinger noch mal?« Kitten funkelte mich an, als ich das sagte.

»Einen Göffel«, sagte sie sehr schmallippig. Sie war eindeutig verärgert.

»Oh ja, genau!«, sagte ich. »Ein Göffel. Willst du dich mit einem Göffel erstechen? Herrje, das wird ewig dauern!«

»Ich habe noch nicht entschieden, wie ich mich umbringen werde«, sagte Kitten verächtlich. Sie nahm den *iPod* und starrte ihn an. »Was ist dann auf dem *iPod*, wenn es keine Botschaft ist?«

»Ich habe dir Gute-Laune-Lieder zusammengestellt.« Ich lächelte. »Es ist von allem etwas dabei. Ich habe das erste Album von Jack Penate draufgespielt. Und das *Fleetwood-Mac*-Album von Mom, das dir so gut gefällt. Ach ja, und dann noch ein wenig neuen skandinavischen Pop, den ich heute Morgen aus dem Internet geklaut habe.« Ich streckte meine Hand danach aus. »Ich dachte, du freust dich vielleicht, aber ich kann es auch wieder mitnehmen, wenn du willst.«

»Nein, nein, mach das nicht«, sagte sie und steckte den *iPod* in ihre Tasche. »Ich behalte es.«

Wir blieben noch eine Weile schweigend sitzen. Dann schaute sie die Marmeladentörtchen in der Box an, auf deren Deckel mit Filzstift »Kitten« geschrieben war, und das ramponierte Buch, das nach Dubai gereist war und wieder zurück. Dann sah sie wieder mich an und sagte mit ganz ruhiger Stimme »danke«.

»Schon gut«, sagte ich ebenso ruhig. »Ich möchte, dass du wieder nach Hause kommst, Kitten. Ich vermisse dich.«

Kitten sagte nichts dazu, sie blickte auf den Tisch hinunter.

»Glaubst du, dass es dir bald besser gehen wird?«, fragte ich.

Kitten schnalzte gereizt mit der Zunge. »Mit mir ist doch alles in Ordnung, Poppet!«, sagte sie und schüttelte den Kopf, als wäre das alles lächerlich. »Ich meine, Gott, WOW, ja, ich habe Kokain genommen. Und ein wenig Valium, um danach schlafen zu können. Und hin und wieder eine Ecstasy-Pille. Und okay, ich habe ziemlich viel gesoffen, ungefähr jeden Tag, aber das ist für Londoner Maßstäbe nicht so viel, oder? Alle in meinem Freundeskreis haben es sich viel mehr gegeben als ich! Warum bin ausgerechnet ich hier? Ich bin doch hier bloß der Sündenbock, nur weil ich am berühmtesten bin!«

Ich wusste nicht, was ich dazu sagen sollte. Ich erinnerte mich an etwas, das Dr. Sarzberg neulich zu mir gesagt hatte, nämlich, dass »alle Gefühle ihre Berechtigung« hätten. Im Prinzip heißt das: Wenn jemand etwas sagt, das wirklich von Herzen kommt – selbst wenn es noch so dumm ist und man nicht damit einverstanden ist –, dann ist das immer noch die Meinung desjenigen und man sollte sie sich anhören. Alle Gefühle haben ihre Berechtigung.

Mir gefällt diese Idee. Ich dachte darüber nach, wie Kitten sich wohl fühlte.

»Aber Kitten«, sagte ich. »Nur weil sich ein paar Leute noch mehr Schaden zufügen, bedeutet das nicht, dass wir uns keine Sorgen um dich zu machen brauchen. Es bedeutet nicht, dass du nicht drogensüchtig bist. Du bist diejenige, um die wir uns Sorgen machen.«

Kitten machte ein zutiefst finsteres Gesicht.

»Ich bin keine Drogenabhängige!«, sagte sie und klang, als würde sie wieder ziemlich zornig werden. »Ich amüsiere mich nur gern! Was ist so falsch daran, sich zu amüsieren? Was erwarten sie denn von mir? Soll ich vielleicht nur zu Hause herumsitzen? Weißt du, was diese idiotischen Suchtberater hier zu mir sagen, Poppet? Sie sagen, ich soll achtundzwanzig Tage Entzug machen. Und dann soll ich den Kontakt zu meinen alten Freunden abbrechen und nicht mehr ins *Catastrophe 13* gehen. Und ich soll ein neues Leben beginnen und daran arbeiten, körperlich und geistig fit zu werden. Zum Beispiel mit JOGGEN oder KARATE anfangen! Sie sagen, ich soll damit beginnen, die einfachen Dinge des Lebens zu genießen, zum Beispiel Zeit mit meiner Familie verbringen, eine Fernsehshow anschauen. Außerdem soll ich nicht nur nie wieder Drogen nehmen, sondern auch NIE WIEDER Alkohol trinken. NIE WIEDER. KANNST DU DIR DAS VORSTELLEN?«

Ich versuchte, es mir auszumalen. Ich versuchte, mir unser Haus ohne Alkohol vorzustellen. Ich schaffte es nicht. Octavia Gardens Nr. 1 ohne eine rappelvolle Hausbar? Kein *Châteauneuf-du-Pape* zum Abendessen, kein *Bollinger*-Champagner am Freitagabend, mit dem das Wochenende eingeläutet wird? Ohne Cocktailpartys an Weihnachten? Kein Wodka Tonic in der Küche für Mom und Dad, wenn Dad aus New York zurückkommt? Ohne Moms legendäre

Geburtstagspartys in der Toskana, bei denen sich alle hemmungslos volllaufen lassen und dann in den Pool springen?

Nein, ich konnte es mir nicht vorstellen. Zum ersten Mal tat mir Kitten ein wenig leid.

Es war, als würden meine Eltern sie zu etwas zwingen, das wirklich unmöglich war, etwas, was sie nicht einmal selbst schafften.

»Aber ich werde dir helfen!«, sagte ich. »Wir werden andere Dinge finden, die wir in London unternehmen können, die nichts mit Alkohol oder anderen schlechten Dingen zu tun haben!«

Kitten schaute mich angewidert an.

»Wir könnten zum Beispiel ... Museen besichtigen!«, sagte ich. »Und wir könnten zusammen Kekse backen wie damals, als wir klein waren! Und ... und ... wir könnten Blumen pflanzen, im Garten! Hey, erinnerst du dich noch daran, wie wir die Sonnenblumen gepflanzt haben, Kitten? Die so groß geworden sind, dass wir Angst bekommen haben? Das könnten wir wieder machen! Wir könnten Tomaten und Kräuter pflanzen ... und Kartoffeln!«

Kitten war jetzt aufgestanden. Sie war eindeutig nicht in Stimmung, sich noch mehr von meinem Geschwafel anzuhören.

»Poppet, ich werde den Rest meines Lebens verdammt noch mal nicht damit verbringen, in Octavia Gardens festzusitzen und mit dir Kartoffeln anzupflanzen, du nervige Rotznase. Da würde ich noch eher den Tod durch Göffel in Kauf nehmen.« Dann drehte sie sich auf dem Absatz um und rauschte verärgert aus dem Besucherzimmer.

Ihr Schlusskommentar beunruhigte mich ehrlich gesagt nicht die Bohne. Gemessen an den Streitigkeiten und Handgreiflichkeiten, die ich mit Kitten in den letzten paar Jahren ausgetragen hatte, war das ein richtig liebevoller Abschied.

Ich war froh, dass ich sie besucht hatte.

Als ich *Paradise Vision* verließ, war ich so übermütig, dass ich einen außergewöhnlich mutigen Entschluss fasste. Ich nahm nicht sofort den Bus von Kilburn zurück nach Hampstead.

Stattdessen beschloss ich, etwas zu essen zu kaufen. Ich wollte einen dieser *McDonald's*-Läden finden, wohin Cyril Flash und mich einmal mitgenommen hatte. Ich wollte einen dieser McFlurrywurry-Dinger kaufen und vielleicht ein paar Pommes frites. Oder vielleicht eine Suppe oder ein Stück Pizza oder was immer es bei *McDonald's* gab. Ich hatte ehrlich gesagt keinen blassen Schimmer, was es bei *McDonald's* so gab, und ich wusste auch nicht, ob man vorher anrufen musste, um einen Tisch zu reservieren oder so, aber das war mir gleichgültig. Ich traf einfach nur eine spontane Entscheidung und legte los.

Poppet Montague-Jones war nicht mehr zu bremsen!

Nun, ich muss sagen, dass diese ganze *McDonald's*-Erfahrung in mehr als nur einer Hinsicht völlig verrückt war. Ich war gegen drei Uhr nachmittags da, also nicht gerade zu einer offiziellen Essenszeit wie Mittagessen, Abendessen oder Nachtmahl, aber das Restaurant war trotzdem sehr voll und an jeder Kasse standen sechs Leute Schlange.

Ich fragte einen Mann, der Tabletts abräumte, ob es eine Bedienung gab oder vielleicht sogar einen VIP-Bereich mit einer teureren Speisekarte, aber er schaute mich nur an, als hätte ich gerade gesagt »HALLO, ICH BIN JESUS CHRISTUS, DER HEILAND, LASS MICH DEN HEILIGEN GEIST AUF DICH HERABSENKEN«.

»Nein, das da ist die Schlange«, sagte er und ging weg.

Ich stellte mich in die Schlange, in der es vorwärtszugehen schien, und starrte die Speisekarte an der Wand über den Köpfen des Servicepersonals an. Sie ergab absolut keinen Sinn. Sie verkauften etwas, was Big Mac hieß, aber es stand nicht dabei, wie »big« so ein Mac eigentlich war. Und wie groß war dann wohl ein normaler Mac? Außerdem verkauften sie ein Gericht, das »Fischfilet« hieß, aber nirgendwo stand, um was für einen Fisch es sich handelte und ob er gedämpft oder gebraten wurde. Vielleicht war es so etwas wie der »Fang des Tages« im Les Moules in Saint-Tropez und der Küchenchef serviert einfach das, was am frischesten reingekommen ist? Und welche Teile des Huhns waren nun eigentlich die »Nuggets«? Die Hühnerbrust? Es war schrecklich verwirrend.

Der Rest der Speisekarte schien aus verschiedenen Burgern zu bestehen, aber ich wusste nicht, ob ich das überhaupt mochte, weil ich noch nie wirklich einen gegessen hatte. Mom hatte den Au-pairs vor Jahren verboten, uns irgendwelche Burger, Würstchen oder Hackfleisch zu füttern, weil wir davon angeblich Rinderwahnsinn bekämen. Meine Mutter sagt, dass genau das bei diesen verwilderten Jugendlichen in Cottingham der Fall sei: Sie würden jeden Tag Burger essen und dadurch sei ihr Gehirn buchstäblich verrottet. Plötzlich stand ich an der Spitze der Schlange und stotterte und schwitzte, während ich versuchte, meine Bestellung aufzugeben.

»Kann ich bitte einen, ähm, Burger haben?«, sagte ich zu einem Jungen mit grüner Schildmütze und einem T-Shirt mit Sternen auf dem Namensschildchen.

»Cheeseburger, Big Mac?«, sagte er und drückte nebenher auf einem Bildschirm herum.

»Was genau *ist* denn bloß ein Big Mac?«, fragte ich.

»Was?«, fragte der Junge.

»Ein Big Mac?«, sagte ich. »Was ist das?«

Ich merkte, dass er darüber erst nachdenken musste.

»Das ist, ähm, ein Burger«, sagte er. »Mit einem Extraburger und etwas Soße und ähm. . .« Er sah völlig ratlos aus. »EIN BIG MAC IST EINFACH EIN BIG MAC! Ein Big Mac eben. Das ist ein Burger.«

»Okay, super«, sagte ich nervös. Der Druck, jetzt sofort eine Entscheidung zu treffen, war hoch. »Dann nehme ich einen.«

»Go large?«, fragte er.

»Ja, mit Goolardsch bitte«, sagte ich. Ich wusste zwar nicht, was Goolardsch-Soße war, aber ich beschloss, keine weiteren Fragen mehr zu stellen, weil hinter mir schon ein paar Mädchen kicherten.

»Oh, und einen McFlurrywurry bitte.«

»KitKat, Smartie oder Daim?«

»Einen aus Eis?«, sagte ich und er schüttelte ein wenig den Kopf.

»Getränk dazu?«, fragte er.

»Oh, klar, haben Sie vielleicht Guavensaft oder Tafelwasser mit Granatapfelgeschmack?!«

»Wir haben Coo-laa und Faan-taa«, sagte er jetzt extralangsam, wobei er jede Silbe betonte.

Fantaa? Fantoo?? Ich hatte keine Ahnung, wovon der Typ sprach. »Dann hätte ich eben gern das Phantom«, sagte ich ergeben. Inzwischen lachten alle hinter mir und ich merkte, wie ich knallrot anlief. Mir wurde klar, dass ich hier mit meinem Hampstead-Granny-Akzent total herausstach. Ich musste unbedingt versuchen, weniger wie ich selbst zu klingen. Aber ich wusste nicht, nach wem ich sonst klingen sollte.

»Fünf Pfund fünfzehn«, sagte der Typ an der Kasse und begann, die Sachen auf mein Tablett zu stellen.

»Oh, dann muss ich die hier benutzen«, sagte ich und reichte ihm meine *Coutts*-Karte. Er nahm sie und seine Augen weiteten sich.

»Okay«, sagte er. Dann steckte er meine Karte in das Gerät, wobei er sie vollständig mit der Hand bedeckte, damit niemand sie sehen konnte. Als würde er versuchen, mich zu beschützen oder so.

Ich nahm mein Tablett mit Big Mac, Goolardsch und Flurrywurry und versuchte, einen Sitzplatz zu finden, aber das Lokal war absolut verrückt. Hier war es eher wie auf einer wilden Party, nicht wie in einem Restaurant. Leute drängten sich um Tische oder standen essend herum oder riefen ihren Freunden etwas zu und einmal schien sogar ein Mädchen einen Milchshake nach ihrem Freund zu werfen. Ich schaute mich um, weil ich mich fragte, ob der Manager sie jetzt vor die Tür setzt, aber ich konnte niemanden entdecken, der zuständig gewesen wäre.

Endlich fand ich einen kleinen Tisch mit einem Stuhl dahinter und setzte mich.

Ich wickelte meinen Big Mac aus und schaute mich nach Messern, Gabeln oder Göffeln um, mit denen ich ihn essen konnte, aber alle anderen aßen einfach mit den Fingern, als wären sie auf einem Picknick oder so. Also nahm ich den Burger in die Hand, stopfte ihn mir in den Mund und biss vorsichtig hinein.

Er schmeckte okay. Er war nicht besonders heiß, eher lauwarm. Ich kaute ein paarmal. Zuerst war er salzig, dann füllte plötzlich ein ABSOLUT WIDERWÄRTIGER Geschmack meinen Mund. Es war, als würde eine salzige, nach Essig schmeckende schleimige Raupe meine Kehle hinunterkriechen, anders kann ich es nicht beschreiben. OH MEIN GOTT, WIE EKELHAFT.

»Gngngngngn!«, stöhnte ich und klappte den Burger auf, um nachzuschauen, womit ich gerade vergiftet wurde. Darin lag ein komischer grüner Kreis. Bestimmt eine Scheibe von einer außerirdischen Lebensform oder so etwas. »IGITT!«, sagte ich, fischte es heraus und wickelte es in ein Mundtuch aus Papier (auch wenn ein Mundtuch in diesem *McDonald's*-Laden offensichtlich nicht »Mundtuch« genannt wird – ich hatte das Personal nämlich schon drei Mal nach einem »Mundtuch« gefragt und sie haben mich nur stur angeschaut, bis ich »etwas zum Abwischen, wenn etwas herunterläuft« gesagt habe).

Während ich das giftige Objekt in ein Mundtuch wickelte, hörte ich plötzlich jemanden laut kichern. Ich blickte auf, weil ich inzwischen ein wenig sauer war. Diese ganze

McDonald's-Erfahrung war doch echt eine Zirkusveranstaltung und ich muss sagen, dass ich mich ein bisschen wie der Clown fühlte. Ich hatte schließlich nicht gutes Geld gezahlt, um widerwärtiges Essen zu bekommen und ausgelacht zu werden!

»Du stehst wohl nicht so richtig auf dieses ganze Essiggurken-Zeugs, was?«, ließ sich eine Jungenstimme vernehmen.

Also, so viel ist mal klar: Ich war in dem Moment wirklich ziemlich zornig! Ich blickte zu dem Jungen auf. Ich sah ihm in die Augen und dann: sagte ich rein gar nichts. Hauptsächlich deshalb, weil mir genau in diesem Moment absolut kein einziges Wort, kein Satz und kein Laut einfielen, die ich hätte von mir geben können. Auch wenn es sich absolut irre anfühlt, dies niederzuschreiben, glaube ich ehrlich gesagt, dass er der schönste Junge war, den ich in meinem ganzen Leben gesehen habe. Als ich ihn ansah, schlug mein Magen einfach nur Purzelbäume.

Er hatte große braune Augen, kurz geschnittenes schwarzes Haar und fantastische Wangenknochen. Obwohl er hinter einem Tisch saß, konnte ich sehen, dass er mindestens einen Meter achtzig oder größer war, weil er breite Schultern und sehr lange Beine hatte. Er hatte ein kluges Gesicht, auch wenn sein Lächeln eine Spur unverschämt wirkte. Seine Haut war braun, ganz dunkelbraun, und seine Nase war ein bisschen breit und sehr niedlich. Seine Unterarme waren muskulös, seine Zähne waren weiß und seine Handflächen waren sehr viel heller als der Rest von ihm. Und er war einfach absolut, verdammt toll. Er aß auch einen Burger, aber auf seinem Tisch lag ein naturwissenschaftliches Lehrbuch, als würde er lernen oder so.

»Ich picke sie auch immer heraus«, sagte er und deutete auf mein Mundtuch. Er sprach Cockney, den Londoner Akzent, mit einem winzigen afrikanischen Einschlag – wie Cyril, nur nicht so stark. »Ich kenne niemanden, der Essiggurken mag. Sie sind widerlich.«

Ich öffnete den Mund und klappte ihn wieder zu. Er schaute mich an und dachte wahrscheinlich, ich sei ziemlich unhöflich, dann nahm er wieder seinen Burger und schaute in sein Buch.

»Das war nie und nimmer eine Essiggurke!«, sagte ich entrüstet. »Ich bin äußerst fassungslos! Ich nehme das Ding mit nach Hause und lege es unter ein Mikroskop!«

Der Junge schaute mich an und lächelte. Ich bin mir sicher, dass er wegen meines Akzentes lächelte. Immer wenn ich außerhalb des Lycées oder Octavia Gardens den Mund aufmache, scheinen mich die Leute entweder auszulachen oder verächtlich anzuschauen. Ich versuchte rasch, mir etwas einfallen zu lassen, das nicht nach Granny oder der Queen klang, aber ich schaffte es nicht.

»Doch, es ist eine Essiggurke!«, sagte er. »Das kann ich dir garantieren.«

»Aber Essiggurken schmecken nicht im Entferntesten wie das da«, sagte ich. »Das da ist entsetzlich. Ich meine, wann wurde sie eingelegt? Der Genuss von Essiggurken sollte normalerweise eine angenehme Erfahrung darstellen, als Amuse-Bouche zum Beispiel, aber diese hier ist vollkommen widerwärtig. Ich würde ihr höchstens einen Punkt auf einer Skala von eins bis zehn geben! Nichts mehr davon für heute, besten Dank!«

Der Junge lachte, als ich das sagte. Aber so richtig, als hätte ich gerade das Witzigste gesagt, was er je gehört hatte.

»Warst du noch nie zuvor bei *McDonald's* . . . ähm . . .«, er sah mich fragend an, ». . . wie war noch mal dein Name?«

»Ich hatte ihn noch gar nicht eingeworfen«, sagte ich und versuchte dabei, cool zu sein, wie Vixen es gewesen wäre.

»Möchtest du ihn jetzt vielleicht einwerfen?«, schlug er vor.

»Oh, ich bin Poppet.« Ich wischte meine Hand ab und streckte sie ihm hin. »Sehr erfreut, dich kennenzulernen! Natürlich war ich schon mal bei *McDonald's*. Ich bin praktisch die ganze Zeit hier, ich LIEBE es«, sagte ich und deutete dabei auf mein Phantom-Getränk, an dessen Seite dieser Satz stand.

»Poppet!« Er lächelte mich an. »Ich bin Kwame.« Dann streckte er die Hand aus und ich schüttelte sie.

Seine Hand war warm und überhaupt nicht schwitzig – eben einfach nur warm – und sein Händedruck war kräftig. Es fühlte sich an, als würde die Welt stillstehen. Ich würde keinen Bissen mehr essen können, ich fühlte mich, als würde mir gleich übel, aber glücklich-übel.

»Cammy!?«, fragte ich. »Wie die Kurzform von Cameron?«

»Kwame«, sagte er. »KWAME.«

»Kwame?«, wiederholte ich.

»Kwame!«, bestätigte er. »Das ist sehr verbreitet in London. Es ist afrikanisch.«

»Bist du aus Afrika?«, fragte ich.

»Ähm, na ja«, sagte er, »ja und nein. Ich meine, meine Urgroßmutter stammte aus Afrika. Ich wohne gleich die Straße runter und wurde in dem Krankenhaus da drüben geboren. Meine Mutter nannte mich Kwame, weil sie unsere ghanaischen Wurzeln würdigen wollte. Du weißt schon, anstatt uns einfach einen englischen Namen zu geben. Sie sagt, es sei wichtig, dass wir uns immer an die Sache mit der Sklaverei erinnern. Das ist aber ganz in Ordnung so. Ich mag Kwame.«

»Welche Sache mit der Sklaverei?«, fragte ich.

Er schaute mich an, als würde ich Witze machen, und dann brüllte er praktisch vor Lachen.

»Sklaverei«, sagte er.

»Sklaverei?«, fragte ich. »Was meinst du jetzt damit?«

Kwame machte den Mund auf und klappte ihn wieder zu. »Sklaverei. Der Sklavenhandel!«, sagte er. »Dadurch landeten Hunderttausende Afrikaner in anderen Teilen der Welt!«

»Wie, sie haben Afrika verlassen, um in anderen Ländern einen Job zu finden?«

»Ähm . . . ja«, sagte er. Er wirkte, als wäre er mit seinem Latein am Ende. »So ähnlich, könnte man sagen.«

Es folgte eine Pause. Ich wusste nicht, was ich Falsches gesagt hatte.

»Woher kommst du?«, fragte er mich.

»Oh, ich wohne, ähm, auch gleich die Straße runter«, sagte ich. »Meine Urgroßmutter ist aber Engländerin. Ich bin sozusagen durch und durch britisch.«

Ich lächelte ihn an, als ich das sagte. Ich befürchtete, er könnte wirklich verärgert sein wegen dieser ganzen Sklaverei-Sache. Allmählich kam mir nämlich der Verdacht, dass das eine ganz üble Sache war, aber er sah nicht böse aus, eher fasziniert. Wir starrten uns gegenseitig an und schwiegen eine Weile.

»Was lernst du da?«, fragte ich und zeigte auf sein Buch. »Ich bin ein absolut hoffnungsloser Fall, was Naturwissenschaften angeht. Ich werde wahrscheinlich an einer Vier vorbeischrammen und dabei bekomme ich sogar zwei Stunden pro Woche zusätzlichen Unterricht.«

Kwames Augen wurden groß, als ich das sagte. Er sah wirklich neidisch aus.

»Oh Mann!«, sagte er. »Ich hätte wahnsinnig gern zusätzlichen Unterricht. Aber das ist ganz schön teuer. Dabei brauche ich bei meinen Abschlussprüfungen in den Naturwissenschaften unbedingt eine Eins. Weißt du, ich möchte nämlich Arzt werden.«

Ich saß da, starrte ihn an und sagte nichts. Ich konnte ihn mir gut als Arzt vorstellen. Er wirkte wie einer von diesen Menschen, denen man einfach zutraute, dass sie große und wichtige Dinge schafften.

»Ich möchte mich auf Fieberkrankheiten und Viren spezialisieren und werde hoffentlich irgendwann nach Afrika gehen«, sagte er. »Weißt du, viele der Krankheiten, an denen sie dort sterben, sind sehr leicht auszurotten. Sie brauchen nur mehr Medizin und ärztliche Hilfe.«

»Du meine Güte«, sagte ich. »Das klingt schrecklich klug. Ich weiß nicht, was ich machen werde, wenn ich mit der

Schule fertig bin. Ich meine, ich mache natürlich die zwölfte und dreizehnte Klasse, aber dann mach ich vielleicht ein Brückenjahr oder so was.«

Kwame lachte. »Es ist nur eine Brücke, wenn du weißt, was am anderen Ende der Brücke ist!«, witzelte er. Da war wieder dieses unverschämte Grinsen, aber das machte mir nichts aus.

»Oh Gott, ich hab nicht die leiseste Ahnung«, sagte ich kopfschüttelnd. »Ich muss mir das noch überlegen. Ich meine, ich beschäftige mich ein wenig mit Bildhauerei, aber ich bin nicht so besonders gut.«

»Bildhauerei?«, sagte Kwame. Es folgte eine lange Pause.

»So richtig Bildhauerei? Zum Beispiel mit Marmor? Mit Marmor und einem Meißel? So richtig Klopf-klopf-klopf-Bildhauerei?!«

»Ja, Bildhauerei!«, sagte ich. Meine Wangen fühlten sich wieder ein wenig heiß an.

»Also so, wie es diese reichen Künstler machen?« Kwame kriegte sich ganz offensichtlich gar nicht mehr ein. »Die, die das Ganze dann für Millionen in Galerien verkaufen?!«

»Ja!«, bestätigte ich. Was gab es denn sonst noch für Arten von Bildhauerei?

»Hahahahhahahahaha!«, gackerte er. »Du bist wirklich witzig.« Er schwieg einen Moment. »Das war ein Scherz, oder?«, fragte er.

»Ähm«, sagte ich, weil ich merkte, dass ich etwas echt Schlimmes gesagt hatte. Aber es bestand noch die Chance, es wieder gutzumachen. »Ja! Natürlich! Das war nur ein Scherz. Natürlich beschäftige ich mich nicht mit Bildhauerei. Das wäre ja auch schlimm.«

Jetzt konnte Kwame gar nicht mehr aufhören mit lachen. Von seinem Burger hatte er so gut wie gar nichts gegessen.

»Ich sollte dich Herzogin nennen«, sagte er. »So klingst du nämlich. Kennst du die Herzogin von York? Du weißt schon, diese Sarah mit den roten Haaren. Sie war mit Prinz Andrew verheiratet.«

»Ähm, ja«, sagte ich. »Ich glaube, ich habe schon mal von ihr gehört.«

Ich wollte Kwame nicht erzählen, dass meine Mutter auf Fergies Hochzeitsfotos in der hinteren Reihe in einem pfirsichfarbenen Rüschenkleid zu sehen ist. Mummy kennt Sarah, seit die beiden klein waren.

»Du bist genau wie sie«, sagte er. »Du bist die Herzogin.«

»Gut, das ist okay für mich«, sagte ich lächelnd. »Ich werde dich einfach Kwame nennen, wenn das okay ist.«

Ich war in diesem Moment so glücklich, möglicherweise glücklicher, als ich in meinem ganzen Leben je gewesen war. Und genau in dem Moment sah ich etwas Schreckliches, das durch die Tür kam. Es war WOYCZECK, der Fahrer meiner Mutter, und er stand an der Kasse und bestellte sich sein Abendessen. VERFLIXTER WOYCZECK!

»Oh, mein Gott«, sagte ich. »Kwame, ich muss los. Vielleicht sehe ich dich mal wieder? Hier oder so, okay? Schön, dich kennengelernt zu haben!« Ich schnappte meine Tasche und stand auf.

»Warte doch mal«, sagte er verwirrt, »habe ich etwas Falsches gesagt!?«

»Nein, nein, nichts«, erwiderte ich, »mir ist nur gerade wieder eingefallen, dass ich vor etwa einer halben Stunde woanders hätte sein sollen. TSCHÜSS!« Dann schoss ich zur Tür hinaus und rannte los, um die nächste Bushaltestelle zu finden. Zum Glück bemerkte Woyczeck mich nicht. Er war viel zu sehr damit beschäftigt, sich Burger in sein fettes Gesicht zu schieben.

Und jetzt bin ich zu Hause in meinem Zimmer und kann nicht aufhören, über Kwame nachzudenken. Er geht mir einfach nicht aus dem Kopf. Ich hoffe wirklich, dass ich ihn wiedersehe. Ich vermisse sein tiefes Lachen und seine langen schwarzen Wimpern schon jetzt. Und ich muss mich bei ihm dafür entschuldigen, dass ich nichts über diese Sklaverei-Sache wusste. Ich war nämlich auf Wikipedia und habe nachgelesen, was Weiße den Schwarzen vor ein paar Hundert Jahren angetan haben.

Dass sie gegen ihren Willen aus ihrem Zuhause und ihrem Land verschleppt wurden und arbeiten mussten, bis sie vor Erschöpfung ODER SCHLIMMEREM starben – es war wirklich, wirklich entsetzlich.

Je mehr ich darüber nachdenke, desto mehr finde ich, dass die Schwarzen den Weißen gegenüber unglaublich geduldig und versöhnlich sind. Immerhin sprechen sie überhaupt noch mit den Weißen. Wenn es umgekehrt wäre, wären wir sicherlich noch ziemlich sauer.

Samstag, 17. Oktober

Nach meinem letzten Ausflug ins *Paradise Vision* dachte ich schon, jetzt wäre ich endgültig aufgeflogen. Bin ich aber nicht.

Meine Mutter ist in letzter Zeit nämlich so abgelenkt – ich könnte mir glatt den Kopf mit einer Sense abschlagen und durch einen Pappkarton ersetzen, auf dem ich dann grob mit Lippenstift einen Mund skizziere, und sie würde es womöglich gar nicht merken. So ist sie immer, wenn sie in ein großes Designprojekt vertieft ist. Meine Mutter sagt, es sei nun einmal eine beinahe schmerzliche Konstante in ihrem Leben, dass sie von Zeit zu Zeit »von einer künstlerischen Vision und dem Bedürfnis, sich kreativ auszudrücken, überwältigt wird und den Rest der Welt nur noch durch einen Nebel wahrnimmt«.

Ich glaube aber, dass das nur eine hochtrabende Art und Weise ist zu sagen: »Ich kann jetzt verdammt noch mal nicht mit irgendetwas anderem behelligt werden.«

Ich glaube, deswegen ist sie auch so eine verflixt unordentliche Person. Alle unsere Putzfrauen kündigen früher oder später, weil Mom haufenweise benutzte Papiertaschentücher herumliegen lässt, dazu halb volle Kaffeetassen, zerknüllte Papierbögen und Unterhosen, die sie hinterlässt, wenn sie wie Hurrikan Gloria durch unser Haus wirbelt.

Ich bin noch nicht dazu gekommen, Mom zu fragen, wohin sie heute Morgen fliegt, aber sie war definitiv fort. Ihr *Louis-Vuitton*-Koffer stand im Flur, als ich zu Bett ging, und als ich aufstand, war er weg. Klar, Mom hat versucht, ihre Geschäftsreisen, so lang sie konnte, hinauszuzögern, aber Kittens Entzug dauert jetzt schon deutlich länger, als alle erwartet hatten. Erst gestern rief der leitende Betreuer Mom an und sagte zu ihr, dass Kittens Klinikaufenthalt im Grunde sinnlos ist, wenn sie sich nicht »in das Programm einfügt«. Dass sie dazu nicht bereit sei, hätte sie am Donnerstag bewiesen. Da hätte sie einer Krankenschwester einen Schuh an die Stirn geworfen. Die Krankenschwester hatte versucht, einen Streifen von sechs Co-codamol-Schmerztabletten zu konfiszieren, die sich Kitten mit Klebeband an die Innenseite ihres Oberschenkels, in der Nähe ihrer Muschi, geklebt hatte.

Kitten sei ein hoffnungsloser Fall, sagte der Leiter des *Paradise Vision*, zumindest, solang sie nicht an ihrer Einstellung arbeitet und anderen gegenüber »respektvoller und entgegenkommender« auftritt. Ich muss zugeben, dass ich mir vor Lachen fast in die Hose gepinkelt hätte, als ich das hörte.

»Respektvoll« und »entgegenkommend« – das passt nicht im Geringsten zu meiner großen Schwester. Kitten ist selbst an ihren besten Tagen wie ein wütender Stier, den man in der Kristallglasabteilung von *Harvey Nichols* losgelassen hat. Kitten lässt sich von niemandem vorschreiben, was sie zu tun hat, und sie hat ihr ganzes Leben damit verbracht, respektlos zu sein. Sie war auf jeder Party die Lauteste und durfte einzig und allein, um sich zu entschuldigen, ein zweites Mal in das jeweilige Haus zurückkommen.

Eigentlich ist Kitten, auf eine völlig verrückte Art, ziemlich cool. Komisch ist, dass ich all die Dinge, mit denen sie mich sonst auf die Palme bringt, jetzt, wo sie nicht mehr da ist, am meisten vermisse. Ich wünschte nur, Kitten würde ihre sehr speziellen Fähigkeiten nutzen und einmal für etwas Gutes einsetzen. Oder ist das albern von mir?

Als ich heute ins *Paradise Vision* kam, saß Kitten im Garten und sah bemerkenswert gut gelaunt aus für jemanden, der schon wieder so großen Ärger hatte.

»Oh Mann, Poppet, das ist doch kein Beinbruch«, sagte sie und schob die Hände unter ihre mageren Oberschenkel auf der Gartenbank. »Ich meine, wieder Tag eins. Das ist okay. Ich bin ganz relaxt hier draußen. Weißt du, ich hatte neulich ein paar ganz vernünftige Gespräche mit ein paar von den Therapeuten. Manche von ihnen scheinen fast schon menschlich zu sein. Und die Idiotin, der ich den Schuh an den Kopf geworfen habe, wurde wegen Gehirnerschütterung und nervösem Stress beurlaubt – alles ist also bestens.«

Ich starrte sie an und hätte fast gelacht. Aber ich beherrschte mich, weil sie das nur noch ermutigt hätte.

»Ich dachte, Mom und Dad würden mich jetzt mal besuchen kommen«, sagte Kitten plötzlich. Täuschte ich mich oder klang sie jetzt doch ein klein wenig traurig?

»Mmmmh«, sagte ich. »Na ja, du weißt doch, sie ziehen

dieses Ding mit der ›liebevollen Strenge‹ durch. *Tough love* und so.«

»Ja, ja«, sagte sie verächtlich. »*Tough love*, ha, ha. Also das kann ich dir sagen, tough ist das echt, Poppet. Ich meine, ich bin hier schon seit mindestens einer Million Jahren.«

Das war natürlich EIN BISSCHEN dramatisch, aber ich verstand, was sie meinte.

»Mom ist heute geschäftlich irgendwohin geflogen«, sagte ich.

Wir verstummten beide und beobachteten, wie drei Krankenschwestern aus dem Hauptgebäude herausgestürmt kamen und bei den Gewächshäusern eine junge Frau in die Enge trieben. Sie packten sie am Arm und fummelten ein wenig an ihren Brüsten herum. Dann sagte eine der Schwestern: »Hab sie!«, und hielt eine Schachtel mit zwanzig *Marlboro Lights* hoch.

»Oh, Mann, Anfängerfehler«, sagte Kitten. »Im BH kann man absolut nichts verstecken. Dort schauen sie immer zuerst nach.«

Wir saßen noch eine Weile schweigend da, dann sagte Kitten: »Wohin ist Mom geflogen? New York?«

»Keine Ahnung«, sagte ich. »Ich weiß, dass sich ihre ganzen Projekte wirklich verzögert haben, seit du hier bist. Sie ist deswegen ziemlich schlecht drauf.«

»Na, so schlecht kann sie deswegen auch wieder nicht drauf sein, sonst wäre sie mich doch mal besuchen gekommen!«, sagte Kitten.

»Ich meine, schlecht drauf wegen ihrer Arbeit.«

»Oh.« Kitten verstummte wieder und schaute nach rechts

und nach links und nach hinten. Dann griff sie vorne in die Hose ihres Trainingsanzugs, kramte ein wenig herum und zog eine selbst gedrehte Zigarette und ein Streichholz hervor. Sie entzündete das Streichholz unten an der Bank und steckte sich damit ihre Zigarette an.

»Halt mal für mich Ausschau«, sagte sie, dann zog sie zweimal daran. »Weißt du, was Dr. Sarzberg mal zu mir gesagt hat?«, fragte sie. »Als ich in einer dieser Einzel-Sessions bei ihm war?«

»Nein«, sagte ich. »Was denn?«

»Er sagte, dass es ihm manchmal so vorkommt, als würden sämtliche Kinder der Montague-Jones' verzweifelt versuchen, die Aufmerksamkeit ihrer Mutter zu gewinnen. Deshalb würden wir uns alle so verrückt benehmen.«

»Mmmmh, ja«, sagte ich. »So etwas hat er zu mir auch schon mal gesagt. Er sagte, das sei vielleicht der Grund dafür, dass ich immer wieder androhe, mich umzubringen, auch wenn ich das eindeutig nie vorhatte.«

»Oh Mann, damit drohe ich auch andauernd«, lachte Kitten. »Wir alle tun das doch! Flash sagt ja auch immer, er würde sich umbringen. Ich dachte, alle Kids sagen das!«

»Offensichtlich nicht«, erwiderte ich. »Offensichtlich ist das ziemlich verrückt. Weißt du, jede Woche in das Zimmer von jemandem zu stolzieren, mit einer Packung Schmerztabletten oder einem Stück Seil herumzufuchteln und LEB WOHL, BÖSE WELT zu brüllen, ist offensichtlich etwas, was nur die Montague-Jones tun.«

»Meine Güte«, sagte Kitten. »Das habe ich nie gewusst.«

Daraufhin fühlte ich mich ein wenig schlecht wegen

Mom. Es war, als ob wir ihr an allem die Schuld geben würden.

Ich wusste, dass sie nicht an allem auf der Welt schuld sein konnte. Ich liebe meine Mutter sehr. Und ich weiß, dass Kitten das ganz tief in ihrem Inneren auch tut.

»Ich glaube, Mummy versucht, ihr Bestes zu geben«, sagte ich zu Kitten. »Ich glaube, die Sache ist, dass wir uns alle auch ein bisschen mehr anstrengen sollten. Vielleicht muss sich die ganze Familie Montague-Jones mal darüber Gedanken machen, was schiefläuft, und dann sollten wir uns alle in der Mitte treffen. Vielleicht brauchen wir ein paar neue Hausregeln?«

»Ich dachte immer, wir haben gar keine Hausregeln.«

»Aber vielleicht brauchen wir welche! Vielleicht wäre das die Lösung«, sagte ich.

Dann erklang die Glocke, die anzeigte, dass die Besuchszeit jetzt zu Ende war. Wir standen beide auf und völlig aus dem Blauen heraus umarmten wir uns. Es war das erste Mal seit fast drei Jahren, dass Kitten und ich uns umarmten. Mein Gesicht wurde auf ihren Halsfleck gedrückt und sie gab mir einen Kuss auf den Scheitel. Dann ließen wir uns verlegen los, so als wüssten wir beide nicht, was uns da überkommen hatte.

»Mach's gut, Kitkat«, sagte ich.

»Tschüss, Popsicle«, sagte sie. Dann ging ich nach draußen, setzte mich auf eine Bank in der Nähe des Taxistands und weinte ein wenig. Nicht weil ich traurig, sondern weil ich glücklich war. Und als wäre der Tag nicht schon erstaunlich genug, ging ich auf dem Nachhauseweg bei

McDonald's in der Kilburn High Road vorbei, wo auch etwas Wunderbares passierte.

Als ich gerade eintrat und mich total darauf konzentrierte, mich an all die Sachen zu erinnern, die ich letztes Mal gelernt hatte und die man brauchte, wenn man ein Abendessen bestellen wollte, hörte ich, wie jemand »Herzogin!« rief.

Mein Herz wäre fast stehen geblieben, denn ich wusste sofort, dass es Kwame war. Er war gerade auf dem Weg nach draußen.

»Ich hatte gehofft, dass ich dich treffen würde!«, sagte er etwas außer Atem. »Seit einer Stunde warte ich schon, aber jetzt muss ich gehen! Dummerweise habe ich meiner Mutter versprochen, dass wir zusammen mit meiner Tante essen, und jetzt bin ich schon viel zu spät dran! Oh, Mann, ich muss mich echt beeilen!«

»Schade«, sagte ich und versuchte zu verhindern, dass sich mein Gesicht zu einer schwachköpfig-schmalzigen Fratze verzog. »Vielleicht ein anderes Mal?«

»Ja! Gern!«, sagte er. »Hey, wie wäre es mit Mittwoch? Hier. Am Mittwoch. Um achtzehn Uhr. Wir treffen uns hier!«

»Okay!«, sagte ich.

»Wie ist denn deine Nummer?«, fragte er. »Ich meine, wenn es dir nichts ... ich meine, ich möchte nicht aufdringlich sein, aber ... Kann ich bitte deine Telefonnummer haben?« Er stotterte ein wenig, was absolut süß war.

Ich nickte, also zog er sein Handy aus der Tasche und tippte meine Nummer ein. Dann schenkte er mir ein wirklich hinreißendes Lächeln. »Bis denn, dann!«, sagte er, beugte sich vor und küsste mich auf die Wange. ER KÜSSTE MICH AUF DIE WANGE! Als hätten wir uns gerade zu einem richtigen Date verabredet oder so. »Bis Mittwoch, Herzogin!«, rief er und verschwand dann durch die Tür.

Am liebsten hätte ich sofort Vixen, Striker oder Felix angerufen und ihnen genau erzählt, was geschehen war, aber etwas hielt mich davon ab. Ich weiß irgendwie nicht, was sie über Kwame sagen würden. Kwame ist so vollkommen absolut anders als alle, die wir kennen und mit denen wir so rumhängen. Ich beschloss, dass er vorläufig mein Geheimnis bleiben sollte.

Donnerstag, 22. Oktober

Ich kann einfach nicht glauben, was gestern Abend passiert ist. Ich bin vollkommen am Boden zerstört.

Mein Leben ist eine Lachnummer. Ich bin eine Lachnummer. Ich bin entsetzt darüber, dass ich darauf hereingefallen bin und glauben konnte, dass alles gut werden würde, dass Poppet Montague-Jones vielleicht doch ein normales Leben mit Glückseligkeit und Lachen führen könnte, anstatt endlose Tage mit »bu-huu, ich Arme« unter der Bettdecke zu verbringen und sich über immer neue, völlig irrsinnige Ereignisse aufregen zu müssen.

Ich werde von vorne anfangen:

Gestern zog ich los, um WIE ABGESPROCHEN Kwame für mein heißes Date zu treffen. Das Date, das wir letzten Samstag bei *McDonald's* vereinbart hatten. Kwame hatte definitiv »Mittwoch, achtzehn Uhr bei *McDonald's*« gesagt. Ich bin mir fast neunundneunzig Komma neun Prozent sicher, dass er das gesagt hat. Das hat er gesagt, nicht wahr? »Am Mittwoch. Um achtzehn Uhr. Wir treffen uns hier!«, hat er gesagt. GENAU DAS HAT ER GESAGT. Ich weiß, dass er das gesagt hat. Er sagte nicht zwanzig Uhr. Oder siebzehn Uhr. Er sagte achtzehn Uhr.

Ich erinnere mich noch daran, was ich dachte, als er das

sagte: Donnerwetter, das ist perfekt, weil ich eine halbe Stunde vorher mit dem zusätzlichen Matheunterricht bei Deathbreath Douglas fertig werde, dann habe ich Zeit, mich in der Toilette umzuziehen und den Bus hierher zu nehmen.

Und ich erinnere mich genau, wie ich letzten Samstag die Kilburn High Street entlangging und ganz genau das Outfit plante, das ich in meiner Tasche mit ins Lycée nehmen und nach der Schule anziehen würde. Und wie ich mir überlegte, ob ich die komplette »75D-Brustvergrößerer-Pads-Sex-Kitten-Poppet«-Montur zum ersten Date durchziehen oder ob ich ihn damit erst beim zweiten Date schocken sollte. Oder ob ich vielleicht bis zu unserem dritten oder vierten Date warten sollte. Ich war mir nämlich inzwischen SICHER, dass es dazu kommen würde. Und vielleicht sogar zu einem fünften Date, weil ich mir sicher war, dass Kwame und ich uns hoffnungslos ineinander verlieben würden.

Dann fuhr ich mit dem Bus nach Hause und stellte mir vor, wie ich Mom sagen würde, dass ich nicht vorhatte, meinen Kumpel Felix Hayes-Burlington von gegenüber zu heiraten, der jedes Jahr auf der Liste der »Reichsten Kids Großbritanniens« in der *Sunday Times* steht – weil ihm sein Urgroßvater kurz vor seinem Tod eine Menge Gold und Kunstwerke überschrieben hatte und ihm *nach* seinem Tod auch noch eine Menge Geld und Grundbesitz vererbte.

Tatsache war, dass ich schon bei drei Gelegenheiten versucht hatte, mit Felix herumzuknutschen, und nie hatte ich das gefühlt, was Verliebte eigentlich fühlen sollten. Das, worüber die Leute immer reden. Nämlich dass man sich, wenn man jemanden berührt oder ihm in die Augen schaut, fühlt, als wäre man auf verrückte Art von intergalaktischen Liebes-Aliens weggezaubert worden, und man weder essen noch schlafen kann, wenn man an denjenigen denkt.

So sollte man sich dann fühlen, sagen die Leute, nicht wahr? Und mit Felix fühle ich das nicht. Okay, Felix ist zwar toll und sexy, aber er ist gleichzeitig auch einer meiner ältesten Freunde, und wenn ich ihn sehe, denke ich: Oh ja, lass uns Kekse essen und über Leute ablästern, die wir nicht leiden können.

Aber wenn ich Kwame sehe, DANN HABE ICH DIESES GEFÜHL, und wir haben noch nicht einmal herumgeknutscht.

Ich überlegte, wie ich Mutter das beibringen konnte, ohne dass sie fuchsteufelswild wurde. Vor allem, weil es so klang, als hätte Kwame überhaupt kein Geld. Immerhin hatte er gesagt, dass er sich keinen Zusatzunterricht leisten kann, obwohl er unbedingt erstklassige Noten braucht, um Arzt zu werden.

Ich muss sagen, das verstehe ich eigentlich nicht. Ich meine, Nachhilfe bekommt man doch zu ganz vernünftigen Preisen, oder? Mom bezahlt nur etwa dreihundert Pfund pro Woche zusätzlich für Rechnungen von Nachhilfelehrern. Bestimmt haben doch alle Eltern einen winzigen Betrag wie dreihundert Pfund für so wichtige Dinge wie die Zukunft ihres Kindes übrig?

Wie dem auch sei, es IST MIR GLEICHGÜLTIG, wie viel Geld Kwame hat! Geld ist mir egal!

Das wurde mir wieder klar, als ich letzten Samstag nach Hause kam und meine Eltern eine ihrer kleinen Partys veranstalteten. Mimi und Hector waren gerade aufgekreuzt und hatten zwei Flaschen *Cristal*-Champagner dabei, weil es ihnen allen den totalen Kick gibt, Schampus zu trinken, der pro Flasche fast tausend Pfund kostet. Meine Mutter zeigte ihnen ein Originalkunstwerk des Künstlers Jean Michel Basquiat, das Dad ihr von einer Auktion in Washington DC mitgebracht hatte. Es war so wertvoll, dass es später am Abend von einer privaten Sicherheitsfirma abgeholt und in den Tresorraum der Familie Montague-Jones gebracht wurde.

Na ja, Mom, Dad, Mimi und Hector starrten alle auf die winzige Zeichnung in ihrem Rahmen und fragten sich, wie viel die winzige Kritzelei in vierzig Jahren wert sein würde. Nämlich dann, wenn ich sie erben würde. Wie sich herausstellte ungefähr zehn Millionen Pfund, wenn man davon ausging, dass sich der Kunstmarkt weiterhin so entwickelt wie im Moment. Und ich stand bei ihnen und dachte nur: GELD IST MIR VERDAMMT NOCH MAL TOTAL EGAL! Wenn Kwame kein Geld hat oder keine Erbschaft, wäre das gleichgültig, denn wir wären verliebt!

Man kann also mit ziemlicher Sicherheit sagen, dass ich mich total, wahrscheinlich nahezu wahnsinnig, in Kwame verliebt habe, obwohl ich ihn insgesamt nur fünfundzwanzig Minuten gesehen habe.

Und deswegen habe ich in den letzten paar Tagen viel darüber nachgegrübelt, ob es denn nun wichtiger ist, reich zu sein oder mit jemandem zusammen zu sein, den man wirklich liebt.

Wow, das ist alles ziemlich heftig, oder? Aber es ging

mir nicht mehr aus dem Kopf. Ich wusste, wenn ich meine Mutter fragen würde, dann würde sie sagen, dass Geld wichtiger ist. Auch wenn ich genau weiß, dass sie Dad geheiratet hat, weil sie Hals über Kopf in ihn verliebt war. Und er war damals EINE GANZE ECKE ärmer als sie. Außerdem war Mom im vierten Monat mit Knut schwanger, was auch ein ziemlicher Skandal war. Offenbar war Granny ENTSETZT, als Mom meinen Dad kennenlernte und er Granny gestand, dass seine Eltern George und Susan heißen und als Gesamtschullehrer arbeiten, also im Grunde der unteren Mittelschicht angehören. Meine Mutter war und ist nämlich definitiv ein Mitglied der OBERSCHICHT, wenn nicht noch höher. Sie gehört praktisch zur Aristokratie!

Und obwohl Dad einen Platz an der Universität in Oxford bekommen hatte, danach seinen eigenen Fernsehsender gründete, der tonnenweise Fernsehpreise einheimste, und etwa fünfzehn Millionen Pfund Umsatz pro Jahr machte, brüllte Granny offenbar: »Jocasta, du bist eine absolute Närrin! Dieser Mann ist ein besserer Kleinbürger. Du heiratest nach UNTEN! Du wirst dein Leben lang das Kleingeld zählen müssen. Nur Idioten heiraten der Liebe und nicht des Geldes wegen!«

Für Granny zählte es nicht, dass Dads Firma ein voller Erfolg war und dass er sie schließlich mit zweihundert Millionen Pfund an die Börse brachte. Denn Großmutters Meinung nach hätte meine Mutter Erzherzog Phillipe de Crecoix aus der Habsburgerdynastie heiraten sollen, dessen Butler beim Säubern der Sportgarderobe des Erzherzogs schon mal zweihundert Millionen Pfund in der Reithose finden konnte.

Also, worauf ich hinauswill: Mom schwärmte nun einmal wie verrückt für Dad. Und zwar von dem Moment an, in dem sie ihn 1988 zum ersten Mal auf einer Party in Primrose Hill gesehen hatte, und sie folgte ihrem Herzen und nicht Granny, um mit ihm zusammen zu sein. Und so würde ich es auch mit Kwame machen müssen.

All diese Dinge schwirrten mir im Kopf herum, als ich gestern Abend durch die Straßen in Richtung *McDonalds* ging, aber inzwischen hatte ich innerlich sogar noch mehr Stufen übersprungen und malte mir zum Beispiel aus, wo Kwame und ich leben würden, wenn wir schließlich verheiratet wären:

Meine Güte!, dachte ich zum Beispiel. Das bedeutet, dass ich mit ihm nach Afrika ziehe und an irgendeinem Ort mitten im Nichts wohne, damit wir den Leuten helfen können, die an Fiebern sterben!

Und: Wow, ich werde die erste Frau der Familie Montague-Jones sein, die eine richtige Aufgabe im Leben hat!

Das war sehr aufregend.

Ich betrat also *McDonald's* und kaufte mir eine Diät-Cola und einen McFlurry Smartie. Dann wählte ich einen Platz am Fenster aus und wartete.

Es wurde achtzehn Uhr. Ich starrte zur Tür und wartete weiter.

Dann wartete ich noch länger und schon bald war es achtzehn Uhr zehn. Dann achtzehn Uhr zwanzig und immer noch kein Kwame. Und inzwischen war ich schon sehr verunsichert. Aber ich wollte ganz bestimmt nicht verunsichert aussehen, denn das hieße ja, dass ich verzweifelt aussah. Als ich etwa elf war, habe ich mal in der *Cosmopolitan* gelesen, dass »Männer Verzweiflung schon aus einer Meile Entfernung riechen können«. Seitdem beunruhigt mich die Gewissheit, dass ich mit einem permanent verzweifelt wirkenden Gesicht geschlagen bin.

Zum hundertsten Mal schaute ich auf mein *Blackberry*, aber da waren keine SMS und keine verpassten Anrufe.

Dann schickte ich Vixen, Striker und Felix irgendwelche E-Mails, um die Zeit totzuschlagen und nicht ganz so einsam auszusehen. Vixen hatte mir gerade gemailt, dass sie ein »legales Schlupfloch« in den Regeln ihres Vaters gefunden hätte, durch das sie Zugriff auf ihren Treuhandfonds erhalten konnte. Auf diese Weise hätte sie es geschafft, dreißigtausend Pfund ohne seine Zustimmung abzuheben und nach Argentinien zu schicken, damit den Straßenkatzen geholfen würde. Vixen hatte ein unglaublich süßes Foto angehängt, auf dem etwa hundert schmutzige Katzen zu sehen waren, die von einem gigantischen Teller etwas fraßen, das wie Dosenthunfisch aussah. Das war mit Sicherheit ein schöner Anblick und ich freute mich wirklich sehr für Vix, aber inzwischen war es achtzehn Uhr fünfunddreißig und noch immer keine Spur von Kwame. Und ich hatte keine Nachricht von ihm erhalten, nicht mal eine mit einer miesen Ausrede, und meine Wangen fühlten sich um die Augen herum mächtig schwer an. Ich wusste, dass es jetzt nur noch einer winzigen Menge an Traurigkeit bedurfte und schon würde ich in Tränen ausbrechen.

Dann ertönte plötzlich aus den Lautsprechern der Song »My All« von Mariah Carey, den Vixen und ich insgeheim mögen und der wirklich aufwühlend ist. Es geht um jemanden, der die ganze Nacht wach liegt, weil ihm bewusst wird, dass der andere ihn nicht so liebt wie er ihn, und darum, wie er sich buchstäblich den Arm abhacken würde, um noch einmal Zeit mit dem anderen zu verbringen.

Na ja, das war's dann. Die Schleusen wurden so richtig geöffnet und ich fing an zu weinen. Ich sprang auf, schnappte mir ein paar Papierservietten und rannte zur Tür hinaus. Selbst wenn Kwame jetzt mit der besten Ausrede der Welt hier aufkreuzen würde, wollte ich nicht, dass er mich in Tränen aufgelöst und mit verschmiertem Augen-Make-up sah, das schon die Vorderseite meines T-Shirts fleckig gemacht hatte. Er sollte nicht merken, dass ich aussah wie eine traurige Kuh, die sich seit Tagen Gedanken um ihn gemacht hatte.

Ich hastete die Kilburn High Street entlang, entdeckte einen Bus, auf dem vorne ein paar vage vertraute Straßennamen standen, fuchtelte mit meiner Oyster-Karte und hoffte inständig, dass er mich nach Hause bringen würde. Eine ganze Zeit lang fuhren wir in die beinahe entgegengesetzte Richtung, aber das war mir egal. Ich saß einfach nur da, fast ganz hinten im Bus, mit meinem iPod in den Ohren. Es kümmerte mich einen Dreck, ob ich ausgeraubt oder gekidnappt oder mit Rohypnol betäubt und um eine Niere erleichtert wurde. Ich schniefte einfach nur wie eine Idiotin und wischte mir den Rotz an den Ärmeln meiner *Moleskin* Jacke Marke *Chloe* ab.

Etwa fünf Straßen von unserem Haus entfernt stieg ich aus. Ich setzte mich auf eine niedrige Mauer und versuchte, tief zu atmen, weil ich hoffte, dass dadurch meine Augen abschwellen würden. Dann stand ich auf und versuchte, Strikers Entschlossenheit nachzuahmen, indem ich meine Schultern nach hinten drückte und dachte: LECK MICH, KWAME! Ich stehe sowieso nicht auf dich! Ich hoffe, du fängst dir eine deiner transviralen Fieberkrankheiten ein, die dir den Pimmel verschrumpeln und von hinten in deinen Körper wachsen lässt.

Und dann machte ich mich auf den Weg nach Hause.

Als ich in Octavia Gardens die Haustür aufmachte, hatte ich sofort das seltsame Gefühl, dass gerade etwas Bedeutendes vor sich ging. Von unten aus der Küche drang ein komisches krächzendes Geräusch herauf, das ich nicht so richtig einordnen konnte. Dann kicherte jemand. Und dann entdeckte ich die Koffer meiner Mutter und ihr Handgepäck auf dem Boden des Hauptwohnzimmers. Neben den Koffern lag ein riesiges rosafarbenes Nilpferd mit weißen Pfoten.

Oh, mein Gott!, dachte ich. Warum bringen sie Flash und mir dauernd Stofftiere als Geschenk mit, wenn sie wegfahren? Ich bin fast sechzehn!

Doch als ich mir das Nilpferd genauer anschaute, merkte ich, dass es ein schmutziges, durchweichtes Ohr hatte. Als hätte ein sabberndes Tier darauf herumgekaut. Außerdem hing ein sonderbarer Geruch im Wohnzimmer. Es roch ein wenig nach Pipi oder Schlimmerem, vermischt mit Seife.

Dann hörte ich von unten die Stimme meiner Mutter:

»Oh, was bist du für ein Hübscher! Ja, das bist du! So ein Hübscher!« Sie sagte das mit einer seltsam schmalzigen Stimme, die sie nur verwendet, wenn sie mit MacBeath spricht. Ich konnte auch noch ein paar andere Stimmen plappern hören.

Ich ging hinunter in die Küche und erwartete, dass Mutter mit einigen ihrer Freundinnen eine kleine »Jocasta ist wieder da«-Party schmiss, aber tatsächlich platzte ich mitten in eine Szene hinein, die ich niemals wieder vergessen würde.

Meine Mutter stand an der Spüle und in der Hand hatte sie ein kleines Glas mit etwas, das aussah wie Gemüsebrei. Knut saß am Küchentisch. Er lächelte irgendwie und wirkte gleichzeitig auch ein bisschen entsetzt. Mrs Minsk hielt eine Babyflasche, die halb voll mit Milch war, und machte ihr bestes »ich-reagiere-gar-nicht-auf-dieses-neueste-Ereignis-ich-mache-hier-nur-meinen-Job«-Gesicht.

In einem Hochstuhl mitten in der Küche saß ein winziger Junge, fast noch ein Baby.

Himmel, er war einfach toll. Perfekt. Ein irrsinnig hübscher, kleiner braunhäutiger Junge mit gigantischen braunen Augen und flacher Nase, winzigen Händen mit blasseren Handflächen und so süßen Ohren, dass ich zu ihm laufen und daran knabbern wollte.

»Poppet«, sagte meine Mutter. »Das ist Dragon! Dragon, das ist deine neue große Schwester, Poppet! Ich habe es geschafft, ihn aus dem Waisenhaus in Liberia herauszuholen! Der Papierkrieg war erledigt, deshalb bin ich direkt hingeflogen, um ihn abzuholen. Hier, möchtest du ihn mal knuddeln?«

Mir verschlug es die Sprache.

Mom hob ihn vorsichtig aus seinem Babystuhl und reichte ihn mir. Ich schlang meine Arme um ihn, er knuddelte mich zurück und ich roch an seinem Kopf. Er duftete warm und frisch und schön.

»Dragon!«, sagte ich, aber er reagierte überhaupt nicht auf den Namen. Er sah mich neugierig an, dann streckte er die Hand aus, berührte meine Nase und fing an zu lachen. Ich fütterte ihn mit pürierter Gemüsemischung und danach trank er die restliche Milch. Schließlich legten wir ihn in dem Zimmer, das früher Flashs Babyzimmer war, schlafen.

Flash ist auf einer Naturwissenschaftsfreizeit in Edinburgh. Ich kann mir nicht vorstellen, was er sagen wird, wenn er zurückkommt. Ziemlich viel vermutlich.

Letzte Nacht schlief ich dann also auf dem Sofa in Dragons neuem Babyzimmer, damit ich ihn beim Schlafen beobachten konnte. Und für den Fall, dass er aufwacht und Angst hat. Ich war völlig fasziniert von ihm und konnte gar nicht aufhören, darüber nachzudenken, woher er kam. Außerdem ist Dragons Babyzimmer einer der wenigen Orte, an denen man nicht so gut hören konnte, wie Dad und Mom stritten.

Die Tatsache, dass Mom ohne Dads Zustimmung ein neues Montague-Jones-Kind aus Afrika adoptiert hat, gab nämlich seltsamerweise Anlass zu einer riesigen Menge an neuem Bu-huu.

November

Mittwoch, 4. November

Manchmal glaube ich, wenn ich nicht so gute Freunde hätte wie Vixen, Striker und Felix, würde ich so was von durchdrehen.

Sie alle reagierten absolut toll auf die Medienhysterie, die Dragons Ankunft aus Liberia auslöste.

Fernsehen, Zeitungen und Internet spielten nämlich komplett verrückt, als sie von Moms neuester »Nummer«, wie sie es nannten, hörten.

Am Tag nach Dragons Ankunft entschied ich, dass ich überhaupt nicht berühmt sein wollte. Ich möchte das Kind der Montague-Jones sein, von dem niemand etwas weiß. Keine roten Teppiche mehr. Ich will auch nicht mehr in Mutters Foto-Shootings mit dem Titel »Zu Hause bei den Montague-Jones« für das *Hello!*-Magazin erscheinen. Und ich will Mutter und Dragon auch nicht mehr zu Harrods in Knightsbridge begleiten, um Babykleidung zu kaufen – zusammen mit hundertsiebzehn Paparazzi, die uns wie ein aufgeregter Bienenschwarm folgen.

Das große Problem, wenn man berühmt ist, besteht darin, dass man es nicht einfach abschalten kann, wenn es einem passt. Meiner Mutter gefällt es, in Magazinen und Zeitungen zu erscheinen, wenn sie Werbung macht – zum Beispiel für »Absolutely Jocasta Wall Fabrics – die exklusivsten Tapeten der Welt«. Aber momentan ist es eben nicht so toll, wenn ihr frisch gebotoxtes Gesicht auf allen Titelseiten zusammen mit schrecklichen Schlagzeilen erscheint wie: KITTENS MUTTER IN AFRIKANISCHEN KINDESENTFÜHRUNGSSKANDAL VERWICKELT. Oder: MONTAGUE-JONES' NEUZUGANG »NIEDERGESCHLAGEN UND HEIMWEHKRANK«, SO INSIDER.

Nun, ich muss sagen, dass ich möglicherweise zu Moms strengsten Kritikern gehöre, aber selbst ich weiß, dass es völliger MUMPITZ ist, Dragon als »niedergeschlagen« zu bezeichnen. Dragon wirkt nicht das kleinste bisschen »heimwehkrank«! Ich habe mich gestern vier Stunden lang mit ihm auf dem Kaschmirteppich gewälzt, habe ihn mit dem allerfeinsten Bio-Früchtebrei gefüttert, habe mit ihm *Baby-Einstein*-DVDs auf unserem Zweiundvierzig-Inch-*Sony-Batavia*-Fernseher angeschaut und ihn in einem Buggy aus der Spielzeugabteilung von Harrods herumgeschoben. Dragon hat sich die ganze Zeit totgekichert und dann hat er von sieben Uhr abends bis sieben Uhr morgens geschlafen, als würde er in einem Koma liegen, und dabei fröhliche kleine Schnarcher von sich gegeben. KEIN EINZIGES MAL habe ich gehört, dass Dragon gewimmert hat, er wolle zurück in das Aids-Waisenhaus, weil er die Matratze und die Bettwanzen darin vermisst. Aber ich verstehe, warum die Zeitungen über Mom herziehen, weil sie sich nämlich über alle offiziellen Regeln und Vorschriften hinweggesetzt hat, um Dragon überhaupt zu uns nach Hause zu holen.

Aber so ist das eben, wenn man megareich ist, oder? Wenn man reich ist und von jemandem zu hören bekommt, dass etwas nicht geht, dann denkt man sich nur: »Wen könnte ich bezahlen, damit ich das tun darf?«

Zum Beispiel als Kittens Freund Stephanos diese alte Dame überfahren hat, als er in Chelsea betrunken Auto gefahren ist. Nun, wenn er nur IRGENDJEMAND gewesen wäre, hätte er seinen Führerschein verloren und wäre ins Gefängnis gewandert. Aber weil Stephanos' Vater nur so in Kohle schwimmt, ganz zu schweigen davon, dass er ein ziemlich hohes Tier in der griechischen Botschaft in London ist, hat er einfach ein paar Leuten Geld gegeben und die Polizei hat gar nichts dagegen unternommen. So läuft das nun mal, wenn man reich ist.

Granny sagt, dass es schon immer so war, vor allem bei der britischen Königsfamilie und ihren Angehörigen, denn wir sind ja von Gott auserwählt – wie sie uns immer wieder ins Gedächtnis ruft.

»Was mich WIRKLICH WAHNSINNIG macht«, tobte Mom heute Morgen, »ist, dass alles, was ich hier tue, eigentlich etwas Gutes ist, Poppet. Aber die Leute wollen mich trotzdem nach Strich und Faden fertigmachen! SIE WOLLEN MICH MIT IHREN LÜGEN FERTIGMACHEN!«

Mom hatte gerade einen Beitrag in der Zeitung *The Daily Mail* gelesen, in dem stand: »Jocasta Montague-Jones rief breite Kritik hervor« (stimmt), »weil sie liberische Beamte bestochen hat« (stimmt), »um ein Waisenkind zu sich nach Hause in Hampstead zu holen,« (stimmt), »ohne dies vorher mit ihrem Ehemann James besprochen zu haben« (stimmt),

»oder mit ihren Kindern Kitten Calipso, Knut Hadrian, Flash Niagara und Poppet Zanzibar, die alle zutiefst schockiert von diesem Schachzug waren« (stimmt auch). Außerdem schrieb die Zeitung, dass ihre Tochter, die berühmt-berüchtigte Prominente Kitten, aufgrund der Adoption angeblich fassungslos und traurig gewesen sei, da ihre Mutter sie während ihres noch andauernden Aufenthalts in einer Entzugsklinik nur ein einziges Mal besucht hätte und dabei versäumte, das Baby zu erwähnen (STIMMT, STIMMT, STIMMT! Mutters Besuch bei Kitten hat mehr Schaden angerichtet, als Gutes zu bewirken. Er war noch schlimmer als diese Tough-love-Angelegenheit).

»Welcher Teil davon soll denn nicht wahr sein?«, fragte ich Mom heute Morgen, während ich meinen Haferbrei aß.

»Na ja, erstens sagen sie, ich sei siebenundvierzig, und das bin ich verdammt noch mal noch nicht! Ich bin vierundvierzig!«, sagte Mom missbilligend. »Ich glaube, das liegt daran«, sagte Flash hilfsbereit, »dass du eine Ewigkeit behauptet hast, siebenunddreißig zu sein, Mummy, obwohl du schon viel älter warst. Ich glaube, sie revanchieren sich gerade.«

»Danke, Flash«, sagte Mutter mit zusammengebissenen Zähnen. »Sehr clever, dass du dich daran erinnerst.«

Ich merkte, dass sie zu Flash gerne sagen wollte, er solle sich jetzt für die Schule fertig machen und damit aufhören, sich so gut an schlechte Sachen zu erinnern. Aber wir versuchen gerade alle, so lieb wie möglich zu Flash zu sein. Er reagierte nämlich auf die Sache mit Dragon ausgesprochen verdrossen. Als Dragon ankam, sprach Flash eine Woche lang mit keinem von uns. Schließlich nahm ich ihn beiseite und bat ihn darum, uns zu helfen: Wir müssten Dragon unbedingt mehr Wörter beibringen, weil er doch noch klein sei und weil in seinem alten Zuhause bestimmt nicht viele Leute mit ihm gespielt hätten, sodass er deshalb ein wenig hinter anderen Kindern herhänge.

Na ja, Flash war begeistert von der Idee und bringt Dragon seitdem alles Mögliche bei. Dragon kann inzwischen »Mond« und »Zug« sagen und ein Wort, das irgendwie wie »Maccapacca« klingt. So langsam mache ich mir Sorgen, dass wir bald einen zweiten Flash haben. Damit müssten wir dann erst mal fertig werden.

»Was mir einfach nicht in den Kopf will«, sagte meine Mutter, während sie mit den Händen auf die Ausgabe der *Daily Mail* schlug. »Woher nehmen sie diese Informationen? Woher wissen sie von diesem Thomas-die-kleine-Lokomotive-Buggy und dem Babyzimmer mit der himmelblauen Decke?!«

»Ich habe absolut keine Ahnung«, sagte Flash und ging abrupt weg.

Als ich aus dem Haus ging, saßen fünf Leute mit Kaffeebechern und Kameras auf den Stufen vor unserer Haustür. Ich bedeckte mein Gesicht mit einem Schal und meiner Schultasche und ging die Treppe hinunter.

Jemand näherte sich mit etwas, das wie eine Videokamera aussah, deshalb sagte ich mit meiner ausdruckslosesten Stimme: »Ich gebe Ihnen nicht die Erlaubnis, mich zu filmen. Ich gebe Ihnen nicht die Erlaubnis, mich zu filmen.« Kitten hatte mir einmal gesagt, dass ich das tun sollte, wenn ich das Gefühl hätte, gefilmt zu werden. Zumindest würde dann nämlich die Person, die einen filmt, schlecht dastehen, wenn sie den Film ins Internet stellt. Außerdem würden viele Zeitungen die Sequenz dann nicht für ihre Websites kaufen, weil sie dann auch schlecht dastünden.

Ich sprang auf den Rücksitz der Großraumlimousine und war erleichtert, Cyril auf dem Fahrersitz zu sehen. Er ist einfach immer so gelassen, dass einem auch noch die verrückteste Situation plötzlich viel entspannter vorkommt.

»Wie geht es dem Neuzugang?«, fragte er.

»Oh, es geht ihm gut!«, erwiderte ich. »Na ja, besser als gut, es geht ihm fantastisch.« Ich musste schon grinsen, wenn ich an Dragon nur dachte. Es ist schwer, nicht zu grinsen, wenn man an Dragon denkt.

»Sie gehen heute noch mehr neue Kleider kaufen. Er ist schon aus vielen von den Sachen, die sie ihm vor ein paar Wochen gekauft haben, herausgewachsen. Jetzt, wo er ordentlich zu essen kriegt.«

»Große Güte«, sagte Cyril, »das Kind wurde in den siebten Himmel katapultiert! Es ist wunderbar, was deine Mutter gemacht hat. Gott wird sie dafür belohnen.«

Ich konnte nicht glauben, dass Cyril das sagte. Niemand sonst sagte das.

Wir holten Vix und Striker ab und machten uns auf den Weg in die Schule. Vixen plapperte über diesen neuen Jungen namens Hugo, der hinter ihr her war. Er war der jüngere Bruder eines Freundes von Prinz Harry. Striker redete indessen darüber, die Schule so bald wie möglich verlassen zu wollen, weil sie nach Brooklyn, New York, ziehen wollte, um dort eine New-Rave-Band für diese Squat-Partys in besetzten Häusern zu gründen und vielleicht einen eigenen Musik-Blog aufzuziehen. Ich saß einfach nur zwischen ihnen, starrte aus dem Fenster, während wir durch den Stau krochen, und dachte: Mann, das dauert ja ewig. Wir wären garantiert schneller da, wenn wir mit dem Bus fahren würden.

Im Lycée waren Vixen und Striker einfach fantastisch, sie benahmen sich den ganzen Tag lang wie meine Bodyguards, und wenn irgendjemand versuchte, mir peinliche Fragen über Dragon zu stellen, sagte eine von ihnen: »Hör mal, können wir einfach das Thema wechseln? Poppet möchte, dass wenigstens ein bisschen von ihrem Privatleben privat bleibt, verstehst du?«

Und einmal, als Blitzen einen schrecklich höhnischen Kommentar darüber abließ, dass die Montague-Jones eine »sehr moderne kleine Patchworkfamilie seien«, drehte sich Striker zu Blitzen um und sagte zu ihr, sie soll »verdammt noch mal ihren dummen Mund halten«.

Es wurde sehr still in Mathe, als Striker das sagte. Blitzen sah zutiefst schockiert und danach total zornig aus. Sie machte den Mund auf, um noch etwas zu sagen, aber Striker funkelte sie an, als würde sie sagen wollen: KOMM SCHON, BLITZEN, VERSUCHS DOCH.

Der Morgen zog sich ewig und die Mittagspause sogar noch länger und der Nachmittag dauerte etwa siebenundzwanzig Monate, bis es endlich läutete und wir nach Hause gehen durften. Als Vixen, Striker und ich jedoch durch das Schultor und auf die Großraumlimousine zutrotteten, geschah etwas sehr Aufregendes und in der Tat völlig Unerwartetes. Ich wollte gerade die hintere Tür öffnen, als mir plötzlich jemand auf die Schulter tippte und eine Stimme »Herzogin!« sagte.

Ich wäre vor Schreck fast aus der Haut gefahren. Es war Kwame! Er stand direkt vor mir und wirkte enorm glücklich, mich zu sehen. Ich war total baff und fing an zu grinsen, bis mir einfiel, was für ein totales Schwein er war und wie sauer ich eigentlich auf ihn bin.

»Oh, mein Gott!«, sagte er. »Ich habe dich gefunden. Endlich!«

Ich starrte ihn an. Mein Mund klappte auf und schloss sich dann wieder. Alles, woran ich denken konnte, war, wie ich allein im *McDonald''s* gesessen und auf der Heimfahrt im Bus geweint hatte. DAS SCHWEIN HATTE MICH SITZENLASSEN!

»Nun, vor ein paar Wochen war ich ganz leicht zu finden«, sagte ich. »Ich war um achtzehn Uhr bei *McDonalds*, erinnerst du dich? Genau wie du gesagt hast. Und du bist nicht aufgetaucht. Und du hast mich nicht angerufen! Du hast mich seitdem *überhaupt* nicht angerufen! Nicht dass mir das etwas ausmachen würde, ganz und gar nicht! Aber das war total unhöflich. Und außerdem bist du voll das miese Schwein!«

Vixen und Striker schauten sich das ganze Drama vollkommen verblüfft an.

»Ich habe deine Nummer verloren!«, sagte Kwame. »Mein Handy wurde geklaut. Ich wurde ausgeraubt!«

Ich schaute ihn an. Er schien tatsächlich nicht zu lügen.

»Ich wurde ausgeraubt, als ich auf dem Weg zu dir durch den Park ging«, erklärte Kwame nun. »Zwei Typen haben mir ins Gesicht geschlagen und dann das Portemonnaie abgenommen. Dann versuchten sie, mir das Handy wegzunehmen, aber ich wollte es ihnen nicht geben, weil dort deine Nummer gespeichert ist, und dann hat einer von ihnen das hier gemacht: Schau!« Er krempelte seinen Ärmel hoch und da war eine Schnittwunde. Wie eine Narbe von einem Cutter oder so, die von drei Stichen zusammengehalten wurde.

»Oh nein! Kwame!«, rief ich. Es war schrecklich.

»Es hat ziemlich stark geblutet«, erzählte Kwame. »Deshalb musste ich ins Krankenhaus. Und ich habe nach einer Möglichkeit gesucht, bei *McDonald's* anzurufen, aber ich hatte viel Blut verloren. Deshalb haben wir einander verpasst.«

Vixen und Striker waren inzwischen ins Auto gestiegen, weil sie nicht wollten, dass es so aussieht, als würden sie lauschen. Zu meinem großen Ärger war jedoch Woyczeck, der Fahrer, ausgestiegen und starrte uns unverhohlen an.

»Poppet, steigen Sie ein, wir müssen los«, sagte er und warf Kwame einen fiesen Blick zu.

»Einen Moment noch!«, sagte ich.

»Wir müssen gehen«, sagte Woyczeck, »schauen Sie sich doch mal den Verkehr an!«

Woyczeck stieg wieder ein und knallte die Tür zu. Ich starrte Kwame an und erinnerte mich plötzlich wieder daran, wie toll und absolut liebenswert er war.

»Und wie hast du mich jetzt gefunden!?«, fragte ich.

»Ich habe mich überall in der Gegend vor Schulen gesetzt«, sagte er und lachte ein wenig. »Ich muss wohl wie ein Perverser gewirkt haben. Aber nach der dritten Schule dachte ich mir: Was tue ich hier eigentlich? Die Herzogin muss auf dem Lycée sein, bei dem Akzent.«

Ich lächelte, als er das sagte, und merkte, wie meine Wangen langsam rot wurden. In diesem Moment wurde das elektrische Autofenster heruntergefahren und Striker sagte: »Um Himmels willen, Poppet, steig ins Auto, dein Fahrer kriegt gerade einen Nervenzusammenbruch.«

»Ich muss los«, sagte ich. Ich wollte absolut nicht gehen. Verdammter Woyczeck!

»Okay, aber lass uns gleich ein neues Treffen ausmachen, ja?!«, erwiderte er. »Dieses Mal werde ich auftauchen! Das verspreche ich. Ich werde ab jetzt die Wohnung nicht mehr verlassen, bis ich dich treffe, damit niemand die Gelegenheit bekommt, mich zu überfallen!«

Ich blickte ihn an. Auf keinen Fall würde ich Nein sagen. Am liebsten wäre ich gleich hier und jetzt mit ihm weggelaufen, um mit ihm zusammen zu sein.

»Wo?«, fragte ich.

»Samstag, dreizehn Uhr. Kennst du diesen Smoothie-Laden, *Mario's,* wo es auch Kuchen und so gibt? Von *McDonald's* aus etwa zehn Häuser weiter.«

»Ja«, sagte ich, mächtig erleichtert. Natürlich kannte ich den Laden. Bei *Mario's* gab es Tafelwasser mit Fruchtgeschmack und niemand versuchte, mir widerwärtige Essiggurken ins Abendessen zu stopfen. Ich war dort so etwas wie ein Stammgast.

»Dann treffen wir uns dort! Gib mir eine zweite Chance!«

»Okay«, sagte ich, »dreizehn Uhr im *Mario's.*«

»Dreizehn Uhr im *Mario's!*«, wiederholte er. Er schaute mich an und lächelte wirklich breit, dann legte er mir die Hände ums Gesicht und küsste mich auf die Stirn.

Also, das hätte mich dann echt fast umgehauen.

Ich schlüpfte auf den Rücksitz des Wagens, wo die anderen schon warteten. Zum Glück hatte offenbar keiner von ihnen den Zwischenfall mit dem Kuss mitgekriegt. Ich fühlte mich leicht wie ein Luftballon, als hätte ich zu viel Liebesgas inhaliert. Aber Woyczeck machte diesen Moment zunichte, indem er sagte: »Was Sie sprechen mit ihm, Miss Poppet? Das nicht gut.«

»Wie meinen Sie das?«, fragte ich.

»Schwarze Junge hängen rum vor Schule«, sagte er. »Sieht aus wie Drogendealer.«

Striker und Vixen schnappten nach Luft, als er das sagte, aber sie wussten nicht, was sie sagen sollten. Ich auch nicht.

Mir schwirrte irgendwie der Kopf. Eigentlich wollte ich total ausrasten und ihn anbrüllen. Und danach wollte ich seinen Boss anbrüllen, damit Woyczeck gefeuert wird, weil er ein totaler Rassist ist. Aber ich wusste auch, dass Woyczeck eine Frau und drei Kinder hat, und wenn er seinen Job verlieren würde, wäre das ziemlich schlimm für sie.

Außerdem – wenn ich mich bei Mutter über Woyczeck beschwerte, dann würde sie alles über Kwame wissen wollen und wie genau ich ihn kennengelernt hatte. Das würde dann noch mehr Schaden anrichten.

»Er ist kein Drogendealer, Woyczeck!«, sagte ich verärgert. »Er ist ein Freund von mir und er wird später Arzt werden. Und ich wäre Ihnen sehr dankbar, wenn Sie Ihre Meinung ab jetzt für sich behalten würden.«

Woyczeck starrte geradeaus, als würde er mich gar nicht hören.

Die Fahrt nach Hause verlief dann in der Tat sehr schweigsam. In dem Moment, in dem Vixen, Striker und ich jedoch unsere jeweiligen Zimmer erreichten, waren wir natürlich sofort auf MSN und tippten mit fliegenden Fingern, weil die Mädels jedes einzelne Detail wissen wollten über den »megatollen schwarzen Jungen, der später Arzt werden würde«.

Samstag, 7. November

Heute war definitiv einer der schönsten Tage meines ganzen Lebens. Ich wusste es schon, als ich die Kilburn High Street entlangging und den Bugaboo-Cameleon-Kinderwagen mit Dragon darin vor mir herschob. Die Sonne kam raus und schien auf uns herunter, obwohl es inzwischen November war.

»Sonne!«, sagte ich zu Dragon. Er lächelte mich an und wir zeigten beide nach oben.

»Zonne!«, sagte er und dann lachten wir beide. Ich weiß, dass es möglicherweise sonderbar war, Dragon zu dem Date mit Kwame mitzunehmen, aber zu diesem Zeitpunkt fühlte es sich total natürlich an.

Dragon und ich hatten zusammen einen sehr angenehmen Morgen verbracht. Wir hatten »Pferdchen« gespielt. Letzten Donnerstag hat Dragon Mom und Pearl nämlich beim Reiten zugeschaut und findet seitdem, dass Pferde das Beste auf der ganzen Welt sind.

Seit sieben Uhr morgens war ich also durch sein Kinderzimmer galoppiert, hatte dabei gewiehert und »klippklapp, klippklapp« gerufen und so getan, als würde ich unsichtbare Karotten fressen, bis Dragon fast hysterisch war vor lauter Kichern. Um die Mittagszeit beschloss ich, dass ich ihn nicht in seinem Kinderzimmer zurücklassen würde.

Mom war übers Wochenende geschäftlich unterwegs und Dad war in Moskau, um eine neue Fernsehstation aufzubauen. Alle anderen Familienmitglieder waren entweder »im Klima-Camp, um zu protestieren«, »in der Tagesgruppe für hochbegabte Kinder« oder »auf Entzug«, deshalb dachte ich plötzlich: Warum nehme ich Dragon nicht einfach mit? Immerhin bin ich seine große Schwester. Das ist sicher besser, als ihn bei einer seiner Nannys zu lassen.

Vielleicht würde Dragon gern die Welt außerhalb von Octavia Gardens und dem Rücksitz eines Wagens mit Chauffeur kennenlernen?, dachte ich. Vielleicht würde er gern mal einen Smoothie probieren oder einen Löffel voll McFlurry?

Dann dachte ich: Vielleicht *sollte* Dragon ja hinausgehen und Teile der echten Welt sehen, dann wird er später nicht so verängstigt sein wie ich damals, als ich zum ersten Mal mit dem Bus fuhr.

Ich sagte zu Dragons Nanny Rosalla, dass ich Dragon in seinem Buggy zu einem Spaziergang mitnehmen wollte und dass sie ihn so rasch wie möglich fertig machen sollte. Rosalla sah begeistert aus, als wäre das das Beste, was sie in dieser Woche gehört hatte. Ich warf einen prüfenden Blick aus dem Erkerfenster.

Weit und breit kein Paparazzo. Perfekt. In null Komma nichts waren wir unterwegs.

Wir fuhren mit dem Bus in die Kilburn High Street und ein freundlicher muslimischer Mann in einem langen Gewand half mir, den Buggy die Stufen hinauf in den Bus zu tragen, damit ich meine Oyster vorzeigen konnte. Als wir aussteigen wollten, half mir ein Mann in schmutzigen Jeans, Dragons Kinderwagen hinauszutragen. Er sah aus wie jemand, den Mom vielleicht ins Haus holen würde, um etwas zu streichen.

Die Leute in der Welt da draußen sind eigentlich ziemlich nett und nur halb so gemein und wild, wie mir Leute wie Mom und Blitzen immer einreden wollen.

Dann machten wir uns auf den Weg in Richtung *Mario's* Smoothies und ich dachte insgeheim: Kwame, mein Freundchen, wenn du dieses Mal nicht da bist, dann werde ich nie, nie, nie mehr auch nur einen einzigen Gedanken an dich verschwenden. PUNKT, AUS.

Aber ich hatte mir völlig umsonst Sorgen gemacht, denn als ich das *Mario's* betrat, war Kwame schon da! Er saß auf einem der hohen Hocker an der Seite des Cafés und las in einer Ausgabe des *New Scientist*. In seinem schwarzen Kapuzenpulli, den dunkelblauen Jeans und den weißen Reeboks sah er sagenhaft gut aus.

Als er mich sah, strahlte er, aber dann bemerkte er den Kinderwagen, den ich vor mir herschob, und wäre fast rückwärts von seinem Hocker gekippt.

»Hallo!«, sagte ich.

»Hallo, Herzogin!«, sagte er. »Du hast . . . du hast nicht . . . ist das dein . . .?«

»Das ist mein Bruder«, sagte ich.

»Ach so«, sagte Kwame und stieg von seinem Hocker herunter. Er küsste mich auf die Wange und schaute hinunter auf Dragons Buggy, dann schaute er wieder mich an und sah vollkommen verwirrt aus.

»Er ist dein Bruder?«, fragte er, während er die Hand ausstreckte und Dragons winzige braune Hand schüttelte. Dragons Augen wurden groß, als er Kwame sah, und er kicherte ein wenig. »Alles klar, kleiner Mann!«, sagte Kwame. Dann schaute er mich an und fragte: »Ist dein Stiefvater Afrikaner?«

»Nein«, sagte ich. »Ich habe gar keinen Stiefvater. Mein Dad ist aus Leicester. Aber er ist ganz weiß. Na ja, eigentlich ist es schwer zu sagen, was für eine Farbe er hat, weil er so haarig ist.«

Es machte Spaß, Kwame raten zu lassen.

»Das ist nicht dein Bruder!«, kicherte Kwame.

»Doch, er ist mein Bruder! Das ist die reine Wahrheit!«, lachte ich.

Wir standen da und starrten uns gegenseitig an. Kwame hat die allerschönsten braunen Augen, vor allem wenn er angestrengt nachdenkt.

Dann flüsterte er, sodass Dragon es nicht hören konnte: »Ist er adoptiert?«

»Ja!«, flüsterte ich zurück. »Er ist aus Liberia.«

»Toll«, sagte Kwame, »ich möchte später gern mal nach Liberia. Zum Arbeiten oder vielleicht einfach zum Reisen. Hey, soll ich uns beiden einen Smoothie holen? Und ein Stück Kuchen für uns beide zusammen? Mag dein Bruder Kuchen? Wie heißt er eigentlich?«

»Er liebt Kuchen!«, sagte ich. »Oh, und wir nennen in Dragon.«

»Dragon«, sagte Kwame und zog eine Augenbraue nach oben. »Wie ein kleines Monster oder so?«

»Genau, wie ein kleines Monster«, sagte ich. »Aber ein gutes Monster.«

»Klar«, sagte Kwame und verschwand in Richtung Theke.

Wir verbrachten einen herrlichen Nachmittag, nur wir drei. Wir hingen herum und machten sonst nicht viel. Kwame kannte einen kleinen Spielplatz, der nicht weit von der Hauptstraße entfernt ist. Dort gibt es Schaukeln, eine Rutschbahn und einen Sandkasten. Es war unglaublich viel los. Etwa vierzig Kinder waren da, deren Eltern offensichtlich aus ganz verschiedenen Ecken der Welt stammten. Weiße Kinder, asiatische Kinder, afrikanische Kinder, polnische Kinder. Ich versuchte, mir Moms Gesicht vorzustellen, wenn sie herausfände, dass mich jemand an so einen Ort mitgenommen hatte. Unwillkürlich musste ich lächeln. Mom wäre AUSSER SICH!

Wir hoben Dragon aus seinem Buggy und ließen ihn ein wenig herumtapsen. Aber man musste wirklich ein Auge auf ihn haben, weil er ziemlich schnell ist, wenn er erst mal losrennt. Dann macht es WOOOOOOOOOSH und er schießt durch die Menge und man denkt bloß noch: WAAAAAAAAAAH! Wo ist er?

Kwame und ich plauderten über die Schule, über Fernsehen, Musik und Prominente. An dieser Stelle wurde ich ziemlich nervös. Vielleicht hatte Kwame ja von Kitten gehört und dachte nun, ich sei genau wie meine Schwester. Aber dann gestand Kwame, dass er keine Promi-Klatschmagazine liest. Er findet, dass das eine Verschwendung von

Zeit und Geld ist. Ich war ganz unglaublich erleichtert. Möglicherweise hatte er noch nie etwas von Kitten gehört! Hurra!

Allerdings schaute sich Kwame *EastEnders* an, weil seine Mum die Serie liebt, und als ich ihm dann erzählte, dass ich noch nie in Walford gewesen sei und dass ich es auf der Karte des U-Bahn-Netzes nicht finden könne, brach Kwame in schallendes Gelächter aus.

»Du weißt aber schon, dass Walford nicht real ist, nicht wahr, Poppet? *EastEnders* ist nur eine Soap.«

Also lachte ich ebenfalls laut, wenn auch etwas gezwungen, und sagte: »Natürlich weiß ich das. Ich wollte nur einen Scherz machen, als ich sagte, es sei eine Dokumentarreihe!« Aber meine Gedanken überschlugen sich und ich dachte: OH MEIN GOTT, DESWEGEN HABEN SIE IMMER SO TOLLES FILMMATERIAL! DAS IST NICHT ECHT, ES SIND NUR SCHAUSPIELER!

Manchmal bin ich furchtbar begriffsstutzig.

Ich sorgte dafür, dass wir nicht auf meine Familie zu sprechen kamen, außer dass ich ihm sagte, dass ich mit meinen Eltern in der Nähe von Kilburn wohne. Stattdessen fragte ich ihn über seine Familie aus.

Kwame lebt mit seiner Mutter und seiner großen Schwester in einer Wohnung in der Nähe der Kilburn High Street. Er sagte nicht genau, wo. Er war in der Vorschule und der Grundschule Klassenbester gewesen und besucht jetzt die Thamesmoore Park Comprehensive School. Unwillkürlich schnappte ich nach Luft, als er das erwähnte, denn das war total Furcht einflößend. Als wir nämlich noch klein waren und Mom und Dad über Geld stritten, hatte Mom jedes Mal geschrien: »ALSO GUT! Lass uns alle Kinder aus der guten Schule nehmen! Wenn wir sie auf die Thamesmoore Park schicken, können wir eine Menge Geld sparen! Bis sie elf sind, sind sie alle erstochen oder an einer Überdosis gestorben, ohne dass irgendwelche blöden Abschlussprüfungen dazwischenkommen!«

Das erzählte ich Kwame nicht. Ich glaube, er weiß selbst, dass es auf seiner Schule ziemlich hart zugeht. Immerhin wurde er letzten Monat überfallen und mit einem Messer verletzt! Insgeheim nahm ich mir vor, ihm nie etwas von dem zu erzählen, was meine Mutter so von sich gibt. Ich glaube nicht, dass er mit irgendetwas davon einverstanden wäre. Kwame schien nämlich einige sehr starke Überzeugungen in Bezug auf Arm und Reich zu haben und darüber, wie ungerecht das Leben ist. Deshalb will er ja auch nach Afrika, wenn er erst mal Arzt ist, und dort den Menschen helfen.

»Es ist ungerecht, dass kleine Jungen wie Dragon an Malaria sterben, Poppet«, sagte Kwame. »Es ist nicht so schwer, Malaria in den Griff zu bekommen. Es gibt vorbeugende Medikamente und man kann unter diesen tollen Moskitonetzen schlafen, die die Stechmücken fernhalten. So ein Anti-Malaria-Paket kostet nur ein paar Pfund pro Kind.«

»Echt?«, sagte ich. »Warum werden sie dann nicht an alle verteilt? Zum Beispiel vom Premierminister oder so?«

»Na ja, sie haben eben kein Geld«, sagte Kwame. »Das ist einer der Gründe.«

Ich saß auf der Parkbank und dachte daran, dass meine

Eltern mit Hector und Mimi manchmal in Form von *Cristal*-Champagner Hunderte von Pfund wegputzen – einfach so vor dem Abendessen. Auf einmal fühlte ich mich richtig mies. Also traf ich hier und jetzt die Entscheidung, dass ich die Welt ein klein wenig gerechter machen wollte, selbst wenn ich sonst nichts mit meinem Leben anfangen würde. Ich wusste nicht so recht, wie ich das machen sollte, aber ich wusste sicher, dass ich das wollte.

Kwame und ich gingen zurück auf die High Street, weil ich Dragon nach Hause bringen musste, um ihm seine Milch und sein Abendessen zu geben. Außerdem hatte ich ihm heute schon einmal die Windel gewechselt, in einem öffentlichen Wickelraum in einer stinkigen Toilette im Park, und das war weiß Gott für keinen von uns ein angenehmes Erlebnis. Es war einfach widerlich da drin.

Auf dem Weg zur Bushaltestelle hielt Kwame meine Hand. Wir schlenderten langsam die Straße entlang und plauderten. Ich fühlte mich so was von glücklich, dass nicht einmal ein paar ältere Leute meine gute Laune trüben konnten, die uns finstere Blicke zuwarfen, weil sie ein weißes Mädchen und einen schwarzen Jungen und ein schwarzes Baby sahen, die glücklich waren. Ich glaube, viele Menschen sind Rassisten und wissen nicht einmal selbst, dass sie welche sind. Ich wette, das sind dieselben Leute, die irgendwann mit einer Fieberkrankheit im Krankenhaus liegen und Kwame anflehen, dass er sie heilt.

Wir erreichten die Bushaltestelle und tauschten noch mal richtig unsere Handynummern aus. Dann hielten wir eine Weile Händchen und schauten uns gegenseitig an. Und dann schlang er seine Arme um meine Taille, beugte sich nach vorn und küsste mich. Es war ein richtiger Kuss, mit offenem Mund und mit Zunge. Er stieß dabei nicht gegen meine Zahnspange und mein Herz machte die ganze Zeit WOW WOW WOW WOW WOW.

Dann stieg ich in den Bus und er half mir, Dragons Kinderwagen die Stufe hinaufzuheben. Ich setzte Dragon auf meine Knie, damit er Kwame winken konnte. Kwame winkte zurück, steckte dann die Hände in die Hosentaschen und ging lächelnd davon.

Oh Mann, ich liebe ihn einfach wie verrückt.

Donnerstag, 19. November

Seit Tagen habe ich nicht mehr meine Gedanken und Gefühle aufgeschrieben. Das kann ich im Moment einfach nicht. Tatsache ist, dass ich mich wie eine komplette Idiotin fühle, wann immer ich versuche, etwas über Kwame zu schreiben. Mein Gehirn wird dann nämlich wie Zuckerwatte und ganz larifari und total verknallt. Dann klinge ich wie Vixen, wenn sie sich bis über beide Ohren verliebt hat, was sie, für jemanden, der nach außen hin so kühl wirkt, mit überraschender Regelmäßigkeit tut. Allerdings währt ihre Liebe selten länger als acht Tage, dann sehnt sie sich wieder danach, Single zu sein und nicht alle zwanzig Minuten mit SMS belästigt zu werden.

Ich hingegen liebe es, »alle zwanzig Minuten durch SMS belästigt zu werden«!

In der Schule zum Beispiel. Da sitze ich in Mathe, mein Handy ist auf stumm geschaltet und ich träume von innovativen und überzeugenden Gründen, weswegen ich mein Gesicht unbedingt schon wieder in meine Tasche stecken und das Display meines *Blackberrys* überprüfen muss. Und wenn ich eine Nachricht von Kwame habe, na ja, dann macht mein Herz BUMM! BUMM! BUMM! KLONK! KLONK! KLONK! und all mein Blut pulsiert in meinen Ohrkanälen.

Und dann komme ich wieder unter dem Pult hervor und sehe bestimmt aus, als hätte mir jemand ein Clownsgrinsen aufs Gesicht gemalt!

Wenn ich dann gefragt werde, wie die nächste Zahl in der linearen Sequenz 19 ... 36 ... 98 ... lautet, nun, dann wäre die Antwort darauf »Kwame«. Kwame geteilt durch die Quadratwurzel von Kwame ergibt noch mehr von dem wunderbaren Kwame. Das ist die Antwort auf alles, was ich jemals wissen muss in diesem Leben.

VIELEN DANK, DEATHBREATH DOUGLAS.

Es kommt mir so vor, als wäre im Moment alles in meinem Leben absolut idyllisch. Ich habe einen himmlischen neuen kleinen Bruder. Kitten ist anscheinend einen entscheidenden Schritt in ihrem Entzug vorwärtsgekommen und könnte bald wieder zu Hause sein. Dad ist bis Weihnachten dauerhaft in London stationiert. Und Mom durchläuft gerade eine »Erdmutterphase« mit Dragon und Flash und besteht darauf, da zu sein und sogar ab und zu ein Abendessen für uns zu kochen (mein Gott, es schmeckte zwar nicht besonders gut, aber immerhin versucht sie es).

Und das Beste von allem, besser als alles andere auf dem ganzen Planeten, ist: POPPET ZANZIBAR MONTAGUE-JONES HAT EINEN FREUND! Einen richtigen echten, lebendigen Freund!

Keinen erfundenen Freund wie der aus Kanada, den ich in der Neunten hatte, als alle im Lycée behaupteten, »in den Sommerferien jemanden getroffen und ihre Unschuld verloren zu haben« (was nicht stimmte). Deshalb behauptete ich, ich hätte einen Jungen namens Curtis in Vancouver kennengelernt, als Kitten und ich mit Mom dort waren. Und Curtis sei ein Männermodel und ein Popstar, allerdings hätte ich keine Fotos von ihm, weil Curtis extrem kamerascheu sei.

Vixen und Striker fragen mich jetzt noch ab und zu, wie es ihm geht, verdammt noch mal!

»Oh«, sage ich dann, »wir sprechen nicht mehr miteinander. Wisst ihr, es war eine verrückte, leidenschaftliche ›rein, raus, fertig, aus‹-Angelegenheit. Eher eine perfekte Film-Liebe als wahre Liebe. Aber ich werde ihn NIE vergessen!« Dann tue ich so, als könne ich nicht mehr weitersprechen, weil ich sonst von Gefühlen übermannt würde. Eines Tages werde ich ihnen die Wahrheit sagen.

Ich bin so froh, dass Vixen und Striker die Wahrheit über Kwame wissen, denn es bringt mich fast um, ihn vor meinen Eltern geheim halten zu müssen.

Nicht dass es mir etwas ausmachen würde, meine Eltern anzulügen. Gott nein, alle Montague-Jones-Kinder lügen ihre Eltern an. Es ist eher so, dass ich mich andauernd beinahe selbst verrate, weil ich ständig meine eigenen Lügen vergesse.

Zum Beispiel letzte Woche, als Kwame und ich in dieses kommunale Kino – *Vue* oder *Vule* oder wie das hieß – gingen, um *Wem die Stunde schlägt* anzuschauen. Na ja, der Film war so überraschend gut, dass ich fast meiner Mutter davon erzählte, als ich eine halbe Stunde später in die Küche kam. Ich musste Knall auf Fall in der Mitte des Satzes innehalten, zurückrudern und es dann so klingen lassen, als WOLLTE ich den Film gern mal sehen.

Natürlich griff meine Mutter, die ja gerade die verflixte »Erdmutter« ist, das Ganze auf und sagte: »OH POPPET, wie herrlich. Du, ich und Kitten könnten ihn uns doch anschauen gehen, oder? Oder wir können Dad dazu bringen, den Vorführraum im Soho House für uns zu reservieren, dann können wir dort unsere private Mädelsparty veranstalten, mit etwas zum Knabbern und jemandem, der uns die Nägel macht!«

»Ja, das wäre wunderbar«, sagte ich und versuchte zu lächeln. »Ich kann es kaum erwarten.«

Ich bin wegen dieser ganzen Mom/Kwame-Sache in einer ultraschwierigen Lage. Es ist zwar nicht so, dass ich glaube, Mom würde Kwame nicht mögen – ich glaube, letztendlich würde sie ihn sehr mögen. Ich meine, was sollte sie an ihm schon nicht mögen? Aber ich weiß, dass sie wegen all der Heimlichkeiten, die ich mir bisher geleistet habe, ziemlich böse wäre. Und sie wäre wahrscheinlich besorgt wegen der Schule, auf die Kwame geht, und sie würde sagen, dass ich erstochen werde, wenn ich dort mit ihm herumhänge. Vor allem, weil ja schon einmal jemand mit dem Messer auf ihn losgegangen ist (Kwame darf Mom NIE erzählen, dass er wegen seines Handys überfallen und mit einem Messer verletzt wurde. Das würde alles nur noch schwieriger für uns machen).

Außerdem ist da noch die Tatsache, dass Kwame anscheinend auch kein Geld hat. Mom wird sagen, dass er nur hinter meinem Geld her ist, was absolut nicht stimmt, denn er hat keinen blassen Schimmer, wie viel Geld ich habe. Wenn ich mit ihm zusammen bin, tue ich ja immer so, als hätte ich kein Geld. Und ob man es glaubt oder nicht – das ist ZIEMLICH SCHWIERIG!

Mom wird das allerdings nicht glauben. Sie sagt, dass reiche Leute genau aus diesem Grund nur mit anderen reichen Leuten feste Freundschaften schließen sollten. Nur dann würden sie sicher wissen, dass sie echte Freunde sind und der andere nicht nur wegen des Geldes mit einem befreundet ist.

Mom sagt, sie hätte noch nie arme Menschen kennengelernt, die langfristig irgendwie interessant für sie gewesen wären, denn sie würden nie irgendwohin gehen oder etwas unternehmen. Und über Wein, Nannys oder Grundbesitz könne man auch nicht mit ihnen reden.

Das klingt jetzt gerade so, als wäre sie der totale Snob. Aber das stimmt überhaupt nicht.

Na ja, okay. Wem kann ich das schon weismachen? Meine Mutter ist der schlimmste Snob, den es je gab.

Aber an der Poppet-Kwame-Front gibt es jedenfalls TOLLE NEUIGKEITEN. Ich werde seine Mutter kennenlernen!

Wenn das alles gut geht, wenn sie mich nicht hasst und Kwame verbietet, mich zu sehen, dann habe ich vor, megamutig zu sein und ihn meinen Eltern vorzustellen. Und dann werden sich alle glänzend verstehen und völlig souverän sein. Wir werden alle Differenzen hinter uns lassen und alles wird wie in einer Coca-Cola-Werbung sein. Wir werden lachen und es wird kleine Tanzeinlagen geben, bei denen wir alle draußen auf dem Platz Stepptanz machen, und das Leben wird so was von absolut verflixt wunderbar sein.

Das spüre ich einfach.

Sonntag, 22. November

Ich habe heute viel über die Wahrheit nachgedacht. Allmählich begreife ich, dass Wahrheit irgendwie wichtig ist in Beziehungen. Wenn nicht sogar das Allerwichtigste. Das dachte ich heute, als ich merkte, dass Kwame sehr viele Dinge über mich noch gar nicht weiß. Es ist nicht so, dass ich ihn angelogen hätte. Ich habe ihn nie angelogen. Aber ich bin der Wahrheit systematisch ausgewichen. Oder habe bestimmte Themen komplett gemieden.

Kwame weiß nicht, dass ich Poppet Montague-Jones aus Octavia Square, Hampstead, bin. Er glaubt, ich sei Poppet Jones, die in einem kleinen Haus am Rand von Kilburn wohnt.

Er weiß nicht, dass ich die Nummer siebenundachtzig in der britischen Thronfolge bin oder dass ich einen Treuhandfonds von etwa zehn Millionen erhalten werde. Er denkt nur, dass mein Taschengeld ganz okay ist, was bedeutet, dass ich ab und zu zehn Pfund übrig hab, wenn wir im Kino Popcorn wollen. Er glaubt, mein Vater arbeitet in der Computerabteilung des digitalen Fernsehsenders *Spike TV,* auch wenn Dad in Wirklichkeit die Firma und etwa dreiundzwanzig weitere *Spike*-Sender in verschiedenen Ländern leitet und darüber hinaus den Mehrheitsanteil an der Hotelkette *Forbes-Ellise* sowie haufenweise Grundbesitz überall in London hat.

Ich habe in Bezug auf Dads Arbeit nicht gelogen. Ich habe Kwame nur nicht so viel erzählt. Kwame weiß nicht, dass die Bildhauerei, über die ich »Witze gemacht« hatte, tatsächlich existiert und momentan am Institut für Zeitgenössische Kunst ausgestellt wird, und zwar in der Nähe von The Mall, dieser supernoblen Straße am Buckingham Palace. Mom hat nach der Eröffnung die ganze Familie Montague-Jones in das neue Restaurant des Starkochs Gordon Ramsay eingeladen, der mit einer Flasche *Château Mar de Baux* von 1984 an den Tisch kam, um meinen Eintritt in die Welt der Kunst zu feiern.

Kwame ahnt von alldem nichts. Manche Dinge habe ich vor ihm geheim gehalten, weil ich einfach nicht weiß, ob er sie verstehen wird. Ich will zuerst das Gefühl haben, dass wir uns besser kennen.

Und jetzt bin ich dahintergekommen, dass Kwame auch nicht die Wahrheit gesagt hat. Das habe ich heute Abend herausgefunden. Ich bin aber nicht sauer auf ihn. Er hat mich nicht angelogen. Er hat nur genau das getan, was ich auch gemacht habe, nämlich die Fakten ein bisschen geglättet, damit sie nicht so schwer zu verkraften sind.

Ich bin noch immer völlig vernarrt in ihn. Und das werde ich immer sein, egal, was passiert.

Ich machte mich also heute Abend auf den Weg, um Kwames Mutter kennenzulernen.

Um ehrlich zu sein, hatte ich total Angst. Ich habe noch

nie zuvor die Mutter eines Jungen kennengelernt. Na ja, außer Felix' Mutter, aber sie kennt mich schon immer und es gab Zeiten, in denen Felix und ich sogar dieselbe Nanny hatten. Bei Felix zu Hause zu sein, ist fast so, als wäre ich bei mir zu Hause (meine Güte, da fällt mir ein, dass ich diese Woche unbedingt noch Felix treffen muss. Ich bin mir sicher, er geht mir aus dem Weg. Aber ich habe keine Ahnung, was ich verbrochen haben könnte).

Jedenfalls hatten wir vereinbart, dass ich Kwame vor *McDonald's* treffen sollte und dass wir dann mit dem Bus zu seinem Haus in der Nähe der Kilburn High Street fahren würden. Wir kletterten in einen Bus und er rollte die Straße entlang, bis er schließlich fast zurück zu unserem Haus fuhr. Tat er aber nicht, denn er bog in die Wohnsiedlungen ab.

Immer wenn der Bus Leute ein- und aussteigen ließ, fragte ich: »Steigen wir bald aus?«

Und Kwame sagte dann: »Noch ein paar Haltestellen. Ein paar Minuten noch.«

Schon bald näherten wir uns dem Wohngebiet, vor dem ich immer den absoluten Horror habe, und ich dachte: »Du meine Güte, ich hoffe bloß, dass Kwame nicht hier irgendwo wohnt. Wir sind ja schon fast an der Cottingham-Siedlung!« Aber ich wollte nicht, dass sich mein Gesichtsausdruck veränderte, deshalb hielt ich einfach seine Hand und konzentrierte mich auf meine Atmung. Doch dann kamen wir, Haltestelle für Haltestelle, immer näher zu den drei Hochhäusern mit dem winzigen Spielplatz und der furchtbaren baufälligen kleinen Halle, auf deren Stufen die Kids mit den tödlichen Hunden saßen und Joints rauchten. In meinem Kopf brüllte es: »NEEEEEIN, NICHT COTTINGHAM!!!!«

Und dann sagte Kwame: »Komm, Herzogin, hier steigen wir aus.«

Ich erstarrte einen Moment lang.

Kwame wollte, dass ich die relative Sicherheit des Busses verließ. Ich hatte keine Stichschutzweste an und idiotischerweise trug ich inzwischen doch wieder diesen Diamantring, der hundertfünfzigtausend Pfund wert war und früher dem Fürsten von Monaco gehörte!

»Okay«, sagte ich und tat so, als sei alles vollkommen cool.

Ich trat auf das Pflaster hinaus, das mit den Überresten von Hundekacke übersät war, dann gingen wir durch das Tor auf Block C der drei Cottingham-Wohnblocks zu.

Na ja. Natürlich brüllten schon bald ein paar der Kids, die vor der Gemeinschaftshalle herumlungerten: »WOOOHOOOO! Dr. Kwame hat eine Frau dabei!«

Ich hätte am liebsten »Lauf, Kwame! Lauf! Verwilderte Kinder! Sie haben Rinderwahnsinn!« gebrüllt.

Doch Kwame lachte einfach nur sein tiefes Lachen und sagte: »Ach, komm schon, Herzogin, lass uns kurz Hallo sagen.«

Also gingen wir zu einer Gruppe Kids hinüber, wobei ich mich hinter Kwames Beinen versteckte. Einige von ihnen waren wirklich winzig, als wären sie erst sieben Jahre alt. Trotzdem waren sie echt vorlaut und fingen an, Kwame alle möglichen persönlichen Fragen über mich zu stellen. Aber er nahm es gut gelaunt auf und sagte: »Okay, jetzt haltet mal die Klappe. Wer kommt denn am Sonntagmorgen zum Fußballspielen? Wir brauchen zwei Mannschaften mit je sieben Leuten. Ich werde Punkt zehn Uhr in der Halle sein.«

Und die kleinen Jungs sahen echt glücklich aus, als er das sagte.

Ein kleiner Junge mit hellbrauner Haut und einer Brille, die an der Seite kaputt war, sagte: »Der Boden is aber wieder ganz glitschig, Kwame, durch die Löcher inner Decke tropft's wieder, verstehste?«

»Na ja, ich kann ja mal schauen, ob ich noch ein paar Eimer kriegen kann, um das Wasser aufzufangen«, sagte Kwame lächelnd.

Und dann tauchte ein wirklich dickes weißes Mädchen aus dem Eingang der Halle auf. Sie trug eine Jeans, die so tief hing, dass ich ihre Po-Ritze sehen konnte. Sie sagte in einem total jamaikanischen Akzent: »Hey, Kwame, am Sonntag ist aber um zwölf Uhr Schicht im Schacht. Wir machen das Bingo-Kuchen-Teil für die Alten und die Jugendgruppe übt ihr Tanzdingens. Die denken, sie kommen in die Casting-Show, weißt du . . .«

Kwame lachte über die Sache mit der Casting-Show und sagte dann: »Oh Mann, dann wird der Sonntag ja richtig hektisch. Hat die Gemeindeverwaltung überhaupt mal wegen dem Dach angerufen?«

»Nee«, sagte das Mädchen. »Kein einziges Mal, dabei habe ich ihnen fünf Nachrichten hinterlassen. Ach, vergiss es. Ist das deine Frau oder was?«

Kwame drehte sich um und legte mir den Arm um die

Schulter. »Ja«, sagte er, »das ist meine Frau. Aber ich glaube, sie würde lieber Poppet genannt werden.«

»Alles klar, Poppet«, sagte das Mädchen lächelnd. »Ich bin Shazzalla.«

»Hallo«, sagte ich und meine Stimme klang wie die meiner Mutter. »Sehr erfreut . . .«, begann ich, hustete dann aber stattdessen und hielt die Klappe.

Wir gingen zu Kwames Wohnung, um Mrs Kobina zu treffen. Kwame wohnt im siebzehnten Stock von Block C. Der Aufzug funktionierte nicht richtig, deshalb stiegen wir nach zehn Stockwerken aus. Ich hatte Angst, er würde komplett ausfallen und wir würden stecken bleiben.

Kwame sagt, dass das oft passiert und dass er ständig zu Fuß gehen muss. Deshalb hätte er auch so kräftige Beinmuskeln. Das Treppenhaus war finster und von oben bis unten mit Graffiti beschmiert. Es war verdammt unheimlich dort, auch wenn alle Kwame zu kennen schienen und Hallo zu ihm sagten, als wir vorbeigingen.

Inzwischen war ich ein wenig niedergeschlagen, aber dann kamen wir in die Wohnung von Kwames Mum und die Stimmung schlug komplett um. Man hatte gar nicht das Gefühl, in Cottingham zu sein. Okay, die Wohnung war winzig. Ich kann gar nicht glauben, wie winzig. Ich meine, sie hatte ungefähr die Größe unseres Wohnzimmers zu Hause. Aber es war ultrasauber hier und die Wohnung wirkte richtig gut durchorganisiert. Alles hatte seinen Platz und alle Oberflächen glänzten.

Als ich durch die Tür trat, hüllte mich ein erstaunlich starker Duft von gebratenem Fleisch ein. Auf den Regalen im Wohnzimmer standen reihenweise Sporttrophäen von Kwame. An der Wand hingen gerahmte Zertifikate für tolle Sachen, die er in seinem Leben schon vollbracht hatte. Zum Beispiel, dass er einen Erste-Hilfe-Kurs absolviert und Geld für die Wohlfahrt gesammelt hat. Und ich war mir fast sicher, dass Kwames Mutter niemanden dafür bestochen hatte.

Als wir dann hörten, dass Kwames Mutter aus ihrem Schlafzimmer kam, wo sie telefoniert hatte, wandte sich Kwame zu mir um und sagte: »Okay, nicht fluchen und keine Dinge wie Rauchen oder Trinken erwähnen. Oh, und sie liebt Gott, also keine Witze über den großen alten Mann, okay?«

»Okay!«, sagte ich und prägte mir das alles ein.

Und dann ging die Tür auf und Mrs Kobina kam herein. Sie schaute mich an und sagte: »Oh, gütiger Gott im Himmel! Sie ist weiß!«

Ich schaute sie entsetzt an und dachte: Shit, ist das ein Problem? Denn daran kann ich verdammt noch mal wirklich nichts ändern!

Nun, Kwame hatte inzwischen die Hände vors Gesicht geschlagen. »Mutter, das ist Poppet.«

»Hallo!«, sagte ich und streckte die Hand aus. »Sehr erfreut, Sie kennenzulernen!«

Na ja, sie kam lächelnd auf mich zu, schüttelte sehr herzlich meine Hand und sagte: »Hallo, hallo! Und du sprichst wie die Queen! Auch sehr erfreut, dich kennenzulernen! Ooh, und ganz dürr bist du auch. Du musst unbedingt ein bisschen kräftiger werden!«

»Mom!«, sagte Kwame. »Musst du immer gleich alles sagen, was dir so durch den Kopf geht!? Darüber haben wir doch gesprochen!«

»Ha, ha, ha!«, lachte Mrs Kobina. »Ich kann nichts dafür, ich muss eben die Wahrheit sagen. Ich hatte ja keine Ahnung, dass sie weiß ist! Vielleicht ist sie gemischt, dachte ich. Aber nicht weiß!«

Ich streckte den Arm aus. »Na ja, ich bin nicht weiß. Ich finde, ich habe die Farbe von Haferbrei«, sagte ich.

Kwames Mutter ist etwa so alt wie meine Mutter. Sie hat einen ganz schön starken Cockney-Akzent, bei dem man allerdings mehr den afrikanischen Akzent heraushört als bei Kwame, vor allem in manchen Sätzen. Übrigens sieht sie ziemlich gut aus, und auf den Bildern, die im Wohnzimmer hängen, kann man sehen, dass sie mit achtzehn megahübsch war.

»Gut, heute gibt es Lammragout. Wir essen Punkt sieben und dann können wir alles über Ihre Königliche Hoheit Poppet herausfinden!«, sagte sie und verschwand in der Küche.

Es wurde in der Tat ein sehr lustiger Abend. Vielleicht nicht für Kwame, der möglicherweise nicht wollte, dass ich ein Foto von ihm sehe, auf dem er im Alter von fünf Jahren in einem Eimer badet und auf dem man seinen Pimmel sehen kann. Und vielleicht wollte er nicht, dass ich mir anhören musste, dass seine Mutter sehr, sehr, sehr stolz auf ihn sei. Weil er doch Arzt werden und die Kinder in Afrika retten würde. Und dass Kwames Dad sie praktisch hatte sitzenlassen, als Kwame zwei und seine Schwester vier Jahre alt waren, und dass sie ihn nie wieder gesehen hätten. Und dass sie eine Zeit lang so arm gewesen seien, dass sie von Nahrungsmittelspenden der Kirche leben mussten. Aber so ist Kwames Mutter eben. Wenn man sie fragt, erzählt sie die Wahrheit.

Und deshalb fand ich heute Abend praktisch die ganze Wahrheit über Kwame heraus, aber deshalb mag ich ihn nicht weniger. Ich liebe ihn dadurch nur umso mehr.

Dienstag, 24. November

Oh, mein Gott. Heute ist das Schlimmste passiert, was JE JE JE JE JE JE JE JE JE JE hätte passieren können. ICH HASSE WOYCZECK. Ich hasse ihn! Warum habe ich, als ich die Gelegenheit dazu hatte, nicht dafür gesorgt, dass er gefeuert wird, weil er ein riesengroßer Rassist ist? Warum habe ich mir Gedanken um seine Gefühle und sein Leben gemacht? Darüber macht er sich bei mir doch auch keine Gedanken! Jetzt hat er für immer mein Leben ruiniert. Ich kann nicht weiterschreiben. Ich werde mich definitiv umbringen. Das war's. Das ist dieses Mal kein Witz.

Lebe wohl, Welt, für immer.

Dezember

Donnerstag, 3. Dezember

Ich weiß nicht, was schlimmer ist: Kitten Montague-Jones, meine drogenabhängige große Schwester, die einen Entzug machen muss, die nie weiß, was zum Teufel in meinem Leben gerade los ist, und mir zehnmal am Tag sagt, dass ich meine Klappe halten soll. ODER: Kitten, die aus der Entzugsklinik entlassen wurde, die jeden Tag den ganzen Tag zu Hause ist, einen völlig klaren Kopf hat und glaubt, ALLES über mein Leben zu wissen, und meint, zu allem ihren Senf dazugeben zu müssen.

Ich kann nicht glauben, dass sie bei *Kiss FM* als Kummerkastentante vom Dienst arbeitet, seit sie clean ist, und zwar in der Sonntagnachtsendung, in der die Hörer anrufen können. Kitten glaubt jetzt nämlich, sie sei die Welt-Autorität auf beinahe jedem Gebiet: Liebe, Sex, Familie, Drogensucht, Adoption, alles!!! Heute Morgen musste ich mit ihr in der Küche sitzen, weil sie mir ihre Ratschläge zum Kwame-Kobina-Fiasko gab.

»Na ja, ich kann aber trotzdem nicht glauben, wie du so saublöd sein konntest, Poppet! Du kannst doch nicht einfach in Cottingham herumhängen, mit einem Jungen, der Drogen verkauft!«, seufzte Kitten.

»ER VERKAUFT KEINE DROGEN!«, brüllte ich nun schon

zum siebzehnten Mal diese Woche. »Er wird Arzt für transvirale Krankheiten!«

»Nun, Woyczeck sagt, er hätte gesehen, wie dieser Junge vor den Schultoren herumlungerte und sich Leuten näherte«, sagte Kitten und lackierte sich dabei die Zehennägel rot, weil sie gleich zum Dreh ihrer neuen Work-out-DVD musste. Die DVD nennt sich *Das große Reinigungs-Work-out für Körper und Geist mit Kitten Montague-Jones* und steht ab Januar in den Regalen.

»Kwame hat sich *mir* genähert!«, sagte ich. »Und sonst gar niemandem. Warum glaubt mir denn keiner?!«

»Aber Poppet«, sagte Kitten, »er ist aus dem verdammten Cottingham! Und er ist Afrikaner! Du weißt genau, wonach das aussieht!«

»Kitten«, sagte ich und meine Augen wurden ganz schmal. »Dragon ist auch Afrikaner!«

»Oh, du weißt genau, wie ich das meine«, sagte Kitten. »Dragon lebt jetzt bei uns, er ist anders. Die afrikanischen Familien in der Cottingham-Siedlung dealen mit Drogen und betreiben Voodoo. Das habe ich im *Evening Standard* gesehen.«

»Oh, Kwame und seine Mutter sind also Drogendealer und praktizieren auch noch verdammtes Voodoo!«, schrie ich. »Mann, die müssen ja fleißig sein wie die Bienen! Ich weiß nicht, wie er das alles schafft. Ganz nebenbei lernt er nämlich auf NEUN Abschlussprüfungen, leitet die verdammte Fußballmannschaft der Siedlung und hilft bei den Bingo-und-Kuchen-Nachmittagen für die Senioren aus.«

Daraufhin sagte Kitten nichts, sie streckte nur ihre Hand

aus und legte sie auf meine, und ich schwieg. Tränen traten mir in die Augen. Ich habe offiziell Hausarrest – zehn Tage lang kein Handy und keinen Internetzugang – und es geht mir in der Tat beschissen.

»Oh, Mann«, sagte Kitten, »du liebst ihn, nicht wahr? Du bist total verliebt!«

»Wie auch immer«, sagte ich.

»Doch, das bist du«, sagte sie.

Da brach ich in Tränen aus.

Kitten hielt meine Hand und ließ mich eine Minute lang weinen, dann sagte sie: »Nun, wenn er kein Drogendealer ist und kein Voodoo betreibt und ein netter Junge ist, der das Fußballteam leitet und alten Ladys beim Kuchenessen hilft oder was immer du da laberst, warum hast du ihn dann vor uns geheim gehalten?«

Ich schaute sie an, ich wollte es nicht sagen.

»Wäre dir peinlich, was wir von ihm denken könnten?«, fragte Kitten.

»Nein, überhaupt nicht«, piepste ich.

»Wäre dir peinlich, was er von uns denken könnte?«, fragte sie.

Ich schaute auf den Tisch hinunter. Wenn ich total ehrlich war: JA. Ja, das wäre mir wirklich peinlich. Die Familie Montague-Jones war so anders als alle anderen, die ich kenne – selbst für Hampstead-Verhältnisse. Ich konnte mir einfach nicht vorstellen, wie er auf unsere Familie reagieren würde.

»Nun«, sagte Kitten, »warum schaffen wir das Ganze nicht aus der Welt. In meiner Eigenschaft als *Kiss-FM*-Kummerkastentante und als jemand, der eine Rehabilitation hinter sich hat und wirklich und wahrhaftig eine Verbindung zu seiner inneren Stimme hergestellt hat, als jemand, der gelernt hat, den Augenblick zu ergreifen und jede Erfahrung genau so, wie sie ist, zu schätzen, und gleichzeitig die Zukunft im positiven Sinne . . .«

»Kitten, ich muss jetzt in die Schule«, sagte ich. »Kannst du vielleicht den Satz zu Ende bringen?!«

»Oh . . . ja . . . Wir müssen Kwame hierher einladen, um Mom, Dad, Knut, mich, Flash und Dragon und alle kennenzulernen. Genau das müssen wir tun.«

Bei dem Gedanken daran hätte ich mich am liebsten übergeben.

»Das ist die einzige durchführbare Möglichkeit, die Sache in Ordnung zu bringen«, sagte sie. »Immerhin ist er dein verdammter Freund.«

»Er WAR mein Freund«, sagte ich und schluchzte wieder. »Diese dumme Kuh von Mutter hat mir mein *Blackberry* abgenommen und das ist der einzige Ort, an dem ich seine Nummer gespeichert habe. Und er kann mich nicht anrufen. Und er weiß nicht, wo ich wohne. Und unsere Mutter hat Woyczeck angeheuert, um mich überallhin zu bringen, und er kassiert dafür den doppelten Lohn. Ich kann nicht einmal atmen, ohne dass es das dumme fette Schwein auf sein Klemmbrett schreibt. Und unsere Mutter findet, dass dieses Geld gut angelegt ist. Denn dass sie auf dich kein so gutes Auge hatte, das hat sie ja letztendlich zweihundert Riesen gekostet, weil du eigentlich achtundzwanzig Tage Entzug machen solltest und insgesamt fast dreieinhalb Monate im *Paradise Vision* warst und dort auch noch Möbel zertrümmert hast!«

Kittens Miene behielt ihren Zen-mäßigen Gesichtsausdruck völlig unverändert bei. »Du scheinst sehr wütend zu sein, Pops«, sagte sie. »Vielleicht solltest du eine Therapie machen. Soll ich einen Termin bei Dr. Sarzberg für dich vereinbaren?«

»NEIN«, sagte ich. »Ich will Dr. Sarzberg nicht sehen. Ich will Kwame sehen!«

»Okay«, sagte Kitten. »Gut, dann werden wir ihn zu uns einladen. Ich werde heute mit Mom darüber sprechen und sie dazu überreden, dir dein Handy und deine SIM-Karte zurückzugeben. Aber nur, damit du Kwame anrufst und ihm sagst, dass er zum Abendbrot vorbeikommen soll. Hey, wie wär's mit dem zwölften Dezember? Er kann zum Octavia-Square-Weihnachtssingen in die Gärten kommen und alle zusammen kennenlernen.«

Ich dachte darüber nach. Lieber würde ich mir mit der Axt die Hand abschlagen, sie mit Parmesan bestreuen und mit Rucola essen, aber ich hatte das Gefühl, dass ich keine andere Wahl hatte.

»Okay«, sagte ich.

»Fabelhaft«, sagte Kitten. »Wahnsinn! Ich bin einfach unglaublich heute! Das muss ich *alles* für mein Selbsthilfebuch aufschreiben, das nächsten Sommer herauskommt! Allein diese Angelegenheit hier würde ja schon ein komplettes Kapitel in Anspruch nehmen.«

Samstag, 12. Dezember

Was um alles in der Welt hatte ich mir dabei gedacht, als ich auf den Rat meiner großen Schwester hörte? Wann hatte Kitten jemals eine »gute Idee« gehabt?

Zum Beispiel damals, als wir klein waren und sie beschloss, dass wir uns mit Dads Rasierapparat die Augenbrauen rasieren sollten, um hübscher auszusehen. Na ja, hübscher wurden wir dadurch nicht gerade, was, Kitten?

Oder als sie plötzlich dachte, es wäre eine gute Idee, Moms dreitausend Pfund teure *Chanel*-Jacke und ihre zweitausend Pfund teure Schlangenlederhose von *Gucci* zu verzerschneiden, damit wir uns als Halloween-Zombies verkleiden konnten. Auch das hatte sich als sehr unkluge Aktion herausgestellt, die düstere und weitreichende Konsequenzen nach sich zog.

Und dennoch tue ich letztendlich irgendwie immer, was Kitten sagt, einfach weil sie meine große Schwester ist und weil sie diese Sachen mit so viel Selbstbewusstsein vorschlägt. Und das muss aufhören!!! Vor allem, weil sie nicht mehr unter Drogen steht und dreimal so viel Zeit hat wie vorher, sich idiotische Pläne auszudenken.

Heute Morgen hat sie im Frühstücksfernsehen darüber gesprochen, wie man Drogenabhängigkeit durch Step-Aerobic besiegen kann. Sie schlug vor, dass die Regierung auf den Straßen der Londoner Ghettos an alle, die auf Crack hängen geblieben sind, Trainingsanzüge und Stirnbänder verteilen soll, UND DER MODERATOR HAT IHR ZUGESTIMMT.

Und gerade als sie von ihrem Wagen zu Hause in Octavia Square abgesetzt wurde, war jemand vom Büro des Premierministers am Telefon. Er bat sie vorbeizukommen, um ihr Wissen in eine von der Regierung ins Leben gerufene »Expertenkommission« zum Thema Drogen einzubringen. Und ich übertreibe nicht das kleinste bisschen.

Kitten kommandiert jetzt also nicht nur MICH herum und Flash und die Leute, die ihre Fitness-DVD machen, sie arbeitet jetzt auch noch für die Regierung und kommandiert die ganze Öffentlichkeit herum. KITTEN MUSS AUFGEHALTEN WERDEN.

Und das Erste, was ich ihrer Kontrolle entziehen werde, das bin ich. Vor allem, weil sie praktisch meine Beziehung zu einem netten, vernünftigen Jungen namens Kwame zerstört hat. SIE HAT SIE ZERSTÖRT. Ich meine, SIE IST TOT, die Beziehung. Ich bezweifle sehr, dass ich Kwame je wiedersehen werde.

Womöglich findet irgendwann, vielleicht in hundert Jahren, jemand wie Felix' Mutter dieses Tagebuch auf einem alten Dachboden. Vielleicht fährt derjenige dann blitzschnell auf einem Hercules-Klappfahrrad durch London, um zu bestätigen, dass »dies in der Tat die alten Tagebücher der Nummer siebenundachtzig in der britischen Thronfolge sind«. Darum werde ich hiermit die Beweise präsentieren, aufgrund derer ich weiß, dass ich verlassen wurde:

Es war schon verdammt schwer genug, Kwame überhaupt dazu zu bringen, herzukommen und mich zu treffen. Sehen wir den Tatsachen ins Auge: Nach dem Treffen mit seiner Mutter war ich elf ganze Tage lang völlig vom Radar verschwunden. Kwame hatte tonnenweise Nachrichten und SMS für mich hinterlassen, weil er sich Sorgen um mich machte. Und dann dachte er allmählich, ich hätte ihn fallenlassen. Vermutlich dachte er, ich könnte unmöglich mit jemandem ausgehen, der an solch einem verwahrlosten, deprimierenden Ort wie Cottingham wohnt und dessen Mutter alles sagt, was ihr gerade so in den Kopf kommt, und Fotos zeigt, auf denen er nackt in einem Eimer sitzt und sein Pimmel zu sehen ist.

Mein erstes Gespräch mit Kwame, nachdem ich mein Handy zurückbekommen hatte, war also ziemlich holprig. Er klang echt deprimiert – und ein bisschen sauer.

Erst als ich in Tränen ausbrach und sagte: »KWAME, SIE HABEN MIR MEIN VERDAMMTES HANDY UND MEINEN LAPTOP WEGGENOMMEN UND MIR VERBOTEN, INS INTERNET ZU GEHEN, UND ICH STEHE UNTER HAUSARREST!«, erst dann begann er, mir zuzuhören, und glaubte vielleicht allmählich, dass ich keine megadumme Kuh war.

In unserem zweiten Telefongespräch sagte ich dann: »Hör mal, Kwame, sie wollen dich kennenlernen! Wenn du zum *Nachtmahl* oder so zu uns kommst, wird garantiert alles besser.«

»Wann ist denn ein Nachtmahl?«, fragte Kwame. »Ich esse

normalerweise vor dem Schlafengehen nichts. Muss ich im Schlafanzug kommen?«

»Nein!«, lachte ich. »Nachtmahl, das ist wie ein Abendessen, aber weniger formell. Du weißt schon! Ich meine, nicht wie ein richtiges Dinner, sondern eher etwas, was unsere Haushälterin zusammenwürfelt.«

»Ihr habt eine Haushälterin?«

»Ähm, nein«, sagte ich. »Na ja, ja, irgendwie schon. Na ja, mit ›irgendwie schon‹ meine ich, ähm, ja, verstehst du? Oh Mann, Kwame, komm einfach zu einem wie auch immer gearteten Essen oder auch nur auf ein paar Plätzchen vorbei! Immerhin ist bald Weihnachten. Möchtest du zu einem kleinen Weihnachtssingen kommen? Magst du Weihnachtslieder?«

»Ich liebe Weihnachtslieder«, sagte er und taute ein wenig auf. »Ich habe die Kids in der Siedlung neulich *Stille Nacht* und so für die Senioren singen lassen.«

»Wie lief es?«, fragte ich, weil mich das wieder daran erinnerte, weshalb ich so auf ihn stehe.

»Na ja, um ehrlich zu sein, nicht so besonders gut. Sie kamen bis ›oh wie lacht‹, aber der Teil gefällt ihnen so gut, dass sie jedes Mal total albern werden. Davon abgesehen lief es gut und sie hatten Spaß. Bloß am Ende hat es wieder durch das Dach hereingeregnet und wir mussten das Ganze abbrechen, weil die armen Alten immer ausgerutscht sind.«

»Oh je«, sagte ich.

Es entstand eine Pause.

»Dann komm zum Weihnachtsliedersingen her«, sagte ich. »Das wird lustig, ich verspreche es dir.«

Kwame dachte einen Augenblick lang nach.

»Okay«, meinte er dann.

Daraufhin jauchzte mein Herz wie der Engelein Chor, sodass ich ganz vergaß, ihm die weiteren Details zu erklären. Ich schickte ihm heute am frühen Abend nur noch die Adresse per SMS.

Der Plan war, dass Kwame heute Abend um achtzehn Uhr zu uns nach Octavia Gardens kommt, um Plätzchen zu essen, ein Weihnachtslied zu singen und meine Familie kennenzulernen.

Mom erklärte sich mit allem einverstanden und sagte: »Das wird so eine gute Gelegenheit, die Ängste zu beschwichtigen, die diese Situation in mir hervorruft! Bring ihn mit, damit er alle kennenlernen kann!« Zu diesem Zeitpunkt wusste ich allerdings noch nicht, dass sie für achtzehn Uhr auch alle Nachbarn zu einer »Open Session« vor dem Liedersingen eingeladen hatte. Sie hatte das überhaupt nicht erwähnt.

Um Viertel nach sechs war Kwame weit und breit nicht zu sehen, dafür aber definitiv meine Mutter, Strikers Mutter Paloma und Vixens Mutter Ramona. Sie saßen alle in der Lounge, tranken Martinis, die ihnen ein Barkeeper, den ich noch nie zuvor gesehen hatte, zubereitete, und plauderten lauthals über Sex und Shopping.

Ich betete ernsthaft zu Gott, dass er sie alle mit Kehlkopfentzündung schlagen möge, bevor Kwame aufkreuzte, vor allem, weil Paloma gerade sagte: »Nun, zu meinen Patienten sage ich immer: Sexuelle Funktionsstörungen sind in den Ehen der über Vierzigjährigen weit verbreitet! Deshalb muss man sich sehr darum bemühen, das Ganze ein wenig AUFZUPEPPEN und . . .«

Ich hatte genug gehört und ging deshalb in den Flur, wo Kitten gerade in ihr *Blackberry* bellte: »Es ist mir schnuppe, was der Premierminister dazu meint. Ich habe ihm gesagt, dass das Programm, Trainingsanzüge und Stirnbänder an Obdachlose und Crack-Abhängige zu verteilen, umgehend umgesetzt werden soll!«

Flash kickte derweil einen Fußball im Flur herum und sagte: »Schau, Poppet, er ist von der ganzen englischen Fußballnationalmannschaft für mich persönlich signiert! Dad hat sie im Flugzeug getroffen, als er aus Brasilien zurückkam!«

Währenddessen reichten drei Nannys, die ich noch nie zuvor gesehen hatte, oben an der Treppe Dragon herum und stritten darüber, wer an der Reihe war, ihm die Windeln zu wechseln.

Dann kam Dad hereinspaziert, warf einen Blick auf den dreieinhalb Meter hohen Weihnachtsbaum, der bei uns im Vorraum steht, und sagte: »Warum funktionieren die Lichter nicht? Ich lasse das verdammte Ding die ganze Strecke von Norwegen hierher liefern und sie schafft es nicht einmal, die scheiß Lichter zum Blinken zu bringen! Jocasta, was ist mit den Lichtern los? Mrs Minsk! Was stimmt nicht mit diesen Lichtern?«

Und meine Mutter brüllte: »Oh, mach dich mal locker, James, und trink ein Glas Eggnog. Es ist Weihnachten, du alter Miesepeter!«

Genau da klingelte es an der Haustür und mein Herz machte einen Sprung. Ich riss die Tür auf und davor stand Striker. Ihr Haar war elektrisch blau! Und sie trug einen winzigen Minirock und ein Bustier, das aussah, als würde es aus Lametta bestehen.

»Striker!«, sagte ich. »Wow, das nenn ich, ähm, ein eindrucksvolles Statement!«

»Verdammt richtig«, sagte Striker, während sie an mir vorbeischlenderte. »Eindrucksvolle Statements, genau darum geht es mir. Das nächste Jahr steht ganz im Zeichen der eindrucksvollsten Statements, Popsicle. Vielleicht nenne ich sogar meine neue Band so. THE BIG BLOODY STATEMENTS.«

Striker betrat also das Wohnzimmer, Paloma entdeckte ihr Haar und begann mit einer totalen Schlammschlacht. Sie gerieten in Streit und Paloma sagte zu Striker, dass sie aussähe wie ein Alien, und Striker entgegnete: »Gut! Genau so will ich auch aussehen! Ein voller Erfolg!«

Dann klingelte es wieder an der Tür und dieses Mal war ich mir SICHER, dass es Kwame sein würde, aber er war es nicht. Es war Vix. Sie schluchzte ein wenig und sagte: »Ist mein Dad hier?«

»Nein«, sagte ich. »Aber ich glaube, er kommt noch.«

»Nun, ich rede nicht mehr mit ihm, sorgt also dafür, dass er in einem anderen Zimmer ist als ich. Er hat das mit dieser Spende an den argentinischen Katzen-Fonds herausgefunden und jetzt führt er sich auf wie ein Irrer. Ich rufe in diesem *Paradise Vision* an, wo deine Schwester war, sie sollen ihn in eine dieser Zwangsjacken stecken und mitnehmen.

Blöder Kerl.« Vix war ziemlich emotional, was völlig uncharakteristisch für sie ist.

»Oh, Vixy«, sagte ich und umarmte sie. Dann kam Striker und umarmte sie auch. Und dann kickte Flash den Fußball gegen den Weihnachtsbaum. Er prallte zurück und traf Moms zehn Riesen teuren, aus der Toskana importierten antiken Spiegel, der dabei fast zerbrochen wäre. Und dann liefen alle herum und lachten und kabbelten sich und waren sehr laut. So laut, dass ich nicht hörte, dass es wieder klingelte und Mrs Minsk hinausging.

Ich sah Kwame erst, als er schon im Vorraum stand, mitten unter allen anderen, und mich mit großen Augen und ziemlich schockierter Miene anstarrte.

»Kwame!«, sagte ich. »Hört mal alle her, das ist Kwame!«

»Hallloooo Kwame, sehr erfreu-heut, dich kennenzulernen!«, sagten praktisch alle im Chor, einschließlich Mom, die aussah, als hätte sie schon gewaltig einen sitzen, dabei war es erst Viertel vor sieben. Sagen wir alle »sehr erfreut, dich kennenzulernen«? Oh Mann, das tun wir wirklich. Bisher war mir das gar nicht aufgefallen.

»Komm, wir holen dir was zu trinken!«, sagte ich und führte ihn rasch zur Cocktailbar.

Kwame war irgendwie sprachlos.

»Ich freue mich wahnsinnig, dass du gekommen bist!«, flüsterte ich. »Möchtest du einen Martini oder so? Mom hat an Weihnachten nichts dagegen, wenn wir Alkohol trinken.«

Kwame öffnete den Mund und klappte ihn wieder zu. »Du wohnst in Octavia Square, Hampstead«, sagte er ruhig.

»Ja, ich weiß«, sagte ich.

»Ich dachte, du wohnst an der Grenze zu Hampstead, also in Kilburn«, sagte er.

»Hmm, ja«, sagte ich. »Na ja, wenn man es, ähm, nicht ganz so genau nimmt, stimmt das doch fast.«

Ich hatte inzwischen ein schlechtes Gewissen. War das nun doch eine richtig schlimme Lüge gewesen?

»Ich bin spät dran, weil ich unterwegs von der Polizei angehalten wurde. Etwa zwei Straßen von hier entfernt«, sagte er. »Sie haben mich angehalten und durchsucht. Genau deswegen würde ich normalerweise nie in diese Gegend kommen. Es ist irgendwie Furcht einflößend.«

»Oh, mein Gott«, sagte ich. »Das ist ja schrecklich! Sie müssen dich für einen Einbrecher gehalten haben.«

In dem Moment, als ich das sagte, wusste ich bereits, dass es falsch war. Aber andererseits war es die Wahrheit, auch wenn es eine schreckliche Wahrheit war und eine, über die ich überhaupt nicht nachdenken wollte. Ich streckte die Hand aus und berührte seinen Arm. Ich wollte ihn küssen und zu ihm sagen, dass alles gut wird, aber ich glaube, das wollte er nicht.

»Ich weiß, dass sie mich dafür hielten«, sagte er. »Wenn ich eine Straße wie Octavia Square betrete, ist es das Erste, was sie denken.«

»Aber du bist kein verdammter Einbrecher!«, sagte ich. »Du bist vollkommen ehrlich und toll und faszinierend und klug und ich bewundere dich.«

Anstatt zu klingen, als würde ich die Wahrheit sagen, klang es total von oben herab. Wie konnte das passieren?

So war es schließlich gar nicht gemeint! Ich finde, Kwame gehört zu den Leuten, die Premierminister werden könnten, wenn sie es wollten. So besonders ist er wirklich.

Aber genau da, als ich dachte, es könnte nicht mehr schlimmer werden, kam Vixens Vater, Mr Brocklehurst. Er war angeheitert und hatte zwei Flaschen *Cristal*-Champagner in der Hand. Er gesellte sich schnurstracks zur Party und sagte: »Okay, Jocasta, ich habe dir dein Lieblingsgetränk mitgebracht, und sie haben mir neunhundert Pfund pro Flasche abgeknöpft, als sie das kommen sahen, aber pfeif drauf, es ist Weihnachten, lasst die Korken knallen!«

Mom klatschte wild Beifall und dann sagte Mr B: »Ich meine, hey, was ist Geld? Meine idiotische Tochter hat gerade dreißig Riesen rausgeschmissen, um in Argentinien Katzen mit schlimmen Pfoten zu helfen.«

»Oh, halt doch die Klappe, Dad!«, schrie Vixen. »Sei still!«

Ich wandte mich zu Kwame um, aber er konnte mir nicht mehr in die Augen schauen.

»Ich muss gehen, Poppet. Es tut mir leid. Damit kann ich nicht umgehen. Tut mir leid. Ich muss gehen.«

Er ging. Meine Beziehung zu Kwame ist vorbei.

Nachdem er gegangen war, tauchte Felix auf. Er setzte sich zu mir auf die Treppe, während ich weinte, und legte mir den Arm um die Schulter.

»Wenn er dich gehen lässt, Poppet, ist er ein Idiot«, sagte Felix. »Du bist nämlich ganz und gar einzigartig.«

Er wollte nur nett sein. An mir ist überhaupt nichts einzigartig oder besonders.

Dienstag, 22. Dezember

Tief in meinem Innersten weiß ich, dass alle froh sind, dass es vorbei ist zwischen Kwame und mir. Aber niemand will es laut sagen.

»Puh! Das war knapp! Fast wäre einer aus Cottingham in diesem Haus herumgestrichen und hätte die schönen *objets d'art* taxiert. Jemand, der sich an einem Esstisch voller Fischmesser, Suppenlöffel, Beilagenteller und spitzen Dingern, mit denen man Hummer isst, nicht zurechtfindet. Jemand, der nicht weiß, dass Gazpacho-Suppe so widerlich sein soll, wie sie ist, und eiskalt serviert wird. Jemand, der nicht kapiert, dass zu einem Nachmittagstee bei Claridges eine enorme Menge an Teekannen, Krügen mit heißem Wasser, Sieben und Löffeln, die in andere Löffel passen, und Speziallöffel, auf denen andere Löffel ruhen, gehört und dass man ERST DANN den Scone mit Marmelade bekommt . . .« (nämlich das, was man EIGENTLICH wollte), ». . . wenn man eine Stunde lang mit den Löffeln herumgeklappert hat.«

Niemand hat das direkt zu mir gesagt, aber ich weiß, dass sie genau das verdammt noch mal denken. Sie glauben, dass Kwame und ich zu unterschiedlich seien. Und dass ich deshalb mit jemandem wie Felix zusammen sein sollte, der bei *Bloomsbury* in einigermaßen passablem Japanisch Sushi bestellen kann und der seine eigene Bibliothek und sein eigenes Studierzimmer im Keller hat, in denen Erstausgaben der Romane seines Urgroßvaters stehen, die etwa eine Million Pfund wert sind.

Die Leute glauben, dass Felix zu mir passt und Kwame eben nicht.

Okay, ich kann irgendwie akzeptieren, dass es aus ist. Ich habe zwar noch nicht damit abgeschlossen, aber Mom sagt, dass sie für die Zeit nach Weihnachten ein halbes Dutzend Sessions bei Dr. Sarzberg für mich vereinbart hat. Sie selbst hätte das als sehr hilfreich empfunden, als vor ein paar Jahren unser anderer Labrador Godot eingeschläfert werden musste.

Ich will keine Therapie. Ich will mit Kwame nicht abschließen. Ich kann nichts, was mit Kwame zu tun hat, vergessen. Die ganze Sache mit Kwame hat mich gelehrt, dass da draußen, außerhalb von Octavia Square, eine weit größere Welt liegt, in der es einige ziemlich nette Leute gibt.

Es hat mich auch gelehrt, dass die Welt ungerecht ist und dass es an mir liegt, etwas dagegen zu unternehmen. Nicht nur, wie Mom es tut, wenn sie sagt, dass sie etwas gegen die Ungerechtigkeiten der Welt tun will, Wohltätigkeitsessen organisiert und sie dann sofort wieder vergessen hat, wenn der Wagen sie zu Hause absetzt.

Eine Sache, die Kwame mich gelehrt hat, ist, dass es viel toller ist, »Dinge im Verborgenen zu tun«, als jedem auf die Nase zu binden, dass man etwas macht, und es dann doch nur halbherzig zu tun.

Wie Kwame mit den Kuchen-und-Bingo-Nachmittagen in der undichten Halle. Wenn ich nie nach Cottingham gefahren wäre, hätte ich niemals davon erfahren.

Okay, ich höre jetzt besser auf zu schreiben. Wir haben gleich unser Dinner mit gebratenem Schwan, das jedes Jahr vor Weihnachten stattfindet. Das hat bei uns zu Hause Tradition, weil Granny die Möglichkeit hat, an Schwäne heranzukommen. Ich glaube nicht, dass normale Leute Schwäne essen dürfen, aber wir sind schließlich nicht normal, oder? Die Familie Montague-Jones ist doch von Gott erwählt.

Donnerstag, 24. Dezember

Ich liege im Bett, in meine Decke gewickelt wie ein Poppet-Wurstbrötchen, und denke über den heutigen Tag nach und alles, was geschehen ist.

Der Weihnachtstag im Hause Montague-Jones ist immer ziemlich speziell. Erstens gibt es VIELE Geschenke. Dumme Geschenke. Dumm, weil sie so prahlerisch riesig sind, dass man keine Ahnung hat, was man sagen soll, wenn man sie auspackt. Im Grunde sind wir alle, die ganze Familie, dreihundertvierundsechzig Tage pro Jahr so eklig zueinander, dass Heiligabend der Tag ist, an dem wir alles wiedergutmachen, indem wir uns gegenseitig idiotisch teures Zeug schenken wie Diamanten, Sportwagen und Rennpferde.

Oder wie heute, als ich ein Geschenk von Mom und Dad auspackte und einen einfachen Felsbrocken in einer Schachtel vorfand. »Was hat das zu bedeuten, Mom?«, fragte ich.

»Na ja, bald wirst du sechzehn, deshalb haben wir beschlossen, dir eine winzige Insel zu schenken. Nichts Großes. Ein paar Kilometer lang. Eigentlich eher eine Geldanlage«, sagte Mutter. »Sie liegt in der Karibik. Vielleicht kannst du eines Tages ein Hotel darauf bauen. Oder sie einfach verkaufen.«

»Wow!«, sagte ich, weil ich nicht so recht wusste, was die

richtige Reaktion ist, wenn man eine Insel geschenkt bekommt.

»Na ja, es ist einfach etwas für deinen Wertpapierbestand«, fügte Dad hinzu. »Du brauchst zunächst mal überhaupt nicht darüber nachzudenken. Wir wollten nur, dass du ein eigenes Stück Land besitzt.«

Nachdem dann Flash und Dragon ihren Berg Geschenke von *Hamleys* ausgepackt hatten, Knut das ganze Geschenkpapier eingesammelt hatte, um es wiederzuverwerten, Kitten darauf hingewiesen hatte, dass SIE ja noch keine Insel hätte, und alle ein bisschen gezankt und sich wieder versöhnt hatten, erklärten wir dem wartenden Personal, dass wir jetzt bereit für das Abendessen wären.

Eigentlich war mir gar nicht nach Essen zumute. Das geht schon seit Wochen so, aber ich spielte mit und versuchte, trotzdem hungrig auszusehen. Ich setzte mich an meinen Platz am Tisch, zog mit Mom an einem Cracker und nahm die *Teardrop*-Halskette von *Tiffany* heraus, die darin versteckt war. Ich legte sie mir um und setzte auch das doofe Hütchen auf und versuchte, in den festlichen Jubel mit einzustimmen.

Doch als wir gerade anfangen wollten zu essen, klingelte es an der Haustür. Wir starrten uns alle gegenseitig an. Wir erwarteten niemanden und Mrs Minsk hatte Urlaub, also war niemand da, der aufmachen konnte.

»Okay, ich schaue mal nach, wer es ist«, seufzte ich.

»Schau erst durch den Spion, Poppet! Es könnten bewaffnete Einbrecher sein! Lass niemanden herein!«, rief meine Mutter.

»Ja, natürlich«, sagte ich, während ich zur Tür ging.

Ich öffnete sie, ohne vorher durch den Spion zu schauen.

Draußen auf den Stufen stand das beste Weihnachtsgeschenk, das ich JEMALS bekommen habe.

Es war Kwame.

»Kwame!«, quietschte ich leise. »Frohe Weihnachten! Was machst du hier?«

»Ich weiß nicht«, sagte er und schüttelte langsam den Kopf. »Na ja, ich wollte dir ein Geschenk bringen.«

Er reichte mir eine kleine, in Papier eingewickelte Schachtel mit einem Plumpudding obendrauf. Ich nahm sie und packte sie aus. Es war eine Plastikbox mit Pralinen. Jede davon war in Goldpapier eingewickelt.

»Was ist das?«, fragte ich.

»*Ferrero Rocher!*«, sagte Kwame und kicherte. »Du bist ein vornehmes Mädchen, deshalb habe ich dir ein vornehmes Geschenk gekauft.«

»Waren sie sehr teuer?« Ich machte mir Sorgen, dass er viel Geld ausgegeben haben könnte.

Kwame schüttelte den Kopf und kicherte schon wieder, so als hätte ich etwas sehr Lustiges gesagt.

»Ooch, etwa zwei Pfund zwanzig«, meinte er schließlich.

»Sie sind toll!«, sagte ich. »Danke.«

Wir standen schweigend da und schauten uns an.

»Hast du ein frohes Weihnachtsfest?«, fragte ich.

»Ähm, na ja, ich hatte schon bessere«, sagte er. Dann seufzte er laut, als hätte er Schmerzen. »Ich vermisse dich, Herzogin.«

Ich schaute ihn an und sagte nichts.

Zum Glück kreischte ich nicht »ICH VERMISSE DICH AUCH, ICH HABE DAS GEFÜHL, MEIN LEBEN IST ZU ENDE!!«, denn das wäre weder cool noch subtil gewesen.

»Die letzten paar Wochen waren irgendwie beschissen«, sagte er. »Aber gestern Abend ist auch etwas Verrücktes passiert.«

»Oh, was denn?«, fragte ich.

»Jemand von einer Wohlfahrtsorganisation hat Shazzalla angerufen und gesagt, dass sie die Reparatur des Hallendaches übernehmen würden. Sie nennen sich *Children's Revolution.* Sie haben mir und Shazzalla dreißigtausend Pfund gegeben, auf die wir sofort Zugriff haben, um die Bauarbeiter zu bezahlen. Wir können auch eine neue Küche einbauen.«

»Unglaublich!«, sagte ich. »Wie ist das passiert?«

»Ich hab keine Ahnung«, sagte er. »Ich meine, Shazzalla hat vor ein paar Monaten einige Briefe an Organisationen geschrieben, aber wir haben nichts von denen gehört. Ich weiß nicht, was passiert ist. Vielleicht hat es meine Mutter mit all ihren Gebeten bewirkt.«

»So muss es wohl sein«, sagte ich und achtete darauf, dass mein Gesicht unverändert blieb und meine Augen nicht funkelten. Ich kann nicht glauben, dass das alles so glatt lief. Ein Anruf bei Mr Chenowitz, in dem ich ihm mitteilte, dass ich meine Rechte kenne – also was den Zugriff auf meinen Treuhandfonds betrifft –, und eine rasche E-Mail an die *Children's Revolution.* Das genügte schon, um dem Leben einer ganzen Menge Leute eine völlig neue Richtung zu geben.

»Dann geht es dir also gut?«, fragte ich.

Kwame dachte eine Weile nach.

»Es würde mir besser gehen, wenn wir miteinander reden würden, Poppet«, sagte er. »Vielleicht sollten wir es noch mal miteinander versuchen. Nur dass wir dieses Mal beide die Wahrheit sagen.«

Wir starrten uns noch eine Weile an, dann kam er die Stufen herauf, nahm mein Gesicht in seine Hände und küsste mich.

»Ich bin in dich verliebt, Herzogin«, sagte er. »Und ich weiß nicht, was ich dagegen tun kann, außer herzukommen und es dir zu sagen.«

»Und ich liebe dich auch, Kwame«, sagte ich. Dann knutschten wir noch so lange auf den Stufen vor unserem Haus herum, dass ich mir sicher war, dass jemand aus einem anderen Haus die Polizei anrufen würde, um zu sagen, dass Poppet Zanzibar Montague-Jones mit einem »afrikanischen Einbrecher« herummacht.

Nach zahlreichen Küssen ging Kwame in Richtung Cottingham davon und ich grinste von einem Ohr zum anderen, als ich wieder zurück ins Haus schwebte. Mein Magen schlug Purzelbäume und ich erzählte allen, es wäre ein schlechter Sänger an der Tür gewesen, der Weihnachtslieder vorsingen wollte. Dann versuchte ich, mein Weihnachtsessen zu essen, aber ich konnte dabei nur an IHN denken.

Ich erzählte nicht gleich der ganzen Familie, dass Kwame und ich offiziell ineinander verliebt sind und dass wir uns ganz, ganz sicher wiedersehen würden.

Ich sagte ihnen nicht, dass ich mich einen Dreck darum schere, was sie davon halten. Ich sagte ihnen nichts von der Entscheidung, dass Poppy Zanzibar Montague-Jones' Leben nie wieder so sein wird wie bisher. Oder dass sie ab jetzt ihre eigenen Träume verwirklichen möchte und nicht die von jemand anderem. Oder dass sie in die große weite Welt hinausgehen und dort etwas bewegen möchte.

Ich sagte nichts von alldem, weil immerhin Weihnachten ist und alle gerade fröhlich sind. Und da wäre es doch ziemlich ungehobelt gewesen, einen riesigen Familienstreit vom Zaun zu brechen und wieder in allen Zeitungen zu landen.

Aber ich werde es ihnen gleich morgen sagen.

Poppets Personenverzeichnis

A

Mr Abdul: Erdkundelehrer. Mag Altwasserseen und Landkarten und quasselt gern über Abschlussprüfungen.

Miss Alitash Abraha: Schülerin des Hampstead Lycée. Ihr Dad ist der äthiopische Botschafter in London. Sie ist echt nett.

Mrs Mimi und Mr Hector Adam-Short: Enge Freunde von Mom und Dad. Stehen total auf Champagner.

Master Marmaduke Adams: Schüler der Godspeed Boys Academy. Total nerviger Perversling.

B

Miss Babblebrook: Reitlehrerin. Kann den Zwischenfall, bei dem mein Pony in das Seniorenpicknick getrampelt ist, noch immer nicht mit Humor nehmen.

Bramble: Bekanntermaßen ungezogenes Pony in den Ställen des Hampstead Lycée. Liebt Picknicks.

Miss Miranda Brocklehurst: Vixens Tante. Mietet jeden Sommer ein fantastisches Haus in den Hamptons, Long Island, New York. Liebt Partys.

Mr Travis Brown: Lead-Sänger der allseits beliebten Space-Rock-Band *The Jet Fighters*. Umweltaktivist. Freund von Mom.

Miss Flora Bryce: Schülerin des Hampstead Lycée. Ihr Dad fährt einen Saab.

C

Miss Belle Caribou: Schülerin des Hampstead Lycée. Eine von Blitzen Trappers besten Freundinnen.

Miss Indira Chander: Schülerin des Hampstead Lycée. Ihr Dad ist Vorstand der *Bank of India*. Sie ist total nett.

Mr Stephen Chenowitz: Buchhalter der Familie Montague-Jones. Hüter meines Treuhandfonds. Quatscht über Investitionen und Steuerreformen, während ich mich auf seinen fantastischen Stühlen drehe und drehe und drehe . . .

Lord Henry »Hal« Coeburg: Schüler der Godspeed Academy. Enger Freund von Jackdaw Penry.

Miss Elizabeth Condou: Hausleiterin, Notre-Dame-Haus, Verwendet nicht genug Sunblocker im Gesicht.

Master Farrow Cordell: Einer von Kittens hin-und-wieder-mal »sehr engen männlichen Freunden«. Stammgast im Nachtclub *Catastrophe 13*.

Coutts & Co: Bank, die sich nur um das Geld reicher Leute kümmert. Wenn meine *Coutts*-Karte nicht funktioniert, rufe ich Dad an, und Dad ruft dann *Coutts* an und dann funktioniert die Karte wieder. Das ist echt praktisch.

Miss Bettina Criddlington-Shaw: Eine meiner besten Freundinnen im Hampstead Lycée. Tolles Mädchen.

D

Miss Vixen Diaz-Brocklehurst: Tollste, beste Freundin, dauerverpeilt, aber das hübscheste Mädchen am Hampstead Lycée, künftiges It-Girl.

Miss Frangipan Diaz-Brocklehurst: Vixens ältere Schwester. Auf Bademode spezialisiertes Laufstegmodel.

Mrs Ramona Diaz-Brocklehurst: Vixens Mom. Ehemaliges argentinisches, auf Bademode spezialisiertes Laufstegmodel.

Mr Harold »Deathbreath« Douglas: Mathelehrer. Besessen von Gleichungen. Atem wie Satans Pospalte.

Master Stephanos Drakkakis: Guter Freund von Kitten. Sohn eines griechischen Diplomaten. Fährt regelmäßig betrunken Auto.

Master Steel Drum: Enger Freund von Kitten. It-Boy und Musiker. Stammgast im *Catastrophe 13*. Könnte mal eine Dusche und eine Behandlung mit Insektenvernichtungsmittel vertragen.

Mr Zane Drum: Steels Vater. Ehemaliger Lead-Sänger der legendären Electro-Band *Yellow Dawn* der 1980er. Geläuterter Heroinabhängiger, Schwarzer Gürtel in Aikido.

E

Miss Striker Earhart: Unglaubliches, atombusiges, extrem lustiges Party-Girl, blond-/rot-/schwarz-/blauhaariges Unikat. Gelegentlich Schülerin des Hampstead Lycée.

Dr. Paloma Earhart: Strikers Mutter. Spezialistin für kognitive Verhaltenstherapie mit Schwerpunkt auf psychosexuellen Störungen. Spanierin. Leicht durchgeknallt.

Der sehr Ehrenwerte Elanby-Picadelle: Abhängig von verschreibungspflichtigen Medikamenten *(Ritalin, Diazepam, Hydrocodon)*. Kittens Mit-Insasse im *Paradise Vision*. Sohn des konservativen Parlamentmitglieds Lord Caius Picadelle.

G

Miss Georgina Gibbs: Dads persönliche Assistentin in New York. Früher war sie seine Assistentin in London, aber sie war so gut, dass er sie mit nach New York genommen hat.

Mr Brandon Gissamo: Erstklassiger Hollywood-Schauspieler, berühmt für Filme, die Millionen von Dollar einspielen. *Bang! Smash! Crash! Thump!* und *Bullen auf dem Schiff.* Anscheinend glücklich verheiratet.

Master Sebastian Gloot: Moms Praktikant, den sie an der St. Martin's School of Art gefunden hat. Die Person, die in Wirklichkeit dieses ganze Innendesign entwirft.

Miss Imelda Gloringdale (möge sie in Frieden ruhen): Ehemalige Schülerin des Hampstead Lycée. Wurde während ihres Brückenjahrs in Afrika von einem Löwen aufgefressen. Lebender Beweis dafür, dass man in der Serengeti besser keine Fondue-Party veranstaltet. Schrecklich traurige Geschichte.

H

Die sehr Ehrenwerte Petronella Hardy: Schülerin des Hampstead Lycée. Petronella wünscht, mit ihrem Titel angesprochen zu werden, denn sie ist nicht wie alle anderen, sie hat einen Titel, okay? Ist das angekommen? Super.

Mr Harper: Lehrer für Bogenschießen. Offenbar war der Mikrochirurg, den Dad engagiert hat, ausgezeichnet. Irgendwann wird Mr Harpers Gesicht so gut wie neu sein.

Master Felix Hayes-Burlington: Mein ältester Freund. Absolute Legende und rundum netter Kerl. Mom möchte, dass ich Felix heirate, weil er »aus einer guten Familie stammt« (das heißt, er ist so reich, dass er ganz Wales kaufen und in eine Rollschuhdisco verwandeln könnte).

Dr. Henry Hayes-Burlington: Felix' Dad. Enkel von Jarvis J. Burlington, dem ultraberühmten Schriftsteller. Hasst das 21. Jahrhundert, mag Antiquitäten, verstaubte Bücherstapel und Lesen bei Kerzenschein.

Dr. Persephone Hayes-Burlington: Felix' Mom. Dozentin für Englische Literatur am Londoner University College. Fährt gern auf einem klapprigen Fahrrad durch London und trägt dabei einen Umhang.

Miss Olivia »Livvy« Heatherington-Sykes: Sehr, sehr witziges Mädchen vom Hampstead Lycée und enge Freundin.

Mrs Pearl Highford: Moms beste Freundin. Lebt in einem riesigen Bauernhaus in Surrey und lässt sich den ganzen Tag für glänzende Lifestyle-Magazine fotografieren. Gibt vor, biologischen Käse herzustellen.

Miss Jemima Highford: Pearls Tochter. Haussprecherin an der Asquith Ladies Academy. Falls ich je wissen will, wie ich nach Meinung meiner Mutter mein Leben führen soll, dann schaue ich mir einfach die blöde Jemima an.

K

Master Kwame Kobina: Megatoller Typ. Groß, umwerfend, klug, witzig, will später Arzt werden und nach Afrika gehen, um Menschen das Leben zu retten. Seufz.

Mrs Mercy Kobina: Stolze Mutter von Kwame Kobina. Sagt immer genau das, was ihr gerade durch den Kopf schießt.

L

Miss Karina Lugosi: Eine von Flashs Nannys, kommt aus Ungarn. Die Hippiemäßige, die immer Miniröcke trägt.

M

Mr Augustus Montague: Moms Bruder, trockener Alkoholiker. Hörte erst auf zu trinken, als er in seinem Auto leben musste. Bloß nicht die Sprache darauf bringen, sonst erzählt er DEN GANZEN TAG davon.

Lady Octavia Montague: Granny. Hat keinen einzigen Tag in ihrem Leben gearbeitet und darauf ist sie verdammt stolz. Piekfein, ganz vom alten Schlag.

Master Dragon Zinnah Montague-Jones (früher Zinnah Obtanwu): Mein jüngster Bruder. Lebte früher in einem Waisenhaus in Liberia. Scheint nicht allzu erpicht darauf zu sein, dorthin zurückzukehren.

Master Flash Niagara Montague-Jones: Mein kleiner Bruder. Unser unglaublich cleverer Miniatur-Einstein.

Mr James Jones: Mein Dad. Oberboss von *Spike Global Media*. Ist oft geschäftlich in New York, Moskau, Tokio und Sydney, aber das ist okay, wir unterhalten uns immer über iChat.

Mrs Jocasta Montague-Jones: Meine Mom. Innendesignerin, Partyplanerin. Macht enorm viel gute Arbeit für Wohltätigkeitsorganisationen.

Sir Hugh Manningford-Bowes: Vorsitzender der *GlobalNation Chemical Inc.* Dads Golf-Partner. Allerdings wurde ihre Freundschaft dadurch ein wenig getrübt, dass sich Knut mal mit Handschellen an ihn kettete.

Mrs Maria Minsk: Unsere wunderbare Haushälterin. Ist schon so lange in der Familie, dass man meinen könnte, sie wäre unsere Mom. Manchmal nenne ich sie auch Mom. Meine echte Mom regt sich dann immer auf.

Miss Kitten Calypso Montague-Jones: Bedarf keiner weiteren Erklärung.

Master Knut Hadrian Montague-Jones: Mein großer Bruder. Den Illustrierten nach Großbritanniens sexyster Umweltaktivist.

MacBeath Montague-Jones: Dummer, aber liebenswerter Labrador. Gehört Knut, was jedoch nicht erklärt, warum ich immer um fünf Uhr morgens aufstehe, um sie an die frische Luft zu lassen.

Master Maxwell Moss: Schüler der Godspeed Academy. Gehört zu Jackdaw Penrys Clique.

Miss Florence Mossop-Hill: Verstümmelt sich chronisch selbst und ist deshalb im *Paradise Vision.*

O

Mr Cyril Obdulu: Einer von Moms Fahrern. Stammt aus Nigeria. Einer der tollsten Erwachsenen überhaupt. Nahm Flash und mich einmal mit zu *McDrive*, wo er uns einen Flurrywurry kaufte. Mag Gott und *BBC Radio* London.

P

Mr Matthew Park: Moms persönlicher Assistent. Groß, gut aussehend, klug, sehr geduldig. Der arme Mensch, der Moms Leben auf die Reihe kriegen muss.

Master Jackdaw Penry: Schüler der Godspeed Academy, absoluter Traumtyp und Adonis – zumindest nach der Überzeugung jedes einzelnen Mädchens am Hampstead Lycée.

Dr. Baalthazar Penry: Jackdaws Dad. Internationaler Geschäftsmann und weltbekannter Playboy. Hängt mit Richard Branson herum.

Mr Pablo Picasso: Künstler, bereits verstorben. Ging in den 1950ern mit Granny aus. Hat das Porträt von ihr angefertigt, das bei ihr auf dem Klo hängt und auf dem sie sechs Brüste hat.

Mrs Boudecia Prendergast: Direktorin des Hampstead Lycée for Young Ladies. Ziemlich Furcht einflößend. Sollte sich mal ein wenig lockermachen (nicht dass ihr das jemals jemand sagen würde . . .).

S

Miss Alessandra Sabatini: Schülerin des Hampstead Lycée. Ihre Mom fährt einen Mercedes und setzt sie auf dem Weg ins Yoga in der Schule ab. Dabei kann man durch ihr Yogatrikot wirklich ALLES sehen. Bäh!

Mr Peche Sarrasto: Mega-Schönling von der Winchester Boys School. Hatte ein Date mit Striker Earhart (das ungefähr sieben Minuten dauerte).

Dr. Sarzberg: Der Familientherapeut. Wir alle gehen wöchentlich zu Dr. Sarzberg und besprechen mit ihm unsere »Gedanken und

Gefühle« – und er soll eine Lösung finden. Bisher gibt es keinerlei Hinweise darauf, dass ihm das gelungen ist.

Sier: Der Mann/die Frau, der/die immer die Tampon-Eimer einsammelt.

Mr Singhpal: Moms Ernährungsberater. Wenn Mom ihn anruft und fragt, warum sie so dick ist, dann sagt er: »Sie essen zu viel Kuchen.« Daraufhin schreit sie ihn an, bis er ihr Diätpillen gibt und sie für eine Darmspülung anmeldet.

Mr Woyczeck Slowikowski: Einer von Moms Fahrern. War früher beim polnischen Militär. Glaubt offenbar, dass er dort noch immer arbeitet.

Lady Iris Stanhope-Smythe: Winzige, schüchterne, piepsige Schülerin des Hampstead Lycée. Iris und ich sind so etwas wie entfernte Cousinen, weil wir beide mit der Queen verwandt sind.

Lord Rufus Stanhope-Smythe: Iris' großer Bruder. Berühmt-berüchtigt, weil er hinter jedem Rock her ist. Für mich kommt er nicht infrage, weil wir irgendwie verwandt sind. Nicht dass andere das abschrecken würde. Soweit ich das sehe, ist ohnehin der überwiegende Teil von Hampstead irgendwie inzüchtig.

Miss Amelia Strang: Schülerin des Hampstead Lycée. Eine von Blitzen Trappers besten Freundinnen.

T

Miss Blitzen Trapper: Beliebtestes reiches Mädchen am Hampstead Lycée. Viele fürchten sich ein wenig vor Blitzen und behaupten, dass sie andere gern drangsaliert, aber ich nicht, ich mag sie. Ich mag sie wirklich. Blitzen, wenn du das hier liest: Ich finde dich einfach TOLL. (Bitte, tu mir nichts!)

Mr Onslow Trapper: Vorsitzender von *Trapper Aerospace* Inc. Blitzens Dad. Ich glaube, ihm gehört eine Firma, die Flugzeuge herstellt, aber Flash behauptet, sie produziert Bomben, Panzer und Waffen. Das kann doch nicht sein, oder?

V

Miss Rosella Vajna: Eine von Flashs ungarischen Nannys. Die Strenge, von der Mom immer behauptet, dass sie faul sei, weil sie sie dauernd schlafend unter Flashs Bett findet.

Risa Green

Magic 8

Ein Sommer voller Wünsche

Erin kann es nicht fassen, als ihre Tante während eines Gewitters von einem Blitz getroffen wird. Was hatte sie bei dem Unwetter draußen zu suchen? Und weshalb hat sie vor einem Jahr den Kontakt zu Erins Familie abgebrochen? Und vor allem: Hat ihre Tante wirklich nichts Besseres zu vererben als eine dämliche Kristallkugel aus Plastik? Eine originelle Geschichte voller Spannung und Humor.

Arena

352 Seiten. Gebunden.
Mit Glitzerstein auf dem Cover.
ISBN 978-3-401-06582-3
www.arena-verlag.de

Ilona Einwohlt

ISBN 978-3-401-06443-7

Meine Clique und ich

Sina möchte unbedingt dazugehören zu der Clique der Edlen. Aber muss sie auch Designer-Klamotten tragen? Vorglühen, bevor es auf eine Party geht? Und was für bunte Pillen soll sie da nehmen? Sinas Begeisterung für die Clique schlägt in beklemmende Ratlosigkeit um. Aber auch bei ihren alten Freundinnen Milli, Julia und Kleo findet sie kein offenes Ohr – die haben ihre ganz eigenen Probleme …

ISBN 978-3-401-06465-9

Die Jungs und ich

Sina hat einen Freund und ist total verliebt. Nur manchmal gibt ihr Yannis Rätsel auf: Warum dürfen Jungs mehr als Mädchen? Was ist ein „Männerabend“? Wieso glauben viele immer noch, Frauen gehören an den Herd und Mädchen können kein Mathe? Bevor Sina vor Empörung platzt, beschließt sie, Jungs-Forscherin zu werden. Kann ja wohl nicht sein, dass die immer alles besser wissen!

Arena

Jeder Band:
Klappenbroschur.
www.arena-verlag.de